怪傑レディ・フラヌール

西尾維新
NISIOISIN

講談社

怪傑レディ・フラヌール

目次

登場人物紹介

あるき野家の人々

あるき野散歩（あるきの・さんぽ）——父。

あるき野道足（あるきの・みちたり）——兄。

あるき野軍靴（あるきの・ぐんか）——弟。

あるき野ふらの（あるきの・ふらの）——妹。

闔閥艶子（けいばつ・つやこ）——乳母。

警察関係者の人々

東尋坊（とうじんぼう）——警部。

犯罪者の人々

籐藤壁壁（とうとう・へきぺき）――――凶悪殺人犯。

フラヌール――――怪盗。

フラヌール（二代目）――――返却怪盗。

デスマーチ――――怪人。

レディ・フラヌール――――怪傑。

その他の人々

涙沢虎春花（うるさわ・とらはるか）――――名探偵。

装画
TAKOLEGS

装丁
Veia

怪傑レディ・フラヌール

序章　涙沢虎春花

「あなたが犯人《ウルトラ》よ」

クライマックスにあたる謎解《なぞと》きのシーンで、果たして名探偵・涙沢虎春花《うるさわとらはるか》はそう喝破《かっぱ》し、特定の人物を指さした。一同のざわめきと言ったらそりゃあなかったし、一介のルポライターとしてこの場面に参加しているぼくも、そのざわめきの一部でしかなかった。

が、決して指さされた人物がまるっきり想像だにしない『意外な犯人』だったから、ぼくは、そしてぼく達は言葉を失ったわけではない。強《し》いて言うなら、『その人物だけは犯人であってくれるな』という拒絶の気持ちが強かったからこそ、その反動でざわめいてしまったのである。

勘弁してくれと言いたい気持ちだ。

裏を返せば、その人物が犯人であるとみんな、薄々気付いていたということでもある。薄々を通り越して濃々《のうのう》とも言える。ＮＯＮＯとも。いや、わかっている。本来的な意味では、『意外な犯人』なんてのは、いてはならないのだ。

すべての人間は、平等に疑われるべきである。

意外という時点で贔屓《ひいき》が生じている。

この人はあれこれだから犯人ではないはずとか、あんないい人が犯人のわけがないとか、あれほどのおかたが犯罪などに手を染めるはずがないとか、あの愚か者には罪を犯すほどの能力はないだろうとか、それはそれで偏見なのだ。

偏っていて、片寄っている。

自分の父親だから怪盗ではない、なんて思想が馬鹿《ばか》げているように。

まあ他《ほか》ならぬこのぼくにしても、自分のような善良極まりない一般市民が怪盗になるなんて展開を夢見てはいなかった。そういう意味で、名探偵とは究極の平等主義者であるとも言える。悪平等かもしれないが、それは必要悪でもあるのだろう。犯罪以上の必要悪だ。

どんな容疑者でも等しく疑う。

あくまでも『制度』である警察にだって不可能な姿勢だ。

もっとも、それにしたって限度はあるだろう……、怪盗が本来、フィクション上の存在であるからこそもてはやされる犯罪者であるように、名探偵もまた、フィクションだからスタイリッシュに決まるのである。

それこそ公平に言って、探偵小説に登場する名探偵を精査すれば、彼ら彼女らの捜査手法は例外なく何らかの罪に問われることになる。皮肉にもまさしく『意外な犯人』である。

探偵＝犯人。

で、話を戻すと、現実の人物であるところの我らが涙沢虎春花が、古きよき名探偵のように指摘した『真犯人』は、まったく『意外な犯人』ではなかった。

名探偵でなくともわかる犯人だった。

しかし名探偵でなければ指摘できなかった犯人でもある……、少なくともルポライターとしては、あるいは返却怪盗としても、とても指摘できない犯人である。そりゃあぼくだって、正義と法律に基づいて行動したいよ。その上、大抵の場合はそうしている。怪盗活動に関すること以外、ぼくが善良な一般市民であることはぼくが保証する。

ただ、それは現在地が空を飛ぶ飛行機の中ではなく、殺されたのがパイロットでなく、容疑者がコーパイでなかった場合の話である。これはぼく独自の理論ではなく、キャビンアテンダントまで含めた乗員全員の総意であろう。

たったひとり、名探偵を除いて。

もちろん完全に密閉されたコクピットで、パイロットと副パイロットがふたりきりで、片方が殺されたならば、もう片方が犯人に決まっている。算数の知識があれば瞭然《りょうぜん》だし、なんなら算数の知識がなくても感覚でわかる。『空を飛ぶ飛行機の中での殺人事件』なんて派手な惹句《じゃっく》とは裏腹に、世界一簡単な密室殺人事件と言っていいだろう。

世の中も複雑になってきて、推定無罪の原則に加えて、解決編ののちも、本当にあの人が犯人だったのだろうか、誤認逮捕や冤罪《えんざい》ではないのだろうか、もしかしたらとんでもない勘違いをして、無実の人間を監獄に入れてしまったんじゃないかとか、悪の黒幕がいるんじゃないかとか、犯罪の原因はそもそも社会にあるんじゃないかとか、この人が悪と断じられるのは現代の価値観でしかないんじゃないかとか、必ずしも解決編ののちに、すっきりした大団円があるとは限らないのだが、いやはや、こんな綺麗《きれい》な一件落着はない。

論理的にではなく物理的に解決した。

どんなパラレルワールドでもコーパイが犯人だ。まあ本質的に名探偵とは、そのための存在でもある。他の可能性や考察の余地を一切排除するための舞台装置なのだ……、シャーロック・ホームズがそういうのだから、間違いはないのである。

再審はない。三審制ですらない。

なのでこのたびも、名探偵・涙沢虎春花が、たまたま居合わせた機内で遭遇した密室殺人事件を解決した。

これが推理小説だったなら、ぼくは、まさしくたまたま居合わせたモブとして、「ばんざーい！　ばんざーい！　虎春花先生、ばんざーい！」と、諸手《もろて》を挙げて喜んだところだろうけれど、残念ながらぼく達は現実と、それぞれの人生を生きている。

一件落着？　大いに結構。

少なくとも一見問題はない。

が、落着と言うなら、この飛行機はいったいどうなる？　パイロットが殺され、コーパイが拘束される運びとなるこの飛行機は。

落着どころか落下では？

不時着すら不可能だ。

パイロットが殺されたと聞いた時点で、だから全員が思っていた……、どうか副パイロットだけは犯人ではありませんように、と。

「お客様の中にお医者様はおられませんか」の声に応《こた》え、パイロットの蘇生《そせい》を試みた医療従事者も、同じく乗客として乗り合わせていた警察関係者も、検視や現場の保存をおこなううちに、気付いたはずだろう。

ただでさえ犯人は明白なのに、出る証拠出る証拠が、すべてコーパイを指し示す。もういっそのこと自首してくれれば諦《あきら》めもついたのに、ご自身ではどう現状を認識しているのか、副パイロット氏は、自分の尊敬するパイロットを殺害するだなんて許せない、犯人がわかったらこの手で裁くなどと息巻いていたので始末に負えない。

そんな認識の甘いコーパイに乗員全員の命を委《ゆだ》ねるというのもなかなか危うい話ではあるのだけれど、

しかしたとえばぼくのようなド素人がハンドルを握るよりはましだろう……、飛行機の操縦桿《そうじゅうかん》をハンドルとか言ってる時点で駄目だ、きっと。

なのでみんな、気付いても気付かないふりと言うか、少なくともこの飛行機が無事に不時着もしくは緊急着陸するまでは、知らぬ存ぜぬを通そうという暗黙の了解があったのだが、そんな大人の合意は、名探偵の前ではまったく無力だったわけだ。

人呼んでタブーなき名探偵。

どんな権力者が犯人であろうと、あるいはどんな問題人物が犯人であろうと、躊躇《ちゅうちょ》なく、むしろタブーであればタブーであるほど喜色満面で触れにいくからこそ、そう呼ばれている……、乗員乗客三百人以上の中で、パイロット亡き今唯一この飛行機をコントロールできる副パイロットを指弾するくらい、もしかすると彼女にとっては決断でさえないのかもしれない。

あなたが犯人《ウルトラ》よ。

そんな言葉を端緒に、中世フランス貴族さながらの豪奢《ごうしゃ》なドレスを着て、長い髪をトーテムポールみたいにまとめた、旧態依然にして時代錯誤な名探偵は、密室殺人事件の謎を滔々《とうとう》と説き始め、また犯人と名指しされたコーパイは、涙ながらに哀《あわ》れを誘う動機を語ったりしているのだが、申し訳ないけれどまったく頭に入ってこなかった。そんなことよりと言っちゃいけないけれど、そんなことよりこの飛行機はどうなるんだという心配が先に立つ。

今の飛行機はコンピューターで制御されているから、案外このまま飛行し続けている間は問題がないのか？　ぼくの拙《つたな》い知識によれば、それでも飛行機の離着陸に関してだけは、人の、それもプロフェッショナルの卓越したコントロールテクニックが必須《ひっす》のはずなのだが……、だけどこれはもう古い認識なのかもしれない。今時の飛行機は無人でも航行できるものなのか？

ＡＩに任せておけばシンギュラリティなのか？

空の自動運転はレベル５まで来ているのか？

ああ、もしかすると虎春花は、それを知った上で、ためらいなくコーパイを断罪したのだろうか？

名探偵というのは衒学的《げんがくてき》なものだ。ぼくみたいな読者は、なんだったら殺人事件の謎解きよりも、推理小説から得られる雑学やトリビアのほうを求めて、本を手に取っていたくらいである。

内田康夫を読んで都道府県を覚えた。

国名シリーズで外国を知る。

ゆえに虎春花は、解決編を経《へ》て、ここから先、ぼくのような無知蒙昧《もうまい》の輩《やから》には知るよしもない、最新科学の知見を披露してくれるに違いない。ともすると、虎春花は、パイロットの免許を持っていたりするんじゃないのか？　自動車どころか自転車すらなかった時代からタイムスリップしてきたような服装をしておきながら……。

だとすると、能ある鷹《たか》は爪《つめ》を隠すとはよく言ったものである。まさか、その異様に膨《ふく》らんだドレスの中に秘められているのが、マシュマロではなく航空免許だったとは。

「さあ、虎春花先生。一息ついたところで、やっちゃってくださいよ」

大抵の名探偵は決め台詞《ぜりふ》を持っているもので、虎春花のそれが『あなたが犯人《ウルトラ》よ』なのだとすれば、名探偵ならざる語り部《かたべ》のこそ泥であるぼくの最近の決め台詞は、『先生、やっちゃってくださいよ』なのだ。

好ましくない。

犯人が語った動機さえ（物理的に）ぼこぼこにした虎春花が、気が済んだようなタイミングを見計らってそう声をかけると、彼女は、

「きょとん？」

と首を傾《かし》げた。

オノマトペを口で言うタイプのキャラだったのか。

時代がかってるなあ。

「いや、ほら、お前のことだから、事件を解決するだけじゃなく、この飛行機に現在起きている問題にすら、解決策を用意しているんじゃないかって、飛行機だけに期待してるんだけど」

「あら、なんだ、そんなこと」

虎春花は、いかにもくだらないことで水を差されたというように、くだらない生き物を見る目でぼくを睥睨《へいげい》した。

くだらない生き物なんていないのに。

そもそも、拘束の際に暴《あば》れたとはいえ、お前がコーパイをぼこぼこにしたりしなければ、腰縄をつけて操縦桿を握らせるっていう方法もあったんだよ。

取引の余地はあった、なんなら司法取引の余地は。

ご丁寧に両手をハイヒールで踏みつけやがって……、パイロットの命である視力を残してあげただけ、彼女にしてみれば手ぬるいのか。まあ知的労働の側面の強い名探偵も、バリツしかり、意外と暴力的だったりはするからな……。

しかしそれを一蹴《いっしゅう》する以上は、既に対策は講じられているということであろう。気分のいいものだ、自分にとっての重要事項が、取るに足らない問題として処理されるというのは。

「あるき野《の》」

虎春花は言った。

考えてみれば、彼女の決め台詞よりも決まっているのは、ぼくの名字を執事のように呼び捨てる、そのフレーズかもしれない。

「操縦しなさい。あなたならできるわ」

そう言って虎春花は席に着き、アイマスクを装着した——ハンドルと操縦桿の区別もつかないこのぼくに、そう言って。

「何事にも初めてはあるものよ。もしもあなたが怪盗フラヌールだったなら、こんなピンチは、軽くこなしてみせるでしょうね」

「いやいや、誰が怪盗フラヌールだよ」

突っ込みのように、それこそ軽くこなしてみせた会話だったが、なるほど。勘繰ってみれば、虎春花が密室殺人事件に関する謎解きをおこなったのは、同時に、ぼくへ探りを入れるための行為でもあったのかもしれない。

だとするとさすがである。さすがであると同時に愚かでもある。どこまで本気なのか、怪盗フラヌールの専属記者であるぼくが、怪盗フラヌールの正体ではないかと彼女が疑惑を持っていたことは、頻繁な当てこすりからして明らかだった。

ならばこの状況にぼくを追い込み、馬脚を現すのを待つというのもいい案である……、ただ、それはぼくが馬脚を備えていたらの話だし、馬脚自体は（道足《みちたり》だけに）あったとしても、ペガサスでもない限り、空は飛べない。

そりゃオートマの電気自動車や電動自転車なら、素人でも動かすこともできるかもしれないけれど、飛行機は無理だって。

何事にも初めてはあるのは確かだろうが、初手でしくじって死ぬことだってあるだろう。死ぬのは誰しも初めてだ。ぼくを疑っていると同時に、強い信頼すら感じる……、その信頼を裏切ることが心苦しくてならない。

まあ、正体が怪盗である時点で、とっくにぼくは、この名探偵を裏切ってはいるのだけれど、それについては心は痛まない。名探偵だって犯罪者みたいなものだという個人的な見解は、既に述べた通りである。

「そうね。あなたは怪盗フラヌールではなかったわね、あるき野」

と。

ぼくの突っ込みを受けて、アイマスクをつけたままで、虎春花は言った。

「なにせ怪盗フラヌールは、先日投獄されたのだから」

「…………」

そう。

それこそがぼくが、不本意にも、本来ならば道ですれ違いたくもない名探偵と、飛行機に同乗している理由なのだった……、しかしながらこの調子では、どうやらぼく達は目的地に、到着することもできそうもないが。

第一章　怪盗フラヌール

1

令和の時代に活動を再開した、怪盗フラヌールが投獄された。

このニュースは日本のみならず世界に衝撃を与えたが、おそらく世界で一番衝撃を受けたのがぼくであることに疑いはない……、なぜなら怪盗フラヌールはぼくであるはずで、そのぼくはまるっきりの自由の身だったのだから。

手錠も足枷《あしかせ》も施されていないのに、知らないうちに逮捕されていたのかと不安になってしまったくらいだ。

達人に斬られたのか。

もっとも、ぼくが怪盗フラヌールであるという文言には、多少のエクスキューズが必要になる。厳密に言うとぼくは二代目であり、活動を再開したと言われているが（また、怪盗フラヌール専属記者であるところのぼく自身も言っているが）、平成の時代に活動していたのはまるっきりの別人である。

本心としてはまるっきりの他人と言いたいところだが、さすがにそこまでは言えない。初代怪盗フラヌールは、血の繋がったぼくの父親、あるき野散歩《さんぽ》なのだから。

ぼくは父の跡を継いだのだ。

継ぎたくて継いだわけじゃない。これに関して、犯罪者の息子は犯罪者になるなんて短絡的な捉《とら》えかたは絶対にしてほしくない……、まあ確かに、ぼくのみならず、その弟も、あるいはふたりの兄に利用されるその妹も、現状、犯罪にどっぷりと手を染めてしまっているけれど、世の中には複雑な事情があるのだ。

自浄作用と言ってもいいかもしれない。

あるき野家の。

もっともぼくは十代の頃にちゃんと反抗期を済ませなかった二十代なので、あとを継いだといっても、やっている主な業務は、初代の功績を台無しにするというものである。初代が華麗に、怪盗の美学とやらに基づいて、日本国中津々浦々、世界万国縦横無尽に盗みまくった得体の知れない金銀財宝を、それぞれの持ち主に返却するのが、二代目の仕事だった。

不良債権の処理と言ってもいい。

あろうことかあるまいことか、初代怪盗フラヌールは、盗んだお宝のほとんどを悪趣味にも博物館形式で、誰にも知られない場所にひっそりと、しかしまとめて保管していたので、この作業にはそこまでの難はなかった。つまり、換金されていたり、転売されていたりしたら、まずそれを取り戻さなければならないという面倒極まる工程が必要になっていたけれど、むしろ目録まで作られていたというのだから、怪盗フラヌールの建設した盗品博物館には感謝だ。

正しくは、その博物館の館長に感謝だ……、ぼくの乳母である閨閥艶子《けいばつつやこ》、通称お艶《つや》のことである。

初代怪盗フラヌールの共犯者にさせられていた彼女を救済するために、ぼくは二代目を買って出たわけだけれど、しかしどうやら、その仕事ももうすぐ終わりを迎えそうだった。

さっき、作業にそこまでの難はなかったと言ったがあれは嘘《うそ》で、実際には艱難辛苦《かんなんしんく》が目白押しだったし（根っからの善人であるぼくは、前任者のように、面白おかしく楽しみながら、不法侵入や偽計《ぎけい》行為をおこなうのには不向きだったのだ。常に心を痛めている）、また、実の弟が、怪人デスマーチなんて変な名前を名乗ってあれこれしゃしゃり出てきたりもしたので、正直言って、計画通りに進んだことのほうが少ない。

そこに名探偵・涙沢虎春花や、怪盗フラヌールの宿命のライバル・警察庁怪盗対策部の東尋坊《とうじんぼう》警部が絡んできたりするのだから、てんやわんやのすったもんだだった……、けれど、そんな狂騒の日々ももう終わる。

気がつけば、盗品博物館は、もう空っぽも同然だった。正確に言うならば、いつの間にか、返却すべき盗品は、とうとう残りひとつとなったのだった。

ルーブル美術館なみの収蔵数を誇る父の犯罪歴を白紙にするなんて、正直、最初は途方もない試みに思えたけれど、物事にはいつか終わりが訪れるものだ……、考えなしに使っていれば、いつか地球から石油がなくなってしまうようなものだろうか。

まあ几帳面《きちょうめん》に、ほぼすべての盗品を手放すことなく所有していた父と違って、ぼくはかなりてきとーで行き当たりばったりだったので、自分が今、全体のどのくらいまで返却できているのか把握しないままに活動し続けていたけれど、いつの間にか、ゴールは目の前にあったらしい。

借金だったら、絶対にそんな五月雨式の返しかたをしてはならない。盗品や、あるいは屋号があのにっくき父の遺産だったとするなら、まさに負債もいいところで、今から思えば、相続放棄もありだったんじゃないかとも考えてしまうけれど……、ぼくもいよいよ、来るところまで来た。

あと一品の返却。

それでぼくの犯罪歴は終わる。

怪盗活動とはまったく関係のない交通事故で死んだ父とは違い、自分の意思での引退である……、断っておくが、名残惜《なごりお》しいという気持ちはまったくない。

重ねて言うが、楽しかったことなんて一度もない。

はっきり言えば、苦痛でしかなかった。

それでも一応の達成感みたいなものはあった。ほうほうの体《てい》でマラソンを走り終えてぶっ倒れるようなものかもしれないけれど……、いや、ぼくはまだゴールテープを切っていないのだから、その比喩《ひゆ》は時期尚早だ。

焦燥ですらある。

しかも、五月雨式に、目についたものから返却していたつもりでも、最後に残るのは、何の因果《いんが》か、実にそれらしいものだった。

あつらえたように。

サイズだけで言えば、待葉椎《まてばしい》警部補の地元である愛媛県に返却したダムが最大だったかもしれないけれど、存在感としては、この最後の一品は、少なくともそれに見劣りすることなく匹敵する……、なんと刑務所である。

初代怪盗フラヌールは過去に一度だけ、逮捕されたことがあるのだが（逮捕したのが、何を隠そう、現在の怪盗対策部の長であり、ぼくの後見人と言ってもいい東尋坊警部だ）、それはこの刑務所を盗むためにわざと捕まったのだと、目録には書いてあった……、まあ、父に洗脳されていたお艶がしたためた目録なので、この辺は話半分に聞いてもいいような気がするが、ともかく怪盗フラヌールは、脱獄する際に、刑務所を建物ごと盗んだのである。

そして盗品博物館の最下層に収蔵した。

それだけ思い入れがあるということかもしれない……、ライバルとの因縁《いんねん》の地でもあるわけだし。

あの父にもそんな人間らしい気持ちもあったわけだ。単純に、博物館の奥底のほうから順番に埋めていったかもしれないけれど。

実際、怪盗フラヌールの伝説は、東尋坊おじさんというライバルを得たことで始まったと言っても過言ではないのだ……、だから、二代目であるこのぼくが、この刑務所の返却をもって引退するというのは、非常に自然な流れである。

王道と言っていい。

むろん、九十九里で百里の半分と言うように、ここからが大変なのはわかっている……、実際、博物館の最下層にある刑務所を引っ張り出すだけでも簡単じゃない。ましてこの刑務所には、そもそも父がどこから盗んできたかもわからないという問題があった。

重要犯罪者である怪盗フラヌールを拘束するにあたって建設されたその刑務所は、当時から、所在地が厳重に秘されていたからだ……、どこに収監されていたかわからない以上、どこに返せばいいのかも謎である。

むろん、どんな盗品にも、大なり小なり、返却に対するハードルはあった。むしろ最後の一品が、レンタルビデオを返すように返却できてしまったら拍子抜《ひょうしぬ》けで、それこそぼくは、燃え尽き症候群になってしまうだろう。

せいぜい名残を惜しませてもらうとするかと、じっくり計画を練ることにしたぼくだった……、怪盗フラヌール最後の事件に対して。

それがよくなかったわけだ。

実際に練っていたのは、これでようやく、盗品博物館の館長などという、わけのわからん役職から解放されることになるお艶のセカンドライフに関する華やかな構想だったのも、たぶんよくなかったのだろう。

本来考えるべきはぼく自身のセカンドライフだというまっとうな指摘ではない。ぼくの将来などどうでもいい。強いて言えば、怪盗をやめると同時にルポライターもやめることは決めているという程度だ。怪盗フラヌール専属記者なんて、怪盗フラヌールが引退したあとには食っていけない、ということではない。

元々ルポライターという職を（怪盗フラヌールを継ぐ前に）選んだのは、全国を飛び回るジャーナリストである父を尊敬していたからだ。

今から思えばおぞましい話だ。

そんなことを考えた脳の部分を切除したくなる。

なぜなら父が全国を飛び回っていたのは、単に全国で犯罪行為に及ぶためだったのだから……、皮肉にもぼくにとっても、父親のコネで警察庁に自由に出入りできるタイプのルポライターになれたことは、返却活動を続ける上で役に立った。背に腹は替えられないとはこのことだったが、いよいよ切腹のときが来たわけだ。

最後の一品を返すことで、ぼくはようやく父・あるき野散歩の影響下から脱することができるのだから。

もちろん、怪盗があちこちから盗んだ金を元手に、ぬくぬくと育てられたという事実自体は変えられない。馬鹿な弟は勝手に、盗んだ金と子育てにかかったお金は別なんじゃないかという都合のいい解釈をしていたが、ぼくはそんな風に自己肯定はできない。

怪盗フラヌールの名を捨てることになっても、あるき野という名字まで捨てられるわけではない。

ぼくはぼくとして生き続けていくしかないのだ。元々はお艶のために始めたことであり、その目的は、盗品博物館を空っぽにできれば、それでおしまいである。ぼくの将来などどうでもいいどころか、そもそもぼくなんてどうにもならないのだ。

影響下から脱しても、つまるところ、ぼくはぼくのままである。

だからぼくのセカンドライフなんて、そんなことを考えても、考えるだけ無駄なのだ……、道足ならぬ無駄足だ。ライフなんて最初から、ひとつも持っていないいも同然なのだから。しかし、だったらさっさと、感慨になど浸っていないで、最後の一品を返してしまえばよかったのである。それを怠っていて、なんだかんだと雑事に囚《とら》われていたから――


「怪盗フラヌール、逮捕さる！」


なんてネタを、特落ちしてしまったのである。

怪盗フラヌールどころか、怪盗フラヌール専属記者としての失格だった。引退する前に廃業に追い込まれるブレイキングニュースだった。

それも、なんだかよくわからない特例で、その『怪盗フラヌール』は送検や裁判といった公正な手続きをすっ飛ばして、既に投獄されているのだというのだから衝撃だ。その超法規的措置にも驚いたが、何より衝撃なのは、その投獄先が、ぼくが最後に返却する予定だった、どこにあるのか、その所在すらも明らかではなかった刑務所。

その名もランダムウォーク刑務所だというのである。

なんで？

その刑務所なら、まだぼくの手元にあるよ？

手元と言うか、足下に。

2

怪盗フラヌールの名前どころか、最後の一品まで盗まれてしまった。大いに恥じるべき事態だったが、それ以上に怒りを覚える展開でもあった。温厚で知られるぼくでさえ怒髪天を衝《つ》かずにはいられなかった。

二代目怪盗フラヌールとして、数々の奇妙奇天烈《きてれつ》な金銀財宝を、嫌々あちこちに返却してきたつもりだったが、しかしそんなおこないをこうして最後の最後で横取りされてしまうと、人柄《ひとがら》のよさで有名なあるき野道足も、心中穏《おだ》やかではいられない。

しかも、その最後の一品が偽物と来ているじゃないか。本物がまだ盗品博物館の地下深くにあって、取り出す方法もない以上は、必然的に偽フラヌールが投獄されたランダムウォーク刑務所は、でっち上げられた模造品であるということになる。

ふざけるなよ。

ぼくがどれだけ苦労をして、返却物の真贋《しんがん》判定や、元の持ち主の正当性などを調査し、盗難品の原状回復に躍起になってきたと思っているのだ。

怪盗フラヌールの公式ライバルである警察庁怪盗対策部の長・東尋坊警部は、令和になって活動を、しかも返却怪盗として再開した怪盗フラヌールのことを偽者と断じていて、しかしそのことが許せないとでも言うように捜査に熱を上げているのだが、ちょっとだけその気持ちがわかった。

まあおじさんの場合は、その許せない対象が他ならぬぼくということになるのだが……、いやいや、二代目と偽者とでは話が違う。それに、ぼくも怪盗フラヌールの『伝説』を、名実共にめでためでたにしてやろうという動機に支配されてはいるけれど、この偽者の場合は、やはり話が違う。

怪盗フラヌールを名乗って、その上で逮捕されたなんてニュースは、怪盗フラヌールにとって冤罪みたいなものじゃないか。実際、ぼくがしくじって逮捕されたみたいな気分になっている。努力が評価されず、不当な扱いを受けたみたいだ。レオナルド・ダ・ヴィンチの描いた浮世絵の返却から始まるぼくの活動が、まるで不十分だったみたいじゃないか。

ぼくが東尋坊警部や待葉椎警部補といった面々の目を盗むために、いったいどれだけの苦労をしてきたと思っている？

一方で、やはりそんなぼくの活動を、偽者に横取りされたという、憤慨《ふんがい》に近い気持ちもある。どうたとえたらいいのかわからないが、十万枚に及ぶドミノ倒しを構築したというのに、最後の一枚をどこの馬の骨ともわからぬ偽者に並べられ、しかもそれを失敗されたような気分だ。

名前を乗っ取るのなら、失敗するにしても、せめてランダムウォーク刑務所の、本物を返却しようとしろよ。

偽物なんて返却されてしまっては、これまでぼくが返却してきた数々の金銀財宝、先代から相続した負債の信憑性《しんぴょうせい》さえ疑われてしまうじゃないか。ぼくの入念な事前調査が、まるっきり烏有《うゆう》に帰すようなことをしてくれやがった、逮捕されたその偽フラヌールは。

いや。

偽物が登場してようやく本物は本物たり得るという考えかたもある。エピゴーネンが登場してこそ、一流の証拠なのだから……、そういう意味では、逮捕されたその偽フラヌールは、初代ではなく返却怪盗の二代目に追随しているわけだ。

さながら伝言ゲームのごとく。

ぼくのファンというわけか？

だとすれば悪い気はしない……、いや、気の悪さはちっとも変わらないな。しかし、厳密に言うと、返却怪盗の模倣犯が、これまでいなかったわけではない。

なぜなら、あえてそれを誘発し、怪盗対策部の目をくらまそうという作戦を取ったことがあるからだ。うまくやったつもりだったが、まさかあのときの残党が、まだどこかに残っていたのか？　しかしその手は、もう東尋坊おじさんには通じないはずだ。

つまりありきたりな模倣犯なら、警察からの公式発表として、怪盗フラヌール逮捕の報が出るとは思えない。……まあ、ぼくもデビュー当時は東尋坊おじさんからそんな扱いを受けていたのだから、これは僻《ひが》みかもしれないが、たとえ偽者であろうと、本物扱いされている以上、それに足る証拠があるのだろうか。

おじさんを納得させるだけの証拠が。

いわゆる秘密の暴露……、この場合、それは、ランダムウォーク刑務所のあった場所、だろうか？

なぜなら、返却に失敗して逮捕されたとは言え、返却に失敗するためには、少なくとも、返却する場所を知っておかねばならないからだ。

的外れな場所に偽物の刑務所を返却したという線も可能性としてはあるが、それだとフェイク感が過ぎる。

かつてそこに囚われていた怪盗フラヌールしか知らないはずの、ランダムウォーク刑務所のあった場所を知っていてこそ、『怪盗フラヌールとして』失敗できるのだから。事実、二代目であるこのぼくは、その場所を知らないからこそ、こうして二の足を踏んでいたわけだ。

そしてまんまと先を越された。

こうなってくると、単にぼくのファンと捉えるのは楽観的過ぎるようにも思える。ある意味では、ぼくがすることさえできなかった失敗を、その偽者はしたということになるのだから。

挑戦したものだけが失敗することができるというような理屈である……、偽者の登場にらしくもなく腹が立ってしまうのは、横取りではなく横入りされたから、横入りではなく先行されたからというのが、実のところ、大きいのかもしれない。

ただ、だとすると、どうして返却した刑務所のほうは偽物なのかという疑問が出てくる……、警察や報道機関も納得するほどその偽者が『本物』だと言うのであれば、どうして返却物は偽物で通ったのだ？　どんな審査があったのだ？

疑問符をつけてみたが、実はこの点に関しては、想像がついている……、後付けの負け惜しみに聞こえるかもしれないけれど、ぼくにも腹案はあったからだ。位置情報はわからなくとも、盗品博物館の最下層にある刑務所という、建築物の中の建築物を、運び出すところまでは、ぼんやりとイメージができ始めていた。

それを偽者は、先んじて実行したのでは？

3

テセウスの船をご存知だろうか。

船の修理を続けていくうちに、最初にあった新品状態の頃と同じ部品がひとつもなくなってしまったとしたら、それは果たして同じ船と言えるのか、それともまったく別の船なのか……、といったような哲学だ。

人間で言えば、肉体を構成する細胞は何年かですべて入れ替わるけれど、それでも生物学的に同じ人間と言えるかどうかという話になるのかもしれない……、怪盗以前怪盗以後で、ぼくのアイデンティティに揺らぎはあるのか、ないのか？

船でも人でも成り立つ話だ。

刑務所という建物でも成り立たなくはないだろう……、おそらく日本で一番有名な刑務所であろう北海道の観光施設、網走《あばしり》監獄……、あの建物は、元々あった場所から現在ある場所へと移築されている。それでもあくまで網走監獄が網走監獄であることに違いはないだろう……、また、観光施設で言うなら、古くから続くお城や神社仏閣も、現在ぼく達が見られるのは、多くの人の知恵や支えによって、忠実に再建されたものだったりする。

建築基準法などもあるので、完全に忠実というのは、そりゃあ難しいかもしれないけれど、しかしだからと言って、まるっきり別物であるのだからそう呼ぶべきではないなんてことはないだろう。別物、まして偽物などとは誰にも言わせせはすまい……、再現しようという意思があった以上は、同様の呼称で通るはずだ。

だったらランダムウォーク刑務所だって、盗まれた建物そのものを返却するのではなく、同じ設計図に基づいて建築された、新品を返却すれば、それは『本物』を、あるいはそのものを返したのと同じじゃあないだろうか。

誠意すら感じよう。

と、そんな風に考えて、ぼくは漠然とプランを練っていたのである……、メイン脳でお艶のセカンドライフをプランニングしていなければ、もう実行に移せていたかもしれない。少なくとも、盗品博物館の最下層から、刑務所そのものを発掘するよりは、スピーディな展開が期待できると思ったのだ。

まあ実際スピーディだった。

こうしてぼくは出し抜かれてしまったのだから……、いやいや、まだ、偽フラヌールがぼくの腹案と同じ手を使ったと決まったわけではない。偽者に出し抜かれるような情けない本物と違い、もっと合理的な方法をとったかもしれない……、警察、なかんずく怪盗対策部の東尋坊おじさんに認めさせるだけの説得力がある方法を。

そこも悔《くや》しい。はっきりと悔しい。

こうして報道が出ているということは、おじさんも逮捕された偽フラヌールを、本物と認めたということを意味している……、返却活動を終えようとしていた今になっても、令和に活動を再開した怪盗フラヌールを、自身のかつてのライバルとは認めていなかったおじさんなのに。

自虐でもなんでもなく、おじさんにとっての偽者はぼくだったということになる。大恩があり、尊敬もしているおじさんにとって。

他方、しかしそれもいいのかもしれないと思わないわけでもない。だって、まあ逮捕された偽フラヌールが偽者であることは論を俟《ま》たないにせよ、二代目のぼくもとんだイカサマ野郎であることは否めないのだから。

真の意味で本物の怪盗フラヌールと言えるのは、やはりぼくの父、あるき野散歩だけなのだ。

東尋坊おじさんと切った張ったの名勝負を続けた世紀の大泥棒……、それに比べたら、ぼくはどうにかおじさんの捜査の手を小ずるくしのぎ続けてきただけである。犯罪者として、おじさんのよさを引き出せたとはとても言えない……、まあ、初代の頃には傍若無人《ぼうじゃくぶじん》な名探偵がいなかったという事情もさっ引いて考えてほしいところではあるが。

あのウルトラ探偵は、父でさえ持て余したはずだ……、しかしたらればの話をしても仕方がない。裏を返せばあの父は、現役バリバリ、全盛期のおじさんと切った張ったをやりあわねばならなかったのだから。

おじさんの全盛期は今であるとぼくは主張したいところだけれど、加齢による体力の低下だけは否めまい……、二十代のぼくでも感じている事実だ。

ただ、同時にそんな父は、東尋坊おじさんにとって親友だった。情報源のルポライター以上の存在だった。だからこそぼく達兄妹も、彼のことをおじさんと慕《した》っているわけで、子供のいないおじさんにとって、ぼく達は実の子供みたいなものだった……、実際、おじさんが父親だったらと思うことに際限はない。

むろん父の側にそんな感情があったかどうかは別の話だ。父は東尋坊おじさんのことを、それこそ警察の動きを把握するための情報源だと思っていた節もある……、碌《ろく》でもない人間性だ、まったく。

ぼくも現在似たようなことはしているが……、だからこそ、思うのだ。盗んだ資金で子育てをするような父親ではあったが、唯一、いいことをしたとすれば、その正体を東尋坊おじさんに露見させないまま、隠し通して死んだことである。

それゆえにしばらく、東尋坊おじさんは窓際業務を託《かこ》つことになったとは言え……、親友が大犯罪者で、しかも自分を利用していた……、友情なんてなかったのだと思い知ってほしくはない。

父の遺産を整理するうちに盗品博物館の存在を知ったぼくが、東尋坊おじさんに相談できなかったのも、そういう理由によるところもある。その事実を前に、弟が出奔し、妹は入院した。この上おじさんまで失いたくはなかった。

おじさんのアイデンティティまで失わせたくなかった。

いろいろあって、二代目怪盗フラヌールを継いだぼくだけれど、捕まるまいとあれこれ手を尽くした大きな理由は、保身と言うより、東尋坊おじさんをがっかりさせたくなかったからだ……、という言説こそが保身的ではあるけれど、これは誓って、まるっきりの嘘ではないのである。

そしてこのたび怪盗フラヌールが逮捕されたのだという……、それはぼくではないし、また父でもない。

実はあの父が生きていて……、なんて、ミステリー的な『死者の蘇《よみがえ》り』は、この場合ない。えぐいリアリティだが、交通事故で死んだ父親の遺体は、ぼくが弟と妹、それにお艶と共に確認している。酷《ひど》い事故だったので、確かに原形をとどめてはいなかったけれど、あれが別人の死体ではなかったことは保証できる……、ぼくの目は確かだ。ミステリー小説の目撃者役になりうる程度には。

つまり、ある意味では怪盗フラヌールは、ライバルの警部との勝負とはまったく何の関係もないところで、すたこら勝ち逃げしたわけだが……、ここで偽フラヌールが逮捕されたというニュースは、その判定を後押しするものであると同時に、東尋坊おじさんの身に、ぼくが杞憂《きゆう》していたような事態は起こらないということでもある。

自分が生涯をかけて追っていた大犯罪者の正体が公私分《わ》け隔《へだ》てなく接してきた友人であり、その友人は自分からの情報を元に怪盗活動に興じていたなんて知ったら、責任感とプロ意識の強い東尋坊おじさんのことだ、辞表を提出するどころでは済まないだろう。

大袈裟《おおげさ》でなく、命を絶つことだってありうる……、ぼくだって、父親の本性を知ったときには、そういう選択をまったく考えなかったわけではない。

そうしなかったのは、弟が失踪《しっそう》したり妹が入院したりと、あのふたりに先を越されたからである……、あとから来る奴《やつ》に先を越されてばっかりなのだ、ぼくは。まあお艶のことが一番気がかりだったことは間違いない……、お艶がいなければ、ぼくも弟や妹のようになっていたかもしれない。だからこそ、おじさんにはそんな風になってほしくはなかった。

心からそう思った。

その願いが叶《かな》ったとも言える。

偽フラヌールがどんな奴で、どんな背景を持っているのか知らないけれど、そいつは父でもないし、ぼくでもない。

弟の軍靴《ぐんか》は現在、怪人デスマーチなどという幼稚な名前を名乗って忌《い》まわしいばかりの犯罪行為に及んでいるけれど、それは東尋坊おじさんにとっては管轄外の事件だし……、ポワレちゃんのことがあるので完全に無関心というわけにはいかないだろうが、最低限、怪盗フラヌールという本丸さえ落としてしまえば、東尋坊おじさんが怪人デスマーチを追う理由はなくなる。

つまり偽者の逮捕によって、あるき野一家と怪盗フラヌールは、完全に切り離される。

おじさんの心の平和が保たれるのであれば、それに越したことはないじゃあないか。皮肉にもそれは、ぼくが父の死後、のたうち回って思ったことでもある。怪盗フラヌールの正体が父だなんて何かの間違いに決まっている、そんなことがあっていいわけがない、と。百パーセント確実な証拠を突きつけられてさえそう願った。

あんな懊悩《おうのう》をおじさんに抱いてほしいはずがない……、偽フラヌールの逮捕・投獄をもってして、名警部の人生は達成されたというエンディングは、確かにぼくの立ち位置から見れば酷く道化じみてしまうけれど、物語としては成立する。

花道を飾るという奴だ。

……ただそれは、偽フラヌールが嘘をつき通してくれたらの話だ。

ミステリーじゃあ御法度《ごはっと》ではあるけれど、裁判で自白や証言をひっくり返すというのは現実ではよくあることで、またそれは被告人にとって当然の権利だ。裁判の場になって偽フラヌールが実は自分は怪盗ではなかったのだと、それこそ暴露すれば、下手をすればおじさんは、なんらかの責任を取らされることになる。

記事には逮捕の経緯は記されていないし、若手だった頃とは違い、既に立場のあるおじさんが直接偽者を捕まえ、調書を取ったとまでは思わないけれど、しかし怪盗対策部の部長という立場にあるものとして、矢面に立たされるのはあの人だ。

花道ではなく茨道《いばらみち》となる。

ふむ。

ついついぼくも意気込んでしまったけれど、怪盗フラヌールの汚名を、どこかの誰かが勝手に背負ってくれるというのであれば、それは願ったり叶ったりという側面もある。ぼくにとって継ぎたくて継いだ名前ではまったくないのだ。

嫌で嫌で仕方なかったとも言える。

もちろん、たとえ嫌々やっていたことであっても、横取りされたら思うところはないわけではないのが父とは違うぼくの人間らしさなのだが、冷静に考えてみれば、ぼくにとってもこれはおいしい話なのかもしれない。

ただし、手元に本物の刑務所が残ってしまうことが如何《いかん》ともしがたい、まずい難題だ。それはぼくが腹案を実行した場合でも同じことだが、元々お艶のために、盗品博物館を空っぽにするのがぼくの目的だったのだから、最下層に刑務所の本物が残ってしまうのはそれに反する。大いに反する。

捨てるわけにもいかないけれど、そのまま残すわけにもいかない……、日本のどこかにある盗品博物館に関しては、もうぼく自身がクレーン車の免許を取って、自分で操縦してバラバラに解体してくれると、それだけを楽しみに活動してきたみたいなところがあるけれど、ランダムウォーク刑務所に関しては、さすがにそういうわけにはいかない。

どれだけでかかろうと、盗難品だ。

ぼくに壊す権利はない。

ぼくはぼくで本物を返却するという方法もないわけではない。さすがに同じ返却手段を取ることはできないから何らかのプランBを練らなければならないけれど、まあ何か閃《ひらめ》くだろう。設計図に基づく再建ではなく、本物を返すのだ。

かつてその刑務所があった場所を突き止めるのは簡単じゃないけれど、どこかの誰かにできたことなら、ぼくにだってできるはずだ。

正当な刑務所を返却することで、東尋坊おじさんが赤っ恥をかかされる前に、偽フラヌールが偽者だということを世に示すのだ。まだまだ東尋坊おじさんに引退はさせない……、いや、ランダムウォーク刑務所は最後の一品なので、花道だろうと茨道だろうと、どの道、ぼくと一緒にここで引退することになるのだが。

それでも、今ではめっきり聞かなくなった刑事魂というものを持ち続けているあの人の人生の幕引きが、偽者であっていいわけがない……、たとえそれを知るのがたったひとり、この世でぼくだけであるとしても。

ぼく自身が道化の二代目だからこそ強くそう思うわけで……、世間的には、令和の返却怪盗は代替わりしているとは思われていない。おじさんは疑っているところがあるけれど、基本的にはしばらく活動を中止していた平成の大泥棒は、何らかの理由で改心し、今まで盗んでいたお宝を返却しているのだと認識している。

そういうのが美談みたいに語られているのを聞くと、怪盗の美学を否定し続けるはずのぼくとしては忸怩《じくじ》たる思いだが、しかし正直なところ、ぼくもその片棒を担いでいる。

怪盗フラヌール専属記者として、あることないことを日々社会に発信しているのだ。ぼくがなりたかったルポライターとはこういう姿ではなかったはずだが、真実とはほど遠い誤報ばかりを書き殴っている。

それも父と同じことをしていると言えるので、ある種、憧《あこが》れた通りでもあるのだが……、それでも、きっと怪盗フラヌールも家庭をもって丸くなったんだろうなんて根も葉もない言説を聞くと、歯ぎしりをせずにはいられない。

いやいや。

彼は現役時代から家庭を持っていましたよ。

盗んだお金で二男一女の子育てをしていました。

犯罪資金で子供達を学校にやり、弟には芸能レッスンを受けさせ、妹は水泳の高度なレッスンを受けていました。

なんなら乳母も雇っていました。

そう書きたくて仕方なかったが、秘密の暴露で捕まってしまっては敵わないので、むしろそんな噂《うわさ》に乗っかるような記事も書いた……、評判はよかった。

よくてどうする。

その件に関して真実を知っているのはぼくだけ……、ということはなく、まあ弟だったりポワレちゃんだったり、もちろんお艶だったり、厳密には代替わりを知っている人間もいるんだけれど、そういった評価のズレは、たとえ好評だろうと、苦しみを生む。

覚悟していたつもりではあったけれど、本当は自分がやっているんだと大声で言いたい気持ちにもなった。

東尋坊おじさんの場合は、本人がそうと気付いていないのであればそれでいいという見方も魅力的だが、しかしそれではあの人を、ミステリーの名探偵を引き立てるために登場させられる警部役にしてしまうことになる。

怪盗フラヌールの正体を知っている者がぼく以外にもいるのだから、たとえぼくがこのまま沈黙を守り、汚名を第三者にかぶってもらうことにしたところで、そして本人が裁判で証言を翻《ひるがえ》さなかったとしても、どこから真実が漏れるかはわからない。

それはぼくにとってとても不都合なことでもあるけれど……、現実的にはそもそも無理があるとも思うのだ。

自身がかつて囚われていた刑務所を返却したことをもって、偽フラヌールはさながら免許証を提示するように、本物として自己証明をしたということになる。ぼくに先んじたという点を公平に評価するならば、ぼくよりも怪盗フラヌールらしい手腕を発揮したと認めることも、まあやぶさかではない。屋号の正統性はともかくとして、この一件に関してのみなら敗北を認めてあげてもいいだろう。あくまでも、この一件に関してのみなら。

しかし、それをもってぼくのこれまでの功績……、と主張するのは嫌になるほど抵抗があるが、まあ便宜上、返却怪盗としておこなってきた一連の活動を、すべて乗っ取れるかというと、それはさすがに無理がある。

ぼくしか知らない、知りようのないあれこれを、法廷でいったい、偽フラヌールはどう証言するというのだ？

たとえば瀬戸内海の海底大学に、ぼくがどのように潜り込み（潜水と言うべきか）、そこにあった強固なセキュリティに守られた金庫をどのようにこじあけてみせたのかとか、あるいは石川県金沢《かなざわ》市で、幻の金箔本を正当な持ち主に返却するために、ぼくがどのような方法をとったのかとか、そんな詳細を、偽フラヌールに語れるわけがない。

どんなにぼくのファンであったとしても、あるいはマニアであったとしても、公開されていない情報はあるのだ。ランダムウォーク刑務所があった場所をぼくよりも先に突き止めたことは大したものだけれど、さすがにぼくの、個人的なメソッドまでを語れるわけがない。

そこを追及されれば、偽フラヌールの乗っ取り計画はあっけなく瓦解《がかい》する。取り得る手段としては、そういった追及に関しては黙秘を貫《つらぬ》くくらいしかないだろう……、黙秘権も市民に認められた当然の権利である。

ただ、怪盗に認められているかと言えば……、怪盗の美学を滔々と語ることだけが唯一、怪盗らしさだとするならば、黙秘など、それに真っ向から逆らう行為である。

仮に捕まったとしても、取調室でライバルの警部相手に演説を開始してこそ、真の怪盗と言えよう……、実際、東尋坊おじさんが怪盗フラヌールを捕まえたときはそうだったらしい。相手がまさか、変装した自分の親友だとは思わなかっただろうが……、父のほうはどういう気持ちだったんだ、その状況。友達を騙《だま》して悦に入るって、碌でもなさ過ぎるだろう。

存外あの男は、のびのびと何不自由なく暮らす三人の我が子を見て、無邪気な天使を汚れた金で育てる暗い喜びに浸っていたのかもしれない。

ともあれ、そんな父の名をぼくから奪おうというのであれば（どうぞどうぞと、本来なら差し上げたいところだ）、そういった怪盗仕草《しぐさ》もトレースしなくてはなるまい……、他の盗みに関しては企業秘密です、個別の案件に関してはお答えできません、が通るはずがない。

それを言うならお前こそそうだろうという声が聞こえてくる。確かにぼくも、初代怪盗フラヌールがどのように世界中のお宝を収集したのか、本当の意味ではわかっちゃいない。そりゃあアシスタントだったお艶からあれこれレクチャーを受けはしたが、お艶にもわかることとわからないことがあるし、語ることと語らないことがある。

目録はあくまで目録でしかない以上、ぼくも無理に聞き出そうとは思わない……、そもそも、ぼくの場合は年齢が合わない。あの男はぼくが生まれる前から怪盗だったのだから。なので捕まった瞬間、ぼくが二代目であることは露見するのだ……、だから、おじさんのためにも捕まるわけにはいかなかったのだ。

なのにこの偽フラヌールはあっさり捕まりやがって……、最後の一品を乗っ取ることでコストパフォーマンスばっちりの乗っ取りをおこなうつもりだったのかしらないが、一分の一で失敗するなんて、間抜けにもほどがある。

が、そこがどうもはっきりしない点でもあるのだ。これは最初から気になっていたところだが、怪盗フラヌール専属記者のぼくが特落ちした一連の記事を総ざらいしてみても、いまいち茫漠《ぼうばく》としていると言うか……、どのように捕まったのかという点がまったく公表されていない。東尋坊警部が手ずから逮捕したってことはまずないにしても、である。

どのように返却されたか、あるいはランダムウォーク刑務所が、どこに返却されたかというのを公器において伏せるというのは、まあわかる。被害者のプライバシーにかかわるところでもあるし、また、捜査を継続する上で、不都合もあるだろう。

公判を維持するためには、警察発表で明言できないこともある……、それがわからないほど子供ではない。

しかしどのように逮捕されたかは、公判の維持には関係ないはずじゃないか。むしろついにあの怪盗フラヌールに、警察が勝利を収めたというのであれば、大々的に公表するべきでは？　誇らしく自慢すべきでは？

いや、子供じゃないと言いつつ、これは幼稚な発想かもしれない。むしろそんな風な大々的な公表こそが、模倣犯を生むのだ。

劇場型の犯罪者に対する正しい態度は、扇動に乗らないことなのだから……、劇場は解体せねばならない。あくまで粛々《しゅくしゅく》と業務をおこなったに過ぎないとばかりに、怪盗など、通常逮捕するのが正しいのだ。

それにしては記事自体は一面扱いなのだが……、まあ、ぼくだったら、絶対に書き逃さないポイントである。特落ちしたぼくだったら。

引っかけか？　もしかして。

不意にそう思いつく。

偽フラヌールが逮捕されたという記事を一斉に配信することによって、本物の怪盗フラヌールが、怒り心頭で乗り出してくるのを今か今かと待ち構えているのでは？

実際、ぼくはそれをやりかけるところまでいった。自分が本物であることを証明するために、本物のランダムウォーク刑務所を返却してやろうかと思った……、が、それが怪盗対策部の思う壺《つぼ》だったとしたら、ぼくはまんまとそれにはまるところだった。

東尋坊おじさんの、一世一代のトラップ……、おじさんにとっても、ランダムウォーク刑務所の盗難は、思い入れの深い事件だろうし、ひっかけに使うにはふさわしい盗難品なのかもしれない。

最後の一品であるそれを返されてしまうと、また再び怪盗フラヌールが地に潜るかもしれないのだから……、誤報を発信し怪盗を呼びよせるなんて、頑固警部らしくないけれど、警察庁の十七階で再出発した怪盗対策部も、この最終局面においては手段を選んでいられなかったということは大いにありうる。

怪盗フラヌールを捕まえたという嘘をつくにあたって、さすがに自分たちを美化した逮捕劇を書くように、マスコミに要請することはできなかったということか。だとすればぼくが特落ちしたことにも納得がいく。いや、ぼくの無能さに関する言い訳ではなく。怪盗としてのと同様の、ぼくのルポライターとしての無能さに関する言い訳ではなく。

捕り物のための作戦とは言え、メディアに故意に誤報を流させるのだ。誘拐事件などの際に報道規制を敷くことはあるけれど、それとは違う捜査協力を要請することになる。法と正義を執行するためとは言え、真実を報道するために生きているジャーナリストに、権力を用いて、己の矜持《きょうじ》を曲げさせるのだという見方もできる。

もちろん酸いも甘いもかみ分けた、海千山千の東尋坊おじさんである、怪盗フラヌール（の、偽者？二代目？）を捕まえるためならば、手段を選ぶまい。が、懇意にしている……、とは言わないまでも、普段からやりとりのある大手マスコミにならばともかく、息子のように愛している（はずの）ぼくにまで、その要請をするのは憚《はばか》られたのではないだろうか。

もっと端的に、大人の汚い世界をぼくに見せたくなかったのかもしれない。ぼくがどれだけ手を汚してきたかも知らずに……、ぼくがルポライターとしても、自分が怪盗フラヌールだという真実を報道することなく、いかに普段から誤報を書き殴っているかも知らずに。

だとするとおじさんには感謝しかなく、感動すらおぼえるけれど、実際にはもっと怖い可能性もある。

すなわち、東尋坊おじさん、ひいては警察庁怪盗対策部は、ぼくの正体を疑っているからこそ、ぼくを仲間外れにしたという可能性だ……、世紀の大誤報を打つときに、肝心の敵方にそれを知られてしまっていては、何の意味もないどころか逆効果でさえある。

ならば下手に動けないところもあるけれど……、しかし最悪の可能性を考えて、ぼくに対するトラップであると仮定しても、このまま動かないというのが最善の策であるかどうかも実に悩ましいところだ。なぜなら、反応を示さなかったことが、疑いの色を濃くする可能性だってあるからだ。すなわち、ルポライターとして、それも怪盗フラヌール専属記者として、この特落ちは、普通の精神をしていたら相当屈辱的なはずである。黙っていられるはずがない。この記事を片手に東尋坊おじさんのところに、どうして教えてくれなかったんですかと怒りさえ覚えながら押しかけるのが、通常の行動という気がする。冷静に考えればそれは愚行でしかないけれど、人間の行動は大体愚行だ。にもかかわらずその愚行を取らないということは、つまりあえて冷静な振りをしているということは、ぼくに何らかの後ろ暗いところがあるということ……、ぼくが怪盗フラヌールだということを意味している。

のか？

ピンポイントでそのレベルのトラップを仕掛けられるほどに容疑がかかっているのであれば、もう別件逮捕でもなんでもして、ぼくを拘束したほうが手っ取り早いのではないだろうか。別件逮捕はまっとうな捜査手法とは言いにくいけれど、マスコミに誤報を流させるほどではなかろう。

もしかすると、ぼくがそういった判断をして、記事を片手に警察庁に乗り込んだところを、不法侵入や公務執行妨害で捕らえようという作戦なのかもしれない。

ううむ。

疑心暗鬼になろうと思えばどこまでも疑心暗鬼になれる境遇である。行き過ぎればこういうのは陰謀論にも近く、世間のすべてがぼくを嵌《は》めるために動いているると思い込んでいるようなものだけれど、失敗が許されない以上は、慎重になってなり過ぎるということはないし、疑心暗鬼になってなり過ぎるということもないように思える。

いずれにせよ状況は始まっている。ぼくのことなのに、少なくともぼくの家庭のことなのに、ぼくとは関係のないところで。

最後の一品を返却すれば怪盗フラヌールとしての活動は終わりだからと、ちょっと気が緩んでいたのかもしれない。ラストのラストに、こんな抜き差しならない状況に追い込まれようとは……、まあぼくらしいと言えばぼくらしい手抜かりである。

無意識下のことではあるが、ランダムウォーク刑務所を最後まで残してしまったことも、感傷と言えば感傷だし、東尋坊おじさんへの遠慮とも感じる……、あの人との直接対決を避けようという、ぼくのビビり癖《ぐせ》が出てしまったという見方もできる。

そうしているうちにトンビに油揚げをさらわれたのか、それとも先行を許してしまったのか。

いずれにせよ大ピンチである。

こうなったら引退なんて眠たいことを言わずに、海外に高飛びするというのが一番賢明な考えかたであるような気もしてきた。すべてをなげうって逃亡するのだ……、怪盗フラヌールは世界中で幅広く活動していたとは言え、さすがにそれでも、足を踏み入れていない国々はある。その中でも、日本と犯罪人引渡条約が結ばれていない地域に潜伏すれば、さしもの怪盗対策部でも、対応は難しいのではないだろうか。

そうなったらぼくの勝ちだ。

いや、大敗北だろう。

そんな潜伏生活、逮捕されるのと何が違うのだ……、そんな逃亡をした時点で、ぼくは罪を認めたも同然だろうし。

「………」

まあさんざんごちゃごちゃ考えたけれど、トラップだろうとなんだろうと、座して待つという選択肢はない。皆無だ。

これが東尋坊おじさんのトラップだったとしたら、むしろ、ぼくひとりのためだけにそこまでしてくれたことを、光栄に思ってもいいくらいだ。目論見《もくろみ》にすっぽりはまって、警察庁に乗り込むという形の自首をするのも、やぶさかではないほどに。

逆に、その東尋坊おじさん達を手玉に取る……、とは言わないまでも（逮捕されているのだから）、その目を欺いている偽フラヌールが実在の人物であるなら、本物として、やはり黙っていられない。ぼくや、あるいは父の罪を望んでかぶってくれるというのであればそれもよかろうとも一瞬思ったけれど（一瞬ではなかったか？）、やはりぼくが背負った負債は、ぼくが清算せねばなるまい。

なんだかいわれのない大借金を背負ってしまっても自己破産をせず、生活保護も申請しない人の生真《き》面目《じめ》さを体現しているようでもあるが（基本的に社会制度は利用するべきだ）、これで終わるのは釈然としない。

怪盗活動が。人生にしても。

というわけで、ぼくは警察庁怪盗対策部を堂々と訪問することにした……、何も考えず、衝動的に駆け込む振りをして。『怪盗フラヌール逮捕』の特ダネ記事を片手に持つことも忘れずに。

第二章　東尋坊警部

1

　名探偵・涙沢虎春花と共に搭乗した飛行機が墜落するまでにはまだしばしの間がありそうなので、このまま回想を続けさせてもらおう。いわばこれは、死の直前に見る走馬灯みたいなものだ。

　警察庁に乗り込む場面から、どうしてトーテムポールと心中するところまで話が飛ぶのか（飛行機だけに）、気になるところではあると思うが、初めに言っておくと、この先を読んでもその謎は解けない。墜落する飛行機に乗る理由なんてあるもんか。強いて言えば涙沢虎春花と同乗したことだけがその理由である……、走馬灯を続けよう。

　走馬灯ならぬ馬車馬のように走り、ぼくは警察庁へ到着した。実際には地下鉄を使ったけれど、気持ち的には早馬のようなものだった……、ここに来るのも随分と久しぶりだ。

　怪盗フラヌールの活動再開により、かつての騒がしさを取り戻した怪盗対策部に恐れをなして、最近は近づけなくなっていたというのもある……、部下のいない、実態のない部長という役職から、捜査主任という立場を取り戻した東尋坊おじさんの周りを、ぼくのような得体の知れないルポライターがちょろちょろしていたら示しがつかないのではないかという気遣《きづか》いもあった。

　ただ、それがぼくのぼくらしさと言うか、可愛《かわい》げと言うか、ちょっと追い詰められれば、そんな気遣いはメッキのようにぺろりと剝《は》がれてしまう。

あるいはかさぶたのように。

むしろ久々に訪れる警察庁に、ちょっとうきうきしてしまっているくらいである。まるで里帰りでもしたかのような心持ちだ。いや、ぼくにとって実家はもう心地いい場所ではなく、むしろ家なんて言葉には嫌悪感さえ示したくなるくらいだけれど（虚家と言いたいくらいだ）、しかし思えばぼくは、怪盗フラヌールになる以前から、そして忌まわしい父の正体を知る以前から、警察庁には出入りしていたのだから、心が沸き立つのもやむかたないところだ。

が、いかんいかん。

好ましくない。

ぼくは特落ちしたルポライターだ。信頼しているおじさんから、怪盗フラヌール逮捕の報をもらえなかったことに、怒り心頭になって乗り込んできたクレーマーだということを忘れてはならない。

まあ、この状況が東尋坊おじさんの怪盗フラヌール捕獲作戦であるにせよ、そうではないにせよ、ぼくが教えてもらえなかったことは事実なのだけれど、しかし仮にぼくが怪盗フラヌールではなかったとしても、怒って乗り込むというのは、ぼくらしい行動とは言いにくい。

実際にはへらへら笑ってやり過ごしそうな気がする。もー、教えてくださいよ、やだなーおじさん、で済ましてしまいそうな気がする。神の視点に立ってみるなら、こうして乗り込んできている時点で、ぼくは怪しいということになるけれど……、ここまで来てうだうだ言っても仕方ない。

足を踏み入れた瞬間、さすまたで取り押さえられる可能性は当然考慮して、とりあえずいつでも逃げられる準備はしている。

ぼくには『足音を消して移動できる』という必殺技があるけれど、それは待ち伏せをしている相手には通用しない。なのでそのときすることは『煙幕を張って逃げる』なのだが……、警察庁のど真ん中でそんなことをして、その後の人生があるかないかは、また別の話である。

そうなったらもう、抵抗せずに、すっきり捕まっちゃったほうがいいんじゃないかという気持ちもある。と言うより、もしかするとぼくは、こんなどっちつかずな状況が続くくらいだったら、さっさと捕まって楽になりたいのかもしれない。決定的な状況を内心で求めている。

今回の件でそれが浮き彫りになっただけで、そういう無意識下の思いはずっとあったような気もしないじゃあない。

罪悪感があるとは言いにくい。だって、その罪悪感を払拭《ふっしょく》するための返却活動だったのだから。しかしその一方で、友人や恩人を偽り続けていることに、精神が削られていると感じる自分も否定できない。

嘘ばっかりついていると、人間の精神は持たないんだろうな。性善説を唱えられるような立場では、もうぼくはなくなってしまったけれど、シンプルに、ついた嘘を全部覚えていなくちゃいけないというのは、脳にかかる負担が大き過ぎる。

疲れてしまうのだ。

だからこそ楽になりたいなんて言葉が出てきてしまうのだろう。結局、ぼくなんて自分のことしか考えていないというわけだ。父と同様に……、父もこんな風に苦しんでいたのだろうか？

いやいや、それはない。ないない。

たぶんついた嘘をぜんぜん覚えてなくて、バレたらバレたでいいと思ってるタイプの嘘つきだった、あの男は。その証拠に、死後に自分の正体が、遺族にバレることをなんとも思っちゃいなかった……、エンディングノートを書けとは言わないが、せめて遺品は整理しろよと言いたい。

草葉《くさば》の陰《かげ》を焼き払ってやろうか。

まあ、仮にここでさすまたで取り押さえられたとしても、その父が盗んだ金銀財宝の、九十九パーセント以上はもう返却したのだ。株でさえ五十一パーセント押さえればいいというのに、この数字はもう、ぼくは自分の使命を、十分にやりきったと言ってよいのではないだろうか。

残りの人生を一生、それこそ監獄で過ごすことになっても、ほぼ悔《く》いはない。こういうことを言ったらなんだけれど、これまで返してきた他の金銀財宝と違って、どこにあるのかわからない刑務所なんて、返しても返さなくても、おんなじようなものだし。

この姿勢がよくないのか？

美学もなければ熱意もない。

しかしこれまで返却してきたお宝の大半もそんなようなものだったが（返すことで迷惑がられたことも少なくない。少なくとも、返却して感謝されたケースは一件もない。一件もだ）、刑務所はその性質が群を抜いている。ぐんぐん抜いている。

怪盗に盗まれた刑務所が再利用されることはないだろうし、それこそ網走監獄のように、展示してツーリズムに活用するというわけにもいくまい。どこにあるのかわからないのが売りなのだから。ガイドブックには掲載されない。

だったら、返却されなくとも、あるいは返却されたのが偽物であっても、似たようなものである。

つまりぼくはもう、百パーセントやり遂げたも同然だ……、引っかかりが残るとすればお艶のことだ。しかしそれも、盗品博物館の展示品が刑務所一品だけになってしまったら、事実上の失職じゃないだろうか？　ここで弟の意見を参照するのは忸怩たる思いがあるけれど、お艶は確かに自立した女性だ。

彼女を洗脳した父亡き今、ぼくさえ口を割らなければ、いくらでも人生をやり直せることだろう。

そう思うと、早くもちょっとだけ楽になった。まださすまたで取り押さえられてもいないのに……、さあて、どうなることやら。

ぼくは警察庁の中に這入《はい》る。

怪盗対策部のある十七階を目指して。あるいはさすまたで取り押さえられるために。

2

「不出来な話だよ、まったく」

久しぶりに会う東尋坊おじさんは、出会い頭に愚痴《ぐち》るように、そう言った。おや、なぜ愚痴られる？　本来、特落ちをさせられて、怒っているのはぼくのほうのはずなのに。

「道足くん。きみがどうしてここに来たのか、おおよそのところの予測はつくよ。しかし残念なことに、俺から教えてあげられるようなことはほとんどないんだ」

東尋坊おじさんは、本当に残念そうにそう言った。それもまた、本来残念なのはぼくのほうのはずでは？　ぼくのお株を奪うだなんて、あまりにおじさんげないのでは？　大人げならぬおじさんげ。

「え？　どういうことですか、何を言っているのかまったくわかりませんけれど。ぼくはただ、おじさんの顔を見たくなって来ただけですよ？」

そんなわけがないのに、いつものすっとぼけ癖と言うか、勘の悪い振りと言うか、きょとんとした顔をしてみせるぼく。本当、好ましくない。そんな間抜けヅラができるのも、一階で受付を済ませている際に、四方八方からさすまたで取り押さえられなかったからなのだけれど……、いやこれは実際、どういうことだ？

その時点でぼくは、あれがぼく個人をターゲットにしたトラップではなかったのだと、いささかの含《がん》羞《しゅう》と共に理解したが……、思えば自意識過剰にもほどがあったが、まだ、別の可能性は残されたままだった。

つまり、あれらの記事は広く世間一般を対象にした、本物の怪盗フラヌールをおびき寄せるためのトラップだったという可能性だ。しかしいざ、エレベーターに乗って十七階までやって来て、この……、なんと言うか、覇気のない東尋坊おじさんを見ると、その可能性も俄然《がぜん》疑わしくなってくる。

これが一世一代の賭《か》けに出たデカの姿とは思えない……、ん？　じゃあどういうことになるんだ？

九十九パーセントの金銀財宝を返却したぼくが、一足早くそうなっていたように、偽フラヌールがランダムウォーク刑務所に収監されたことで、東尋坊おじさんは燃え尽き症候群みたいなことになっているのか？

息子同然であるぼくが訪問してきても、可愛がることを忘れてしまうほどに？

だとするとますます気恥ずかしい。

結局ぼくは、ただただ半ば燃え尽き状態、つまり半焼状態でぼーっとしているうちに、特落ちしてしまっただけなのか？　可愛がってもらえないことをおかしいと思っていることも恥ずかしいが……、しかし、ここでお呼びでないと帰るわけにはいかない。

教えることはないんだと言われてさいですかとすごすご帰るようじゃ、本当にジャーナリスト失格である。変にごちゃごちゃ考え過ぎた自分を省みるために、一秒でも早くここを立ち去りたいのをぐっと抑え込む。

「あれえ、おじさん、もしかして、怪盗フラヌールが逮捕された例の件のことを言っているんですか？　ええ、当然ぼくも独自の情報網から知ってはいましたけれど、別にそれについて聞きに来たわけではありませんよ」

嘘八百《うそはっぴゃく》とはこのことだが、こういう台詞は事前に用意していたわけではない。想定外の状況に対して、息をするように嘘をついているだけだ。ついた嘘をすべて覚えてなくてはいけないのがストレスだみたいなことを悩みみたいに言ったけれど、白状すれば、こういったすべてを覚えているわけではない。

嘘がバレたらもっと大きな嘘をつけばいいと思っているだけだ。

父との違いはフォローのあるなしだけである。

「ぼくはもう心から、東尋坊おじさんに会いに来たまでで。でも、こんなお疲れの姿を見ることになるとは思っていませんでした。お邪魔になるようでしたらすぐに帰りますけれど、もしも何か話したいことがあるんでしたら、ぼくでよければ聞きますよ」

そう言って、まったく帰る気がないぼくは、近くの席に、勧められてもいないのに勝手に座った……、我ながら図々《ずうずう》しいにもほどがあるけれど、しかし座れてしまったことには、やや違和感があった。

ぼくの図々しさに関する違和感ではなく。

怪盗フラヌールの活動停止により、一時は閑古鳥が鳴いていた怪盗対策部ではあるけれど、活動が再開されて以来……、つまり、ぼくが二代目を継いで以来は、その人数は全国をカバーできるように増員された。

それでぼくの足が遠のいていたというのもある。ぼくの座る椅子《いす》などなくなってしまっていたからというのが……、しかし、今日来てみたら、ワンフロアを占拠している怪盗対策部で在席していたのは、東尋坊おじさんひとりだった。

『かつての盛況を取り戻した』の、逆の現象が起きている……、えーと、つまり、怪盗フラヌールが逮捕されたことにより、怪盗対策部は早くも解散したのか？　さすがに早過ぎるように思うが……、その怪盗は偽者なんですよと言いたくなる。言ってしまうとぼくが本物（の二代目）であることがバレるので、そこは自制せねばなるまいが……、トラップでもなかったのに自ら嵌まってどうする。

ほぼ自滅じゃないか。

自然消滅とも言える。

「まあ、そうだな。教えてあげられることはないとは言ったが、不出来なことに、時間だけはいくらでもあるからね。ちょっとこの老人の話を聞いてもらおうか」

東尋坊おじさんはそう言って、ゆるゆると顔を起こした。無精ひげが生《は》えていて、なんだか一週間張り込みをした直後みたいな様子である。図々しいぼくでなければ、無邪気に居座り続けることはとてもできなかったであろうほどに、本当にお疲れの様子である。

さすがに心配になってきた。

心配になるのが遅いと言われるかもしれないけれど、まあ親友のことをまったく心配などしていなかった父に比べれば、ぜんぜんマシな人間性のはずだ。

「どうしたんです、おじさん。てっきり、怪盗フラヌールを捕まえたとあって、怪盗対策部は今頃お祭り騒ぎなんじゃないかと思っていたくらいだったんですが。打ち上げ会場はどこです？　それとも、もう祝いの席は終わって、だからお疲れなんですか？」

二日酔いという風にも見えないけれど、ぼくはそう訊《たず》ねてみた。そうじゃないことはわかっていたが、勘の悪い振りを続けた。

「怪盗フラヌールの逮捕か。まあ、俺に言わせれば、偽者なわけだが」

その言葉にどきりとする。静かに真実を看破されたみたいな気分になったが、そういうことではなく、返却怪盗そのものが怪盗フラヌールの偽者であるという意味合いらしい。

それはそれで傷つく。

が、よりプライドがズタズタになっているのは、おじさんのようだった。

「真の偽者は、俺だったのかもしれんな。偽者扱いしていたそんな返却怪盗すら、俺は逮捕することができなかったというのだから」

「？　どういうことです？　ますますわけがわかりません」

これはとぼけているのではなく、本当にますますわけがわからなかったので、手拍子で訊《き》いてしまった。無邪気と言うより、ここまで来たら無神経だったかもしれない。

虎春花のものの訊きかただ。

相手が優しいおじさんでなければ、怒鳴《どな》りつけられていたかもしれない……、彼は言った。

「今回の怪盗フラヌールの逮捕劇に、俺は一切嚙《か》んでいないということさ。俺どころか、この怪盗対策部そのものが、まったく絡んでいないいんだ」

「ええ？」

改めてぐるりと怪盗対策部を見渡す……、誰もいない怪盗対策部を。そんなぼくを見て、東尋坊おじさんは、

「この部署も今、解体中だよ。当然だな、唯一の存在意義を果たせなかったんだから」

と、自虐的に言った。

なんだか、おじさんのテンションまで、返却怪盗登場以前に戻ってしまったかのようだった。

心苦しい。

全盛期の刑事魂を取り戻させたという一点において、ぼくはお世話になった東尋坊おじさんを騙している罪悪感をどうにかこうにか減殺していたと言えるのに。ぼくのためにも元気を出してもらわなければ。

「じゃあいったい、誰が逮捕したって言うんです？　あの怪盗フラヌールを。それに、ぼくが見た記事の中には、怪盗対策部の手柄みたいに書いているものもありましたけれど……、あれは誤報だったんですか？」

すべてが仕掛けられた誤報という読みは、もう完全に外れたにせよ、あやふやな記述が多かったのも確かだ。

「まあ、そんな風に手柄を押しつけられてしまった感はあるな。何もできなかった俺達にできるのは、そんな風に名義を貸すことだけなんだから」

「手柄を押しつけられた……？　誰にですか？」

「怪盗フラヌールにだよ」

あいつは自首してきたんだ。

と、忌々《いまいま》しげに東尋坊おじさんは言った。

3

偽フラヌールが自首？

そう聞いてぼくは目眩《めまい》がした。こうして半ばトラップであると危惧《きぐ》しつつも、警察庁を訪れたのは、さすまたで取り押さえられることを覚悟した出頭みたいなところが確かにあったけれど、そんな行為すら、ぼくは偽者に先んじられたというのか？

「まあ、自首という表現も、正確じゃないのかもしれん。少なくとも俺の知る怪盗フラヌールは、そんな真似《まね》はしないからな」

「…………」

「ランダムウォーク刑務所を、例によって『返却』するにあたって、奴はこう考えたらしい。この刑務所は自分を拘束するためにのみ建設されたものなのだから、その中に自分が収監されていなければ、返したことにならない……、と」

怪盗フラヌールのいないランダムウォーク刑務所を返却するなんて、中身のない宝箱だけを返却するようなものだ……、という意図だろうか？　絵画の額縁だけを返すようなものだと？

なんて変なことを考える偽者だと一笑に付したいところだったが、その思想は、確かに怪盗フラヌールのそれだった。少なくとも、トラップだったらいっそ捕まってしまえばいいやと、投げやりな気持ちで警察庁にやってきたぼくよりもずっと、怪盗っぽい。

怪盗の美学っぽい。

「だから俺はこの件に関してはまったく関与していないんだ。怪盗フラヌールは逮捕されたとも言いがたい。逮捕手続きも送検手続きも、裁判手続きすら経ることもなく、最初から収監されているんだから……、のみならず、ランダムウォーク刑務所がかつてそうであったように、どこに返却され、今、どこにあるのかも、わかっちゃいない」

「そんな……、それで返却されたって言えるんですか？」

言えるのだろう。

むしろそうでなければ、返却されたとは言えない。

どこにあるのかわからないのだから返却しなくても返却しても同じだとか、雑なことを考えていたぼくの、またもや上をいく発想である。

「マスコミに収監情報をリークしたのも、いわば怪盗フラヌール自身だよ。俺達のところに届いた返却予告状とは、やや内容が違ったようだし、メディアはそれぞれのスタンスでの解釈を報道したようだが……」

それが記述にあやふやなところが多かった理由か。怪盗対策部の作ったトラップではなく、偽フラヌールが仕掛けたトリックだったと……、すべてのピースが綺麗にはまっていくようでいて、しかしだとしても、疑問はひとつ残る。

ならば怪盗フラヌール専属記者であるぼくを、そのトリックの輪から外す理由がどこにある？　輪どころか、それは軸を抜いたようなものだろう？　可能性があるとすれば、専門家のぼくにそんなタレコミをしたら、自身が偽者であることが露見しかねないから……、つまりエキスパートたるぼくを警戒したからという説がひとつ。

もうひとつ、考えたくない可能性として……、ぼくが怪盗フラヌール本人であることを、偽者は知っているから？

雲散霧消していた危機感が戻ってきた。

いや、しかしこの危機感さえ、もう遅かりし感情じゃないか？　だって偽フラヌールは、どこに返却されたか、怪盗対策部でさえ把握していないランダムウォーク刑務所に収監されているのだから。

「お、おじさんはそれでいいんですか？　長年追い続けた怪盗フラヌールとの決着が、こんなあやふやな形で、しかも怪盗対策部の関与しない形でついてしまって」

「いいも何も、もう俺にできることはないからね。どのみち、ランダムウォーク刑務所の返却をもって、怪盗フラヌールがこれまでに盗んだ金銀財宝は、すべて返されてしまったのだから」

俺の負けだよ。

東尋坊おじさんは力なくそう言った……、偽フラヌールに対して発されたそれは、二代目のぼくどころか、初代の父でさえ引き出せなかった、敗北宣言だった。

第三章　閨閥艶子

1

「あらぼっちゃま、お帰りなさいませ。どうなさいました？　ご機嫌斜めじゃありませんか」

「ぜんぜん？　ぼくは常にご機嫌だよ、特にお艶の顔を見たときにはね」

警察庁怪盗対策部をあとにしたぼくは、そのままその足で、日本のどこかにある盗品博物館へと凱旋《がいせん》した……、敗北して帰る場合も凱旋と言うのかどうかは知らない。都落ちと言ったほうが正確かもしれないけれど、少なくともこの盗品博物館がある場所は東京ではなく、日本のどこにあるのかはセキュリティの都合上明かせないが、決して警察庁からアクセスのいい場所にはないので、結構時間がかかったけれど、それはまったく気にならなかった。

館長の閨閥艶子はいつも通りの喪服で（ぼくの父が亡くなって以来、彼女はずっと喪服だ。きっと寝間着も喪服だと思う）、いつも通りにぼくを出迎えてくれた。予約もしていない来客を恭しく……、彼女は彼女で知らないはずがないのに。

偽フラヌールが偽ランダムウォーク刑務所に収監されたという報道を、知らないはずがないのに。

かつて怪盗フラヌールのアシスタントを務めさせられていたのだから……、まあ今も、ぼくのアシスタントを務めてくれていると言えなくもないが、基本的に、ぼくはお艶を、返却活動に関係させたくないという立場を一貫して取っている。

つもりだ。

けれど、ことここに至ると、そういうわけにもいかなくなってきた。

偽フラヌールがぼくや、あるいは父の名前を『盗んだ』というだけであれば、まあその行為は寛大に許してやってもいいと言えなくもなかった。

ぼくだって初代の名前を許可なく名乗っているのだし、そもそもその初代は稀代《きたい》の大犯罪者である。はっきり言って、誰に何をされても仕方のないレベルの悪党だ……、父はぼくに対して何を言う権利もないし、ぼくは偽フラヌールに対して何を言う権利もない。

本来ならば、だ。

しかし東尋坊おじさんをあんな境遇においやったとなると話はまったく別である。かつて干されていた頃の、いや、それよりも酷い状態に追い込むとは……、尊敬するおじさんの、あんな姿は見たくなかった。

筋違いであることは重々承知しているけれど、傷ついたみたいな気分になった。いや、偽フラヌールの『自首』によって、敗北を喫したのは、実際、東尋坊おじさんだけではない。おじさんを思いやる気持ちに溺れてばかりもいられない。

返却怪盗としてのぼくも敗北だ。

ランダムウォーク刑務所を返却するにあたり、自分自身が収監されていなければ返したことにならないという発想は、ぼくにはまったくないものだった。

本当に、微塵《みじん》も、欠片《かけら》もなかった。

それはひとえに、ぼくの保身の気持ちに由来するものではあったが、それをされてみると、それしかないという見事な返却で、シャッポを脱がざるを得ない。怪盗的に言うなら、シルクハットを脱がざるを得ない。

なんというか、思ったよりもマジなのだろう、偽フラヌールは。

愉快犯じゃないぜ、こいつ。

当初ぼくは、精神的にも肉体的にも疲労し続けた返却怪盗としての活動を最後の最後に横取りされたことで、楽に手柄を得やがってと思ったし、そのコストパフォーマンス・タイムパフォーマンス優先の姿勢に、怒りさえ覚えたものだ。

逆に言えばそれだけスマートな『横取り』だったわけだが、そんな行為は怪盗とは、怪盗の美学とは遠いところにあると、まあ父ならば言うだろう。しかし、返却のために己の身柄さえ犠牲にするというその姿勢は……、計算も費用対効果もないその姿勢は、言ってしまえば怪盗よりも怪盗らしい。

東尋坊おじさんからその理屈を聞かされたとき、ぼくもまた、名刑事同様の敗北感を味わわされた。

ゆえに東尋坊おじさんに、そんなことはありませんよ、どうあれ怪盗フラヌールが収監されたということは間違いなく正義の、つまりあなたの勝利ですとは言えなかった。白々《しらじら》しくなってしまっただろうし、ぼくの敗北感までおじさんに伝わってしまって、変なエコーチェンバー現象が起こってしまってもまずい。

少なくともぼくは、尊敬するおじさんと傷のなめ合いをしたくはなかった……、長居はせずに、警察庁をすごすご立ち去るしかなかった。逮捕されることも覚悟で乗り込んだはずなのに、誰に引き留められることもなく……、当然だ、『怪盗フラヌール』事件は、警察にとって、もう解決してしまった事件なのだから。

怪盗対策部も解体である。

おじさんだって、あとは勇退するだけ……、退職金は弾まれるかもしれないけれど、それはご祝儀のような形になってしまうだろう。あるいは慰謝料のような形に。まあ何にもできなかったけれど、結果怪盗フラヌールは捕まったし、盗まれた品々も全部返ってきてよかったねという風に思ってくれる人は、まずいない。

極めて短期的なことだけを言えば、その点、さすまたで取り押さえられなくて個人的にはよかったと言えなくもないのだけれど、しかし謎は残った。怪盗対策部の策略でなかったのなら、どうしてぼくは怪盗フラヌール逮捕の報を、特落ちしてしまったのだろう？

おじさんいわく、メディアにその情報をリークしたのは偽フラヌール自身で、言うなら返却予告状ならぬ返却証明書を送りつけたらしいのだが……、それがああして記事になった以上、何らかの証拠も同封または添付されていたのだろう……、どうしてその送付リストから、ぼくが除外されたのかは、不思議で仕方がない。

偽フラヌールは単純に、ルポライターにして、怪盗フラヌール専属記者であるぼくを知らなかったのか？

偽者であることが露見することを恐れ、一番の専門家であるぼくに返却証明を精査されることを避けたのだという推測もしたけれど、ここまで怪盗フラヌールであることに徹している偽者が、その可能性を危惧するとは考えにくくなってきた。

ならばと、更に考えを深めるならば、実のところ、あとふたつ可能性がある。看過できない可能性が。ひとつは、偽フラヌールはぼくが二代目であるということを知っているという可能性だ……、これはまずい。非常にまずい。

怪盗対策部にバレているという線は消滅したが、しかし犯罪者にそれが露見しているというのは……、まあ初めての経験ではないけれど、だとすると、偽フラヌールがぼくを避けたのは、理の当然である。

どんなふてぶてしい偽者とて、本物相手に名刺を送ったりはしないだろう。ご本人登場、じゃないんだよ。ご本人相手に偽者が登場してどうする。

そして更に、もうひとつの可能性。

偽フラヌールはルポライター・あるき野道足を、相手にしていないという可能性である。組織に属してもいない若手の記者に、わざわざ返却証明書を送る必要はないとシビアに判断した……、能力など関係なく、キャリアで判断した。あるいはぼくを記事を読んだ上で、怪盗フラヌールマニアとしては自分のほうが上だと、洟《はな》もひっかけなかった。

いわゆる、鼻紙にもしなかったという奴だ……、これは屈辱的である。警戒されたのではなく、相手にされていなかった……、偽フラヌールの偽の返却は、根っこのところには二代目怪盗フラヌールの返却活動へのリスペクトがあるのだと、ぼくは勝手に思い込んでいたが、こうなると、それも怪しくなってくる。

ぼくには思いもよらなかった形でランダムウォーク刑務所を返却し、ぼくが逃げまくって、あの手この手でからくも凌《しの》いでいた東尋坊おじさんに完全勝利を収めた……、まるでこう言われているようじゃないか。

怪盗フラヌールを継ぐのは、自分のほうがうまくできると。

偽者はお前だと。

……まあ、確かに仰《おっしゃ》る通りで、ぼくは偽者なわけだけれど、偽者の偽者にそんなことを言われる覚えはない。

返却の完了を前に燃え尽き症候群みたいになっていたし、偽フラヌールが代わりに捕まってくれたのならそれでもいいか……、なんて考えが変わった。不本意にも育ちのいいぼくは、非常に穏やかなほうだけれど、ここまで馬鹿にされて黙っていられるほどの善人ではない。

むしろ犯罪者だ。

偽者に、目にもの見せてやらねば気が済まなくなった。

どちらが本物の偽者なのか、決着をつけようじゃないか。

2

そんなわけで原点に返ろう。偽フラヌール……、と、いつまでも言い続けるのも座りが悪いので、略して偽ヌール、偽ヌールに対してぼくが持つ、今や唯一のアドバンテージと言える、本物のランダムウォーク刑務所をこの目で再確認するために、盗品博物館に戻ってきたのだった。

本物の本物性も、こうなってくるとかなり疑わしいと言うか、薄れてくるところもある……、怪盗フラヌールが中にいるほうが本物、という見方の説得力は認めざるを得ない。

たとえば高価な茶碗《ちゃわん》があったとして、そりゃあその茶碗のために用意された木箱があればそれが本物だろうけれど、たとえ郵送用の段ボール箱であろうと、中にその茶碗が実際に入っていれば、その段ボール箱のほうがよっぽど価値があると言えるだろう。

中身が空っぽでも、箱に価値があると言えるのか？　もちろん、入れ物を大切にする文化はあるし、おもちゃの中古の買い取りなんかじゃ、箱から出していないことが価値に繋《つな》がったりもするから一概に言えないけれど……、刑務所ならば、新設されたほうが普通に本物ということにはならないだろうか？

テセウスの船ほどの哲学的問答ではない。

駅があったとして、古びてしまったから違う場所に路線を通し、新しい駅舎を建てたとする……、この場合、材料も場所も歴史も違っているわけだが、電車が通り、乗客が利用し駅員が働くのは新設側である。

それでもなお、元の駅が本物だろうか？

そうはならない。

もちろん偽物化するとまでは言わないけれど……、そういう場合は、元の駅はこう呼ばれることになるのだ。

旧駅舎と。

笑える話だ、つまり今ぼくは、旧怪盗フラヌールというわけなのだから。さしずめ父は、旧々怪盗フラヌールか……、父を過去のものとするために活動を続けてきたぼくだったが、父よりも先に過去のものとされてしまった。

ランダムウォーク刑務所同様。

汲々《きゅうきゅう》としてやがるぜ。

が、それでへこたれるぼくではない。そうだろう？　ランダムウォーク刑務所よ。無機物に話しかけるようになってしまえば、ぼくもおしまいだが。

「当然、お艶は知っているんだよね？　ランダムウォーク刑務所が元々、どこにあったか。東尋坊おじさんにとっ捕まったとき、あの男がどこに収監されていたのか」

「ええ、もちろんですわ」

「でも、それをぼくに教えるつもりはない」

「とんでもないことでございます。わたくしはぼっちゃまの忠実なる乳母でございますので、問われればお答えいたしますわ」

「しかし、訊くつもりはない。なぜならぼくはあの男と違って、お艶を共犯者にするつもりは毛頭ないからだ」

「ほほ」

「けれど、もしもお艶が自発的に、あるいはうっかり教えてしまう限りにおいては、その縛りの範囲にはないと言うか、そんなケアレスミスにまで目くじらを立てるつもりはないんだけれど」

さりげなく水を向けてみたが、お艶からの答はなかった……、失笑以外になかった。ぼくにヒントを出すことさえせず、盗品博物館の最下層への道案内を続ける。

勝手知ったる盗品博物館ではあるけれど、さすがにそのダンジョンの最下層となると、ぼくひとりでは道に迷う。館長による道案内は必須だ。まあぼくがお艶に導かれるのが好きだという個人的な事情もあるけれど……、しかし、弁《わきま》えていないわけではない。

ここでお艶に平身低頭して、ランダムウォーク刑務所を父はどこから盗んだのか……、ひいては偽ヌールが、どこに偽ダムウォーク刑務所を返却したのかを特定するのは簡単だ。この世に、お艶に平身低頭するくらい簡単なことはない。

なんなら何もなくても平身低頭したいほどである……、だが（そんなことを言ったあとでこんなことを言っても信憑性はあるまいが）ぼくにだってプライドはある。駆け出しの頃ならばともかく、返却怪盗最後の仕事だというときに、お艶に甘やかされようとは思わない……、あくまで頼むのは、この道案内のみだ。

おそらくこれがお艶の、盗品博物館館長としての最後の仕事になるだろう……、場所の特定は、ぼくだけでおこなう。そのために今一度、旧ランダムウォーク刑務所……、もとい、本物のランダムウォーク刑務所に向き合うことにしたのだ。

ヒントが残されているかもしれない。

元々どこにあったのか、その痕跡《こんせき》が、建物に刻まれていてもおかしくない……、いや、刻まれていないほうが本来は不自然なのだ。もっと早くそうしていれば、偽ヌールに先を越されることもなかったかもしれないのに……、と、後悔しても仕方がない。

今すべきことは、たとえ後塵《こうじん》を拝しているのだとしても、位置情報を特定することだ……、そしてそこに向かうことだ。

偽ランダムウォーク刑務所がそこに返却されたということは、偽ヌールはそこにいるのだから。

そこに収監されている。

面会に行って、刑務所から引っ張り出して、落とし前をつけさせてやる……、などと血気盛んに意気込んでいるつもりはないが、しかしもう、捨ててはおけなくなってしまった。ぼくだけならばまだしも、東尋坊おじさんにまで敗北感を与えたその偽ヌールがどんな奴なのか、会わないわけにはいかなくなった……、おかしなことを言っているとは思わない。

刑務所に面会に行くだけだ。

こちらにも向こうにも、当然の権利である。

「参考までに、つまり世間話として訊いてみたいんだけど、お艶。あの男の代には、そういうのって現れなかったの？　同時期に暗躍した、いわゆる偽者みたいなの」

「もちろん旦那《だんな》さまほどの怪盗でございましたから、偽者と申しますか、模倣犯は山ほど生まれましたわ」

誇らしげに語るお艶だった。

この期に及んで洗脳があまり解けていない。

少なくとも喪服を脱ぎ、あらゆるファッションを楽しめるようにならなければ、父の呪《のろ》いから解放されたとは言えない。ただでさえ盗んできた人魚の肉を食べさせられて、歳《とし》の取れない体にされてしまったのだ。

ちなみに、食べてお艶の血肉になった分は、返却のしようがないので、考えないようにしている……、ぼく達兄妹の養育のために使ってしまったお金だってあるだろうし、実は百パーセントの返却は、最初から不可能でもあるのだ。

「で、あの男はそういう模倣犯に対して、どう対応していたんだ？　偽者に対して大物ぶって、そういうエピゴーネンは相手にしなかったのかな？」

「表のルポライターの顔で、東尋坊さまと捜査協力し、その手の偽者は一人残らず検挙しておりました」

大人げないことを。

なるほど、しかし謎がひとつ解けた。東尋坊おじさんがぼくの返却活動を、ああも偽者と決めつけているのは、父と共に成し遂げた、そういった成功体験があったからか……、そこで東尋坊おじさんに手柄を渡しまくることで、父は怪盗対策部の内部にずぶずぶ食い込んでいったというウィンウィンの関係だったわけだ。

ウィンウィン？　いや、父から東尋坊おじさんへの、一方的な搾取であり一方的な寄生なのだが……、ただまあ、そういった非人間性に対する嫌悪感をさておけば、偽者の存在すらも己の利益として取り込んでしまうあたり、大怪盗である。

よくやるよ。

偽者に乗っ取られたぼくとは器が違う……、と、お艶が勘違いしてしまうのも責められない。

やはり、偽ヌールが偽刑務所を返却したからぼくの仕事は終わったようなものだという理論で、この乳母を盗品博物館館長という役職から、そして今は亡き初代怪盗フラヌールのアシスタントという役職から、解放してあげることはできないようだ。

残念無念。

最下層にある刑務所を燃やしてなかったことにするというプランが、頭の片隅《かたすみ》に浮かび上がらないでもなかったのだが、その案は到着するまでに捨てておいたほうがよさそうである。

そうそう。

あの男に洗脳されているとまでは言わずとも、支配下にあるという意味では、お艶と立場が近い奴がいたな。

「あいつから何か連絡はあった？」

「あいつとは？」

「ぼくがあの男と言うときはあの男だし、あいつと言うときはあいつだよ」

「ははあ。軍靴さまでございますね」

あんな奴にさま付けをする必要は何をおいてもないけれど、さすがお艶、察してくれる。こういう能力の高さを搾取されていたのだと思うと哀れでならない。

「特に連絡はありませんが。気になりますか？」

「愚弟が愚行を犯さないかどうかという点が気になるかどうかと問われているなら、もちろん気になるよ」

怪人デスマーチがこの状況をどう思っているのかということを、あまり深く考えていなかったけれど……、まあ快《こころよ》く思っていないことは間違いないだろう。そうは言っても血の繋がった弟なのだから、偉大な兄が、得体の知れない刑務所に収監されたなんて風には捉えないはずだ。

　誤報と思うに決まっている。

　が、父親の影響下にあるあの弟は……、厳密に言うと、尊敬する父親が大犯罪者だったことを知ってその事実から逃げ出したものの、そんな父親は正義の泥棒であり、子供達のために働いてもいたのだというこじつけをすることで、かろうじて精神の均衡を保ち、どうにか父親を尊敬し続けているあの弟は、怪盗フラヌールの名を汚す偽ヌールを、許してはおかないのではないだろうか？

　危険なことに、怪人デスマーチには、土金《つちがね》ポワレという凶悪殺人犯が同道している。堂々と同道している。そんな不届きな偽者なんてぶっ殺《ころ》してやると思い詰めていてもおかしくはない……、ぼくが知る限りのポワレちゃんの犯行動機には合致しないけれど、しかしあの子は、知った風なことを言われるのをもっとも嫌う。

　知ったようなことを言ったという理由で人を殺しかねないのだ。偽者なんて相手にしないだろうと推測されたという理由で偽ヌールを殺してもおかしくはない。

　そこらへんの危惧も含めて、あの弟が妙な動きをする前に、ぼくが偽ヌールの身柄を押さえないと……、なぜぼくが、東尋坊おじさんやぼくに敗北感を与えた偽ヌールを保護しなければならないのかは大いなる謎だが、面会がかなったとすれば、偽者には訊いてみたいことがあるのだ。

　ただの偽者と言うには真に迫り過ぎている偽ヌール……、ファンやマニアでは済まない偽者は、もしかすると、初代怪盗フラヌールの関係者かもしれないからだ。

　お艶に確認したかったのは（そしてはぐらかされてしまったのは）その点である……、父の代にも真に迫った偽者がいたとしたら、そいつは偽ヌールと同一人物である可能性があった。

　ランダムウォーク刑務所のありかより、そっちの方向から個人を特定することができればめっけものだったのだが、しかし東尋坊おじさんとのタッグで全員を捕まえたという大人げない話が本当なら、その可能性は消してしまっていいわけだ。

つまり虎春花と同じく、次世代であるぼくの前にだけ現れた新キャラというわけである……、まあ、虎春花に比べたらマシだと思おう。少し、いや、かなり気が楽になる。

「これは質問じゃなくて、独り言《ひとりごと》だと思って聞いてほしいんだけど、お艶。初代のあの男のそばで、そうやっていろんな模倣犯を見てきたお艶の目から見て、今回の偽ヌールはどう見える？　あの男と東尋坊おじさんに鎧袖一触《がいしゅういっしょく》にされた偽者連中と、同じレベルに感じるかい？」

「主張の強い独り言もあったものですこと。いえいえ、さすがに、このレベルの強敵はいなかったと思いますよ」

強敵、か。

やっぱり敵だよな。

「旦那さまのあらゆる側面を真似る、様々なタイプの偽者がいましたけれど、旦那さまのコレクションを盗んだかたはいませんでした。この盗品博物館は、泥棒の被害に遭ったことは一度もございません」

「今回が初めてってわけだ」

「今回も、被害のうちには数えませんわ。侵入を許したわけではありませんもの」

そこは館長としてのプライドがあるのか、珍しくきっぱり、思わせぶりにぼかすことなく、お艶は言った。

「展示品のリアルな偽物を作ることで、展示品の価値を暴落させるというのは、ない手ではございませんが。そうやって警備を緩くさせ、世間的には無価値となったお宝を盗むという手法を、旦那さまは使ったことがありますわ」

「あくどいなあ」

誇らしげに語るお艶に、ぼくは呆《あき》れずにはいられない……、時代背景もあるのかもしれないが、やっていることは偽者連中より悪辣《あくらつ》なのではないだろうか。

なにが美学だよ。

世界に一枚しかないレアなトレーディングカードを盗むために、その粗悪な偽物を大量に流通させ、持ち主から所有欲を減退させるみたいなものか……、ものか、と、ある手法のように言ったが、そんなエピソードは聞いたことがない。

が、いわゆる悪貨は良貨を駆逐《くちく》するという話ならわかる……、その上で、奇貨居《お》くべしというわけである。裏を返せば父にとっては、お宝の世間的な評価など、どうでもよかったということなのかもしれない。自分にとってだけ値打ちがあれば、二束三文のがらくたでも……、それこそ偽物でも構わなかった。

ぼくが最初に返却した『ダ・ヴィンチの浮世絵』なんて、思えばそのいい例みたいなものだし……、ランダムウォーク刑務所も、またそうだろう。

そんなもの、誰が欲しい？

処分できない不動産の代表例みたいなものじゃないか……、偽ヌールも変に知恵を巡らせずに、この盗品博物館から実物を盗み出してくれたらよかったのに。

そうすれば、少なくともお艶は館長の職を失っていたわけで、そういういい話もあれば、ぼくもここまでムキになったりはしなかった……、いや、それでも、おじさんをあんな目に遭わせたことは許しがたいか。

「到着しましたわ、ぼっちゃま。ここがご所望の、ランダムウォーク刑務所の展示エリアでございます……、今やこの盗品博物館の、唯一の展示物。存分にご堪能《たんのう》くださいませ」

◇ 3 ◇

ランダムウォーク刑務所は、怪盗フラヌールを収監するためだけに作られた監獄ではあるが、それでも結構なサイズのハコモノである。なので一口に検分すると言っても簡単ではない……、簡単ではないからこそおろそかになっていた部分もあるので、嫌気がさすと言ってはいられない。見つけなければ。

かつてこの刑務所がどこにあったのかを示すヒントを……、父がどのように移築したのかはお艶のみ知るだが、それはまあどうでもいいとしよう。今ではもう使えない、コンプライアンスに違反する手法を使った可能性もあるし。

そこはさすが、館長の手腕と言っていいのだろうけれど、保存状態は良好である……、むろん新築と見まごうばかりとは言わないけれど、安心して中に這入ることのできる建物だ。廃墟《はいきょ》に冒険に来たという感じではない……、ほとんど使用されていなかったこともあるんだろうけれど。収監されたと言っても、父が実際にここに囚われていた期間は、そう長くはない。

ごくごく短期間だったはずだ。

たぶん、今ぼくがしているように、刑務所内の構造を把握して、まあ独房生活を堪能したら、すぐに怪盗活動に入ったはずである……、いくら変装の名人といえど、あんまり長期間いると、東尋坊おじさんに正体がバレかねないし。

ランダムウォーク刑務所はいわゆる放射状の刑務所だ。少人数で大人数を見張れるようになっている。昔の刑務所の構造としては、そう奇異でもない……、網走監獄も確かそうだったはずだ。ひとりしか収監されていないのに、放射状にする必要はないと思うのだが、これは将来を見越してのことだったのかもしれない。

怪盗フラヌールほどの大犯罪者を収監できる刑務所となれば、同じレベルの犯罪者の投獄の場としても機能するという予測だったのかも……、だとしたら、その目論見はすさまじく大きく外れてしまったわけだ。

怪盗フラヌールに対して、まったく機能しなかったばかりか、建物ごと盗まれてしまったのだから……、怪盗フラヌールにとっては、『自分のためだけに建てられた刑務所』というところに（独自の）価値を見いだしていたのだろうから、他の犯罪者が収監される前に盗みたかったという、せせこましい事情もあったのだと思われる。

世間からどう思われるかはどうでもよくとも、自分の評価には敏感なわけだ……、誰かと同列に扱われることが耐えられない。偽者の存在も許さなかった。

小さい男だ、まったく。

怪盗の美学とか、はたまた哲学とか、そういう形でしか自己顕示欲を満たせなかったというだけで自明ではあったけれど、逆に言うと、偽者が次々に現れたことは、あの男の虚栄心を満たしもしたかもしれない。

まったく共感できないが。

偽ヌールなんて登場されても、嫌な気持ちしかしない。

一時間くらいかけて一通り、刑務所内を見学してみたものの、残念ながら新たな発見というのはなかった。やはり基本的に頑丈そう、堅牢《けんろう》そうなだけで、壁にも天井にも鉄格子にも、これと言って特記事項はない。

隠し通路や仕込まれた暗号、宝の地図などは望むべくもない。いったいぼくは何を期待していたんだかという気持ちにもなってくる。ある特定の地域でしか採掘されない土を利用して作られた煉瓦《れんが》が使用されているとか、特別な伝統工法で作られた檻《おり》とか、そういうものか？

そうだったかもしれないけれど、しかし建材もあくまで、大量生産のそれだった……、建築手法にも変わったところは見受けられない。

むしろそれが狙《ねら》い通りであるように見える。つまり、建材や建築手法から、土地や文化、歴史が特定されることを避けようと、大量生産であることに病的なまでにこだわっている……、建築家にそういう努力をされてしまうと、参ったと言わざるをえない。

手がかりが見つかるわけがない。

が、それでも文化……、つまり個性や自己そのものを、完全に隠匿することなんて、できないんじゃないだろうか？　なくて七癖の諺もあるし、犯罪者史上屈指の承認願望を持っていた怪盗フラヌールが、まさにそうである。

コレクションをしたいのであれば、黙ってやったほうがずっとよかっただろうに、予告状なんてものを事前に送付する自己顕示欲……、二代目のぼくも、基本的にはそのシステムを採用している。偽ヌールが大手メディア（要は、ぼくを除くマスコミ）に己の投獄（自首）を公表したのも、あるいは自己主張ということができる……、それはまたあるいは、怪盗フラヌールを継ぐのは自分だという自己主張なのか。

要するにどれだけ隠そうとしても、無意識のうちに、あるいは意識的に、どこかに個性は出てしまうはずなのだ……、このランダムウォーク刑務所とて例外ではないはず。

たとえば、よくある放射状の刑務所と言っても、一般的なそれとは相違点も見受けられる。牢屋《ろうや》が百八十度ではなく、中心の見張り台から三百六十度の形に延びている……、具体的には六十度ごとに六本の監獄棟が広がっている。

これでは看守がひとりでは見張りきれない。表と裏、最低でもふたり見張りが必要になる……、本来の趣旨に反しているとさえ言えるが、設計ミスとまでは言えない。

いわゆるパノプティコンなんかは、こういう中心から見張る形なわけだし……、その合わせ技とも見えるが、どちらかにすればいいところを、その両方を踏まえているあたりに、設計者の隠し切れない個性がある。

その個性をどう解釈するか。

単純に返却する手間を考えると、パーツが増えるので勘弁してほしいだけだったのだが……、父も父で、自分が入っていた牢屋の棟だけを盗んでもよさそうなものなのに、わざわざ刑務所ごと盗んでいるあたり、この個性に、価値を見いだしたのかもしれない。あの男にしかわからない価値を。あの男にしか価値のない価値を。

そうだ、あまり意味があるとは思えないけれど、あの男が囚われていた牢屋にでも入ってみようか？　牢屋の鍵《かぎ》はお艶が管理しているけれど、まあ今となってはもう古い錠だし、ぼくなら道具がなくとも開けることができる……、逆にこういうレトロな仕掛けだと、妹では手を出せないはずだ。ああそうだ、そろそろ妹に電話をかけておかないと……『父』として。たぶん偽ヌールとの対決にあたり、どこかであいつの力を借りることになるだろうし、ご機嫌を取らなければ。

それはともかくひとまずは牢獄《ろうごく》に入ろう。そんなことだけはしたくないと思っていて、むしろ真逆の行動をとり続けてきたけれど、今日ばかりは父の気持ちを追体験するのだ。

あるいは。

偽ヌールの気持ちを。

4

当たり前だが、いい気分ではなかった。

牢獄と言いながら好遇を受けていたりとか、あるいは特別な刑務所の中でも特に風変わりな仕掛けが施された密室だったりとか、そういうことは一切ない、ありふれた独房である。

そのまんまな表現ではあるが、罰を受けているようだった。いつでも好きなときに出られる状態だってそうなのだから、実際に収監されたときはその比ではあるまい……、その意味じゃ仮想体験にもなっていないのだとは思うが、しかしたとえ刑務所を盗むための仮住まいとはいえ、こんなところに望んで這入ろうとした父の気持ちは、まったく理解不能だった。

まったく追体験できない。

何かの間違いで出られなくなったらどうするつもりだったんだ？　どんな自信家だ……、なんでもかんでも思い通りになると信じて疑わない夢想家か？　実際に這入ってみるまでは、中がどうなっているかなんて、わかりっこないだろうに。

そりゃあ準備は怠らないだろうし、先んじて建物の内部図面くらいは入手したかもしれないけれど、それとて絶対ではない……、そんな経験はぼくもさんざんさせられた。それとも、出られなかったら出られなくてもいいとでも思っていたのか？　ある種の破滅願望でもなきゃ、怪盗なんて愉快犯はやっていられないかもしれない。

ぼくが警察庁に乗り込んだときと同じで、結果として脱獄には成功したけれど、逮捕されることで楽になるという側面はあるのかもしれない……、怪盗に限らず、犯罪者の心理として。

ある種の中毒みたいなものだから。

父に同情するつもりはさらさらないけれど、もしかすると、怪盗をやめたいという気持ちがまったくなかったわけではないのかもしれない。子供を儲《もう》けたときにやめようとしたことがあったかも？　けれどやめたくてもやめられなくて……、怪盗はそんなに悪いことじゃないとか、殺人などに比べて害はないとか、エンターテインメントとして人々を楽しませているんだとか、義賊だとか、そんな言い訳を並べながら、怪盗活動に溺《おぼ》れていたのかもしれない。

独房に入ったからというわけじゃないが、考えてしまう……、ぼくはどうなのだろう？　嫌々やっていて、やっとすべての返却が終わることに胸をなで下ろしていたけれど、実際にケリがついたとして、ぼくはすっぱり足を洗うことができるのだろうか？

お艶のセカンドライフばかりを考え、自分の将来については眼球を抉《えぐ》るかのように目を背けてきたけれど、この『怪盗フラヌール最後の事件』がどういう決着を迎えるにしても、一年後、あるいは二年後、三年後に、ぼくは健全に社会復帰をしているだろうか？

どうなっても構わない、知ったことかと言いつつ、怪盗対策部や、またはあのふざけた名探偵と切った張ったをするスリルが忘れられずに、ずるずると犯罪行為に手を染め続けているんじゃないのか……？　世の中にはまだまだ、返却しなければならないお宝があるとかなんとか言って。

義賊を気取って。

だったらこういう独房に閉じこもって、禁断症状を乗り越えるというのは、極めて正当な『治療』であるようにも思える……、刑務所を盗むなんてのは見栄《みえ》っ張《ぱ》りの虚勢で、本当は素直に自首みたいなものだったとか。

いや、万が一そうだったとしても、結局父はまんまと刑務所を盗むことに成功してしまったわけで……、どんなに隠しても酒瓶《さかびん》を見つけるアルコール中毒患者のように。

まあ、ぼくもそうである可能性も十分ある……、けれど、偽ヌールはどうなんだろう? 怪盗フラヌールの真似をしただけであって、別に美学がどうとか言っている犯罪中毒者というわけじゃなかろう。少なくとも怪盗フラヌールの偽者としては、これが初犯のはずである。

懲役として収監されるわけでもなく、治療として収監されるわけでもなく、こんな独房に自ら入る……、いったいどういう心理なんだ? 怪盗フラヌールと同様に独房に入ることで、偽ヌールの気持ちも同時にわかるんじゃないかという目論見だったが、むしろますますわからなくなった。

なんて言うか、これじゃあまるで……、怪盗フラヌールの名誉を(そんなものがあったとするならば、だが)横取りしたと言うより、代わりに罰を受けているようなものじゃないか。

なぜ?

東尋坊おじさんの言った理屈はわかるし、その通りだとも感じた。ランダムウォーク刑務所を返すのならば、その中には怪盗フラヌールが収監されていなければならない……、そうすることで初めて返却したと言える。

文章にすればその通りだ。

が、実際に牢屋に入ってみたら、冗談じゃないという感想が何よりも先に立つ。健康のためには野菜と睡眠をたっぷりとって規則正しい生活を送ることとわかっていても、そんなことは事実上不可能なのと同じである……、ましてこの場合、モノホンの怪盗フラヌールと違って、脱獄する目処《めど》は立たないのである。

技術的には可能かもしれないが（なにせその刑務所は己で作った『偽造品』である……、ゆえにあらかじめ脱出口を設計することは難しくないだろう）、脱獄してしまえば、偽ヌールは、偽者としてのアイデンティティを失うことになる。

つまり実質的な無期懲役だ。

耐えられるのか、そんなの？

犯してもいない罪で裁かれるなんて……、いや、でも、そういう理解を超えた偽証犯がいるのも事実だ。裏があると思って考え過ぎると、ただの変な奴だったというケースもまま見てきた。合理的な邪推の余地。

はたから見ればぼくもそうだろう。ただの変な奴だ。

父の罪を帳消しにしたいからといって、何も二代目を襲名することはないのだから……、自分でもおかしなことをしているとは思う。が、偽ヌールのしていることは、公平に見て、もっとおかしい。

何か事情があるはずだ。何か。

こうまでして独房に入りたかった事情が、偽ヌールには。

だから、あったとしても普通は入らないという話をしているのだが……、まともな精神をしていたら、強制されることもなくこんなところにこもりはしない。給与が発生するとしてもかなりきつい。

ぼくはもう駄目だ。まともな精神をしているかどうかはともかく。

既に一週間くらい経《た》った気がする。実際には懲役半年くらい閉じ込められていたかと思って時計を確認したところ、わずか三十分だった。

微罪でさえ償えない。

しかも牢獄に鍵もかけていないというのだから……、逆説的に偽ヌールは、その刑務所内のあちこちを、きちんと施錠しているということだろう。そうやって退路を断たないととてもじゃないが耐え切れまい。

しかし、ぼくが一番苦手なことでもある。

背水の陣って奴は……、今まさに、そういう状況に近いはずだけれど、実のところ、ぼくがやめる気になればいつでもやめられる状況であることも間違いない。偽ヌールに言わせれば、こういう点こそ、ぼくは二代目としてフェイクということなのだろう。

しかし、外から見ても中から見ても、結局、ただの刑務所という感じだったのも、正当な評価である。怪盗フラヌールでなければ盗もうとは思うまい……、ましてわざわざ、偽物を作ってまで返却しようとは。

だって、わざわざ偽物を作らなくても、似たような刑務所ならどこかにありそうなくらいにありふれた……、違うな。だから、放射状の刑務所もパノプティコンも一般的だが、そのふたつのいいところ取りは珍しいのだ。

没個性と没個性を合体させることで、個性を出している……、まあ、基本的に個性というのはそうやって生み出されるものではある。それだって究極的には唯一無二ではなく、たとえば月面基地なんかは、こういう構造になることが想定されていて……、月面基地と牢獄が似た構造になるというのも興味深い話だが。

島流しみたいな宇宙流しも、いつかは実現されるのかも……、ぼくはそんな時代の犯罪者じゃなくてよかった。

「…………」

いや。

何も宇宙まで行かなくとも、似たような構造なら、地球上でも目にできるよな？　そう、建物に限らなければ……、中心から六本、放射状に脚が伸びた六角形。建造物としては奇矯《ききょう》だけれど、デザインとしては非常にありふれている……、そう、人工物ではなく自然物のデザインとしては。

原子構造、じゃない。

そこまで小さくなくていい……、目視できる範囲内だ。だが、刑務所そのものと比べれば極小なので、発想が繋がらなかった。でも、そういう目で見れば、もはやそういう風にしか見えないじゃないか……、気付かなかったのが恥ずかしいくらいだが、けれどこれは、展示の方法にも難があった。

盗品博物館の館長に文句をつけたいわけじゃあ決してない……、こんな建造物は、こうして展示するしかないのだから。

が、もしもこのランダムウォーク刑務所が屋外にあり、ドローンか何かで真上から観賞できるような仕組みにでもなっていれば、さしものぼくでも、即座に気付いたはずである。

この建物が。

雪の結晶を模《も》していることを。

5

もっとも、雪の結晶にもパターンがあって、無限にあって、一通りではない……、それでも一目見たらそれだとわかるのが、雪の結晶である。

そして刑務所と言えば極寒の地だ。

網走監獄がそうだし、極北にも極南にも、刑務所はある……、これには明確な理由がある。

雪国での脱獄は死を意味するからだ。

たとえ暖房設備が不十分であろうとも、壁があり、屋根があるだけでありがたいのだ……、たとえ重労働を科されようとも。

犯人は望んで独房にこもる。

鍵が開いていようとも、なんなら檻がなくとも、外に出ようなんて思うまい……、刑務所自体に工夫を凝らす必要はない。

自然環境が何より堅牢な檻だ。

まあそれでも脱獄する者は脱獄するのだが、島流しと同様の難易度であることは間違いない。

絶海の孤島と吹雪の山荘。

ミステリーじゃおなじみの用語である。

むろん強引な考えかただ。考えたかどうかも怪しいくらいだ。思考の過程をすっとばした、直感と言ってもいいだろう……、刑務所の形状が雪の結晶にそっくりだから、かつてこの建物は雪国にあったに違いないなんて推理は。

逆の可能性だって十分にある。

雪国ではなく南国で建設されたからこそ、降ることのない雪への幻想が、このデザインを生んだとか……、いや、実際に口に出してみると、ありえないというほどではないけれど、こちらの可能性は著《いちじる》しく低いように思えた。

まあ試してみればいいさ。

雪国へのアプローチが空振りに終わったあとで……、どちらにせよ、やって損をするってことはない。

まったく無関係という第三の可能性が一番高いが、それは無視しよう。建築家の名前に『冬』が含まれていて、雪の結晶はサインみたいなものという説も、頭の片隅には置いておくけれど……、まずはランダムウォーク刑務所は、極寒の地にあったと仮定して、否、確信して動く。

動くとして、では、極寒の地とはどこだ？　日本の警察官である東尋坊おじさんが逮捕した、初代怪盗フラヌールがぶち込まれた刑務所であるという経緯を思えば、そのありかは日本国内に限っていいと思う。

これはまあ前提みたいなものだが、しかしこれだけでは、雲をつかむような話だった……、雪をつかむような話だった。ぼくの名前はあるき野だが、伊能忠敬《いのうただたか》ってわけじゃない。

たかだか道足だ。

北海道から沖縄まで、更に離島まで含めて縦横無尽に隈《くま》なく探すというわけにはいかない……、どちらかというとそれは引退後の趣味だ。

しかしそこに『氷点下』という条件が加われば、状況は一変する。いっぺんに一変する……、刑務所に長くい過ぎて疲労が出てきているようだが、しかし道筋は間違えていないはずだ。

一年中吹雪に見舞われているというような極寒の都道府県は日本にはなく、雪国と呼ばれる地域でも、限定できるとは言いがたい。県外の人間からすれば意外なことに、鳥取砂丘でも福岡県でも雪は降るのだ……、北海道だけに雪が積もるわけじゃない。

が、今回は北海道だ。

なぜなら網走監獄があるからだ。

これまで何度か名前を出したし、出していなくても、張るまでもないレベルの伏線である。もしもランダムウォーク刑務所が網走監獄よりも南にあったとすれば、承認欲求の強いあの男は、いかに自分のためだけに建てられた牢屋であろうとも、盗もうとはしなかっただろう。

なんでも一番が好きな男である。

『日本で二番目に北にある刑務所』では、怪盗の美学は満たされまい……、つまり、ランダムウォーク刑務所は網走監獄よりも北にあった。間違いなく。

これで相当限定できたと言っていい。日本全土に比べたら、北海道の一地域に絞られたのだから……、まあ北海道ってそもそもむちゃくちゃでかいらしいけれど、それでも日本全土より大きいということはなかろう。

若者さながらに、自転車で自分探しをしてもいいだろう。いやいや、大人として、ここはオートバイかな？　すれ違うバイカーと、ピースサインで挨拶《あいさつ》をしたい。ああでも、もう時代的に、ああいうのは危険だからやめるように言われているんだっけ？　バスの運転手さん同士がすれ違う際の挨拶も、今は禁じられていると聞く……、エスカレーターを歩いちゃ駄目というのと同じで、なかなか定着は難しいようだが。礼儀やマナーとしての教えは特に。

まったく、習慣と言うのは……、いや、今は収監の話だ。

圧倒的に地域が限られた以上、ぼくはもうすぐにでも行動を起こしたっていい。合理性を無視して、隈なく探すを実行しようじゃないか。まあ熊《くま》はいるかもしれないけれど、そこは死んだふりでやり過ごす。絶対にやっちゃ駄目らしいが（ふりじゃなくなるらしい）。いくら時間がかかっても構わないとは言わないけれど、時間はいくらでもある……、怪盗仕事は横取りされ、ルポライターとしては特落ちし、ほとんど失職しているようなものなのだから。

けれどぼくの腰は重かった。

まだ動くべきではないと、ぼくの腰が言っている……、誓って、刑務所の居心地がよ過ぎて出て行く気になれないというわけじゃない。ここまでの思考の、何かが引っかかっている……、どこかで雑にやり過ごしてしまった問題点がある。

ぼくの雑な思考はいつものことだが（行動が丁寧であればいいと考えている。これ自体が雑な思考だが）、それでもものには限度がある……、一刻も早くこの独房を出るために一刻も早く結論に飛びつきたいあまり、ぼくは何を見逃した？

振り返ってみれば瞭然だ。

一年中吹雪に見舞われる都道府県は日本にはないと、ぼくは前提のように語ってしまった……、けれど、これは本当にそうか？

一年の半分が極寒の刑務所と、一年中極寒の刑務所……、どちらの刑務所がより堅牢かと問われれば、明らかに後者だろう。注釈をつけただけで軽く流そうとしたけれど、実際、網走監獄からだって、脱獄者は出ている……、鉄枠を味噌汁《みそしる》で錆《さ》びさせて、牢屋から脱出したそうだ。

ちゃんと知っているわけじゃないが、普通に考えれば、夏に脱獄したんじゃないのか？　檻が錆びる時期までは選べないかもしれないが……、もしも選べるなら夏を選ぶだろう。

怪盗フラヌールに脱獄を許さないという思想の下《もと》に建てられる刑務所であったならば、半年とは言わず一年中、『吹雪の山荘』であるべきではないか……、となると、予想に反して海外なのか？　当時の司法はいち犯罪者のために、南極に刑務所を建設したのか？　もしかして昭和基地に？　その場合、逆に牢屋はいらない気もするが……、いっそのこと現代科学に頼るという手だってある。

冷凍庫の中に刑務所を建てるのだ。

いや、これは目的と手段がひっくり返ってしまっているし、残酷な刑罰で訴えられそうだ。残酷な刑罰で訴える怪盗なんて見たくない……、まあ、怪盗なんて元々見たくはないが。また、冷凍庫から出ればいいだけという話にもなる。脱獄を防ぐという目的を遵守《じゅんしゅ》するなら、自然環境にはこだわるべきだ……、自然環境……。

自然豊かな北海道……、と言えば……。

「海外じゃなくて……、世界遺産か？」

世界遺産、つまりはお宝だ。

怪盗が目をつけないほうが不自然である……、なぜなら知床《しれとこ》一帯は、座標的には網走よりも極端に北ってわけじゃないが、世界遺産の知床と言って、ぼくのような県外、いや道外の者が一番先に連想するものと言えば、そりゃあ流氷である。

流氷。

雪どころか、氷だ。

海外ではないが、陸地でもない……、砕氷船の上からそんな流氷を見て回るツアーもあれば、流れ着いた大量の氷の上を自分の足で歩くなんてツアーもあるそうだ。人が歩けるなら、刑務所を建てて、収監することだってできるんじゃないのか？　下に陸地があるわけじゃないので、南極じゃなくて北極の様相だが……、十分な厚さはあるはずだ。

いやいや流氷だって別段、一年中流れ着いているわけではないだろうと、一瞬、思いつきを思い直しそうになるけれど、流氷の場合は吹雪と違って、一年中である必要はないのだ。

春になったら溶けていい。

なぜなら、流氷があるのは海の上だからだ……、溶けたからと言って、逃げ場はない。ただ、刑務所が沈むだけである……、海の藻屑《もくず》となるべく。

囚人と共に。

吹雪の山荘であると共に、絶海の孤島でもあり……、またそれは、処刑台でもあるわけだ。無期懲役と言いながら、実際には懲役半年くらいがせいぜいとなる。

救いがあるとすれば、流氷が溶けるくらいの気温・水温なのであれば、海の底に沈んだとしても、そんなに寒くないということだろうか……、いや、十分寒いか。火あぶりの刑とか、溺死《できし》させる処刑とかは伝統的にあるけれど、冷たい海に沈めて凍死させるという処刑は、寡聞にして知らない……、そりゃあ怪盗フラヌールでなくとも脱獄すると言いたくなる。

長くて半年後には凍死することがわかっている刑務所なんて、どんなに居心地がよくとも……、死刑囚はその日の朝に出てくるご飯が豪華かどうかで執行日を悟るなんて都市伝説があるけれど、この場合は法務大臣の執行命令を待つこともない。

奇跡的に釈放でもされない限り、絶対に死ぬ……、言うなら処刑台の上でずっと収監されているようなものである。

証拠があるわけじゃない。ランダムウォーク刑務所の構造が、上から見れば雪の結晶に似ているというただそれだけの理由で、ぼくは、当該施設は、流氷の上に建設されたものに違いないと決めつけようとしている。

強いて言えば、根拠は逆算だ。

そこまで奇をてらった刑務所であれば、そして役割を終えれば囚人と共に、海の藻屑と消える儚《はかな》さまでも備えているのであれば、怪盗フラヌールにとって、つまり初代怪盗フラヌールにとって、盗む価値のあるお宝となるだろう。

その儚さは、素晴らしい儚さだ。

ただ自分のためだけに作られた刑務所だからというだけじゃない……、単体でも価値がある。

むしろそんな刑務所が秘密裏に建設されているのだと知れば、他の誰でもない、どんな犯罪者でもない、自分こそが最初に収監されるべきと考えても、あの男ならば不思議じゃあない。

怪盗フラヌールのために建てられたという割には、監獄内に牢屋が複数あることは、せっかくだからというようなもったいない精神ではなく、そうすることで、怪盗フラヌールを煽《あお》る目論見もあったんじゃないか？　早く逮捕されないと、他の悪党が入獄してしまうぞと……、まあこれは穿《うが》ち過ぎか。

たとえ若気の至りでも、東尋坊おじさんがそんな挑発的なトリックを使うとは思いにくい……、顧みれば、怪盗フラヌール逮捕の誤報を飛ばすことで特落ちしたぼくを警察庁におびき出そうとしたなんて疑いは噴飯物だった。

いずれにしても父の目には、ランダムウォーク刑務所は、自分のために建てられていようとそうでなかろうと、さぞかし魅力的に映ったことだろう。

罠《わな》っぽければ罠っぽいほど、飛び込みたくなったに違いない。

盗みたくてたまらなかったかもしれない……、いや、正直に言えば、二代目であり、怪盗なんて単なる犯罪者であり怪盗の美学なんて醜《みにく》い言い訳だと断じているぼくでさえ、魅力を感じる。最後の一品を前にやる気を失い、モチベーションを上げ切れていなかったところがあったが（そして先を越された）、そんな氷上の刑務所を前に、多少以上に燃えてきた。

そんなお宝を。

ぼくが返したかったとさえ思った。

返したかったと思い……、初めて、偽ヌールが偽者であること以外に対して、悔しさにも似た気持ちを抱いた。

危険な感情だ。

あくまで補足的な根拠として……、初代怪盗フラヌールを逮捕した張本人であり、その手柄によって怪盗対策部の長になった東尋坊おじさんでさえ、ランダムウォーク刑務所がどこにあったか、そしてどこに返されたかを把握していないことがある。

そりゃそうだ。公表できるわけがない。周知徹底できるわけがない。

死刑判決を受けたわけでもない囚人を、半年後に死ぬことがほぼ確定した牢屋にぶち込むシステムを……、そんなもん、極秘で運営するしかないだろう。

それ自体が目的なのだから改善の余地も改革の見込みもない……、法律上、死刑にできない極悪犯罪者を、(人権に配慮して)この言い回しでよければ、始末するための刑務所……、そう思ってみると、こうして中にいることがおぞましくもなってくる。

まあ最初にぶち込まれた父が、ほぼ即座に刑務所ごと盗んでいる以上、幸いにもそんな悪辣な計略の犠牲者は出ていないということになるけれど……、ふん。

これがあの愚かな弟が言うところの、『父さんは、その怪盗活動によって人を救っている』という奴か……、ランダムウォーク刑務所を盗んだことで、あの男は、未来にいたかもしれない不当な死刑囚を救ったわけだ。

本人にそんな意図があろうとなかろうと……、である。

逮捕や送検や裁判の手順をすっ飛ばしての収監なんてとんでもないと思っていたが、実際にとんでもないのは、収監後の手続きだったというわけだ。思い起こしてみれば、そんな風に匂《にお》わせている記事もあったようななかったような……。

張り合うわけではないが、同時に、この推理もまた、ひとつの危険性を匂わせている……、つまり、偽ヌールはこのままだと死ぬことになる。

建物の再現性なんて、こうなるとどうでもいいのだ……、なんなら張りぼての書き割りでもいい。違法建築の突貫工事で構わない。

どうせ春になれば溶けて沈むのだから。中身ごと。

怪盗フラヌールが収監されることで返却は完成すると、東尋坊おじさんは言っていたが、その言説には更に先があった……、怪盗フラヌールが凍死することで、最後の返却は完成するのである。

好ましくないことに。

第四章　怪盗フラヌール（偽）

1

　そしてぼくは知床へと飛ぶことになったのだった。

　はたから見れば、仕事がうまくいかなくなって、気分転換に世界遺産の地へと思い切って観光旅行に出掛けただけかもしれないけれど、断じてそうではなく、完全なる仕事の一環である……、考えに考え抜いて導き出した、唯一の希望と言っていい。

　迷走であろうと知ったことか。

　これまでの返却活動において北海道へ向かったことは一度や二度ではなかったけれど、とにかくあの自治体は巨大であり、百度や二百度巡った程度では、すべてを網羅《もうら》することなんてできるわけもなく、知床に行くのも実はこれが初めてだった。

　それもまた傍証と言えるかもしれない……、こだわりなのか、それとも変なコンプリート癖なのか、怪盗フラヌールはごくわずかな例外を除いて、同じ場所で二回以上、怪盗活動をすることはなかったのだ。

　まあ、同じ場所で犯行を繰り返さないというのは、逮捕を避けるための、犯罪者の基本的な思考かもしれないけれど……、もしも交通事故で、志半ばで死んでいなければ（ざまあみろとしか言いようがない）、世界中のすべての市町村からお宝を盗むことを目標としていたんじゃないのか、あの男は？

それも怪盗の美学とか言って。

単なる地理だろ。

ともあれ、ぼくが知床に行くのが初めてということは、盗品博物館の最後の展示物であるランダムウォーク刑務所が、そこから盗まれたのだとする説に、わずかながら信憑性が増すということである……、もちろん、知床からは何も盗んでいないという可能性だって依然として高いけれど。

ただ、それも感覚的な勘でしかないとは言え（間違っても親子の絆《きずな》とかではない）、怪盗フラヌールは、世界遺産の地での活動実績が、それなりに高いように思える……、世界遺産そのものを盗むということはほとんどないけれど（たまにあった。返すのが大変だった）、そういう場所で、何らかの関《かか》わりを持つ何かをターゲットとすることは少なからずあり……、美学とかなんとか高尚なことをほざきつつ、結局はそういう権威付けに弱い、自分がない男だった証拠みたいなものだ。

それを思うと、知床から何も盗んでいないという風には考えにくくもある……、時系列を考えれば、怪盗フラヌールがランダムウォーク刑務所を盗んだのは、かの地が世界遺産に指定されるよりも前だったかもしれないが、検討や推薦はずっとされていただろうし。

むしろ先鞭《せんべん》をつけることで古参アピールをしたかった可能性はある。言うまでもなく、世界遺産に指定されようと指定されまいと、流氷は流れてき続けていただろうし。

人々を魅了し続けていたはずだ。

……こういうのは父を含め、またぼくを含め、外部の人間の物言いであって、地元のかたがたからしてみれば、ただただ流れ着いてくる厄介な、そこまで言わないにしても当たり前な自然現象みたいな側面もあるかもしれないけれど。

古墳だったり遺跡だったりが、工事中に発掘されると作業は中断になり、なんと事業者が保有の費用を負担しなければならないなんて原則の自治体も多く……、世界遺産も、指定されてしまうとそれ以上その地に手を加えにくくなる面がある。また昨今よく言われる、オーバーツーリズムの問題もはるか昔からある。

オーバーでなく。

ぼくみたいな怪盗も押し寄せてくるわけだし……、まあ、できる限り買い物や食事もさせてもらうとしよう。

地域活性の一助となりたい。

正直に言えば、たとえランダムウォーク刑務所の形状に端を発したぼくの推理が、まるで的外れなものだったとしても、知床に旅行ができるだけで十分お釣りがくると思っちゃっているのも事実だ。役得と言えよう。

怪盗フラヌールとしての活動を終えた時点でどのみちルポライターは引退だし、偽者に出し抜かれ、特落ちした時点で引退しているようなものだけれど、それでも旅が嫌いなわけがない。返却怪盗としての活動で世界中を駆け回ったことは、ぼくの感性を少なからず豊かにしてくれた……、なんて言うのも不謹慎だが。

どんないい言いかたをしても、いい影響を受けたとしても、結局のところ犯罪ツアーでしかないのだから。

それでも北海道の、初めて行く土地を前に、少なからず気持ちが浮き立っていた自覚はあっただけに、その声がぼくにかかったときも、実のところ違和感がなかった。

考え得る限り最大の天罰だったからだ。

「あら、あるき野。こんなところで会うなんて奇遇《ウルトラ》ね」

2

こんなところというのは知床行きの飛行機のことである。

厳密には、知床空港というのはないので、東京発のその飛行機が向かうのは最寄りの空港のひとつということになるのだが……、ともかく、決して広いとは言えない飛行機の通路をいっぱいいっぱいに使って歩いてきた、スカートと袖《そで》が異様に膨らんだドレスの、トーテムポールみたいに髪を結わえた女性が、窓側の席に座っていたぼくに声をかけてきた。

普通、声をかけられたら声のあったほうを向くものだが、ぼくはこのまま一生、窓の外を見ていたい気分だった……、まだ離陸していないので、窓の外に見えるのは世界遺産ではなく、内地の空港の風景でしかないのだが。

いやいや、空港の風景もいいものだよ。

中世フランス貴族のきらびやかさよりも、ぼくはこういう地に足のついた景色を好むのだ。

「空港がなんで地に足がついているのよ。いいからこっちを向きなさい、あるき野。向かないのならその首をギロチンにかけるわよ」

「こわっ」

名探偵でもなんでもない奴の発言じゃないか……、いつから処刑人になった？　まあ、処刑人みたいなものだけれど。

実の父親をギロチン台に送ったという一点において、ぼくはこいつ……、涙沢虎春花を尊敬しているが、自分がその対象になるのはまっぴらごめんだった。いいなりになって振り向くと、既に処刑人は、ぼくの隣の席に座っていた。正しくは、隣の席と、その隣の席に座っていた……、肘掛《ひじか》けをあげて、二人分の席を占拠していた。

大関とかの座りかただろう。

果たして大関がそんな風に座るかどうかは寡聞にして知らないけれど……、そうしないと膨らんだドレスがシートスペースに収まらないのだ。

飛行機に乗るときくらいはスウェットを着ろよ、スウェットを。

髪も下ろせ。

「ああそうか、貴族だからプライベートジェット以外には乗らないんだね、虎春花。我々庶民が乗る飛行機っていうのは自由席じゃないんだよ。それはファーストクラスでさえそうなんだ。どれどれ、チケットを見せてごらん。お前の席までエスコートするから」

「エグゼキューションするわよ」

脈絡なく殺そうとするな。

いよいよただの殺人鬼じゃないか……、しかも、推理小説の犯人にはならない、犯行をまったく隠さないタイプの。

「席はここであっているわ」

「そんな馬鹿な」

解決編で驚天動地の真相を聞かされたときのモブみたいな反応をしてしまったが、彼女がもったいぶって見せてくれたチケットには、確かにぼくの隣席……、と、その隣席の数字とアルファベットが刻印されていた。

嘘だろ。

流氷の上に刑務所を建てる発想よりもありえない……、あと、紙の搭乗券がまだ使われていることにも驚いた。まあ、中世フランス貴族がスマホ画面の二次元コードでチェックインするわけがないか……、そもそも、セキュリティチェックでこんな危険人物を通してしまっちゃ駄目だろうに。

それこそさすがまたで取り押さえてくださいよ。

「ま、まさか、待葉椎警部補も一緒じゃないだろうね？」

もしかしてセキュリティチェックを通過できた理由は、警察官の同行者がいたからじゃないかと思ってそう聞いてみたが、

「いいえ、今日は一人旅よ」

との返答だった。

一瞬ほっとしかけたが、

「これで二人旅になったけれどね」

そう続けられて、ぼくは顔面どころか全身全面、青ざめずにはいられなかった……、いや、わかっていた展開ではあるのだが。

「二人旅？　ああ、もしかしてぼくのことを言っているのかい？　そうだね、万が一、到着後の目的地が同じだった場合はそうかもね。お前の従者をまた務められるだなんて光栄の至りだよ。この偶然を神に感謝しなくちゃ。で、お前の旅先は？　函館かな？」

「知床よ」

なんでだよ。

神を恨みたい……、いや、ひょっとすると、神に恨まれているのかもしれない、この仕打ち。

名探偵は旅先で事件に遭遇するというお約束があるけれど、なんでぼくは、旅をするたびに名探偵に

遭遇するんだ。

そもそも名探偵が行くところ行くところで事件に遭遇するのは、それを仕事にしているからというのがあるけれど……、つまり好んでそういう場所に出掛けているからという理屈だ。危険を避けようとしていない……、ぼくは名探偵を、全力で避けようとしているのに。

「へ、へえ。しかし知床と言っても広いからね」

「流氷を見に行くの」

「だと思ったよ」

「ところであるき野」

スカートの膨らみかたと対照的な、細過ぎる胴体に（コルセットを装着しているから）、両側から二席分のシートベルトを器用に巻き付ける虎春花……、シートベルトはつけるのか。

「あなたに謝らなければいけないことがあったわね」

「え？　今気付いたの？」

思わず素の反応が出てしまったが、それくらい、虎春花のその発言は予想だにしないものだった。「あなたは怪盗フラヌールですか？」「はい」くらい、素の反応だった……、この傍若無人がドレスを着て歩いているような名探偵が、謝らなければいけないだと？

「それはお前の美しさとか、賢さとかを謝るってことじゃなく？」

「そういうのは誇るべきことでしょう」

「そうだね。慎《つつし》みや謙虚さと同じようにね」

「私があなたに謝りたいのは、どうやら酷い誤解をしていたようだからよ。とは言え、あなたはまったく気付いていなかったと思うけれど、実は私は、あなたの正体が怪盗フラヌールなんじゃないかと疑っていたのよ」

「え、えええ……？」

素と演技が混じって、微妙な反応になってしまった。

ビブラートな反応とも言える。

「ふふ。驚かせてしまったようね」

「まあ、驚いたと言うか……、心当たりがなさ過ぎて、登場人物一覧にない人物が犯人だと言われたときのような気分だよ」

虎春花がぼくを怪盗フラヌールだと疑っていたことに、もしも本当にまったく気付いていなかったのだとすれば、ぼくは偽ヌールに出し抜かれる前から、怪盗もルポライターも引退したほうがいいくらいだが、しかし疑われていることと、それを口に出されることとは、ぜんぜん違う。

緊張せざるを得ない。

なぜぼくは窓側の席を選んでしまったのだろう。通路側を塞《ふさ》がれて、気がつけば、完全に拘束されてしまっているじゃないか。

「正確には、重要な容疑者のうちのひとりということだったのだけれど。でも、その疑いはもう完全に晴れたわ」

「ほ、ほう……？」

変な反応をまだ拭《ぬぐ》いきれないけれど、こうしてきっぱり、口に出して宣告してきた以上、どちらかではあっただろう……、つまり、疑いが完全に晴れたか、それとも、疑いが完全に確定に変わったか。いや、確定したならば名探偵は言うはずだ……、「あなたが犯人《ウルトラ》よ」と。

例のウルトラな決め台詞を。

「だって、本物の怪盗フラヌールが投獄されたというのだからね。まったく、あなたの思わせぶりな態度に随分振り回されてしまったわ」

謝っておきながら、ぼくが悪いみたいに言ってくるな……、本物の怪盗フラヌールが投獄された、だって？

例の特報のことを言っているのか？

「あら、ご存知だったの。記事にしていなかったから、てっきりあなたは特落ちしたのかと思っていたわ」

「はっはっはっ、何を言うかと思ったら。ぼくは裏取りに慎重を期すほうだからね。まだ不確かな情報をスピード重視で世に出すことにこだわっちゃあいないのさ。速度よりも確度を大切にする。今は様子見というところだね。同業の皆さんのお手並拝見さ」

調子が出てきた。

と言うか、我ながら言い訳が多弁だ。

「そうでしょうとも。もっとも、あるき野の記事ばかりを頼りにしていたから、私もそのニュースに触れるのが遅れてしまったのは不覚ね」

「…………」

真意を測りかねる発言である……、本来は殺人事件を専門とするこの名探偵が、こそ泥である怪盗フラヌールをターゲッティングしたきっかけがぼくの記事であることは本当なのだが。こいつはぼくの愛読者なのだ。

「しかし早かろうと遅かろうと、怪盗フラヌールが収監されたというのであれば、あなたを容疑者とみなした私の探偵眼は、まるで焦点があってなかったということになるわ」

「探偵眼って何？」

「非常に申し訳なく思っているわ。迷惑をかけたわね」

お前がぼくにかけた迷惑は、お前がぼくを容疑者のひとりとしていたこととは、ほぼほぼ無関係なのだけれど……、容疑者のひとりだったのか、それとも唯一の容疑者だったのかも、怪しいところがある。が……、それを言うなら、虎春花のこの発言自体、どこまで本気で言っているのか、相当怪しいように感じた。

普通に考えれば、謝っている相手を疑うなんてことは許されることではない。ぼくが謝罪を受け入れないことで、改心や反省の機会を奪ってしまうことにもなりかねないからだ……、だが、相手は名探偵である。

基本的に謝罪はしない。

真相を突き止める過程で誤った推理をしたとしても、容疑者に心からの謝罪をするようなことはまずない。そんな探偵は見たことがない。まるで謝ることが、殺人罪と並ぶ謝罪という罪であるかのように……、間違ったときには、間違ったのではなく、正しくない推理をひとつ発見したのだとか、わけのわからんことを言う存在、それが名探偵である。

怪盗の美学と同じくらい意味不明の持論を持っている……、いや、ぼくも子供の頃は素直に名探偵に憧れたものだけれど、と言うか、大学生くらいの頃までは、そういった探偵小説を愛読していたものだけれど、いざ自分が怪盗になって、名探偵に追われる身になってみたら、彼ら彼女らの身勝手ぶりにはほとほと参らされた。

表の顔がルポライターであるぼくに言われたらおしまいだが、あの変わり者達は知る権利を拡大解釈しているんじゃないのか？

根拠もなく人のことを犯罪者扱いしやがって……、いや、まあ、ぼくの場合は、根拠はなくとも正解なので、さすがと言うしかないのだけれど、ある種の共感性羞恥《しゅうち》で、名探偵に感覚で追い詰められる容疑者を見ていると（それがフィクションでも、現実でも）、なんともかともやるせない気持ちにさせられる。

ましてこの場合、名探偵《ウルトラ》・涙沢虎春花である……、こいつが謝ったところなど……、まあ、見たことは一応あるけれど……、しかし、そんな姿を見たことがあるからこそ、この謝罪が、そのときのそれと同じものであるとは思えない。

カマをかけて引っかけようとしているんじゃないのか？　これまで通りに。ぼくは疑いを払拭できなかったが、しかし対する虎春花のほうは、

「ふう。身近な人間をもう疑わなくていいというのは、心が安らぐわね。きちんと謝れたことで、気分もすっきりしたわ」

と、腕を伸ばした。

勝手にすっきりするなよ。

まだ許すとも言っていないし、謝罪が本物かどうかも怪しんでいるんだ、ぼくは……、偽物の謝罪ほどお寒いものはあるまい。

偽者の怪盗よりも寒い。

「許すかどうかはもうそっちの問題だもの。私は関係ないわ」

「そんな主張の奴をどう許すんだよ」

身近な人間を疑い続けるというのがストレスだと言うのは、いやはやなんとも名探偵らしからぬ台詞ではあるが、しかし確かにそれは、周囲に嘘をつき続け、いつかバレるんじゃないか、もうバレている

んじゃないのかとびくびくし続けるのとは、別の懊悩がありそうだ。

名探偵には名探偵の悩みがあり、怪盗には怪盗の悩みがあるということか……、どちらも人間不信に陥《おち》いりそうという点は共通している。

「東尋坊おじさんにも、そういう悩みがあったのかな。変装の達人である怪盗フラヌールなんて追い回していたら、誰も彼もが怪盗に見えて大変だっただろう」

「ジジイは大丈夫《ウルトラ》でしょう」

「なんでおじさんのメンタルを、お前に保証されなきゃならないんだよ。そしていい加減、おじさんをジジイって呼ぶのをやめろ」

「おじさん呼びだって大概でしょう」

「ぼくのおじさん呼びには敬意と親しみがこもっているんだよ。沖縄でいうおじいおばあみたいなものだ」

逆に言うと不思議でもある。

東尋坊おじさんはそのキャリアのほとんどの期間、怪盗フラヌールを追い続けていたわけだが、本当にただの一度も、親友であるあるき野散歩を疑ったことはなかったのだろうか? 人のいいおじさんを、悪辣な父が騙し通したという見方をぼくはしていたけれど……、『身近な人間を疑う』というのは、なにも名探偵だけの特権ではないはずだ。

名探偵だけのストレスではないはずだ。

そういうストレスとおじさんは無縁だったのだろうか?

そう思い、『大丈夫《ウルトラ》』と断言した虎春花の意図を確認してみると、

「警察官は、身近な人間や赤の他人を疑う責任を、組織が背負ってくれるもの。軍隊と同じよ。戦争に

おいては殺人が罪でなくなるように、捜査においては、疑念はストレスではなくなるのよ」

とのことだった。

ふむ、思っていたのとは違う理由だったが（適当に言ったのではなく、理由があったことにそもそも驚きだったが）、意外としっかりした理由である……、まあ、誤解を恐れずに言えば、ストレスと責任は同じようなものだからな。

仮にあらぬ疑いをかけてしまったり、あってはならないことだけれど、冤罪を生んでしまったとしても、正当な手続きでその捜査がおこなわれてさえいれば、個人でストレスを抱《かか》え込《こ》まねばならないということはないわけだ。

仮におじさんが親友を疑っていたとしても、それを仕事だと割り切れれば、懊悩はなかろう……、そんなシンプルなものでもないかな？　人間がみんな、ぼくみたいにシンプルなわけじゃないかな？　ぼくだって怪盗を家業と割り切っているわけじゃないにせよ。

いずれにしても、組織に属していないフリーランスの名探偵は、捜査に付随する悩みを誰とも共有することもできずに、ひとりで苦しまねばならないということか……、勝手なことを言ってやがるぜ。好きで名探偵をやっている癖に苦悩があるみたいに言うのは、家族に隠れて怪盗活動をしていた父さんはきっと辛《つら》かったはずだという、弟の謎理論と同レベルで受け入れがたいものである。

ぼくのように嫌々やっているならまだしも……、いやいや、自分だけは例外みたいに言うのはよくないか。ぼくも別に、誰かに頼み込まれて怪盗をやっているわけじゃなかった。それで周囲を騙し続け、その上で文句を言うのはさすがに筋違いであろう。

「ああ、でも、探偵の悩みと言えば、確かエラリー・クイーンが何かを悩んでいたよな……、なんだっけ」

「胡乱《うろん》な知識ね、あるき野。後期クイーン問題をそんな風にぼんやり語るとは。……ふふっ、これまでだったらそんな発言も、自分は怪盗フラヌールではないと周囲に印象づけるための無知な振る舞いの一環と疑っていたところだけれど、もうそんなことをしなくてもいいというわけだわ」

「そんな目でぼくを見ていたのか……」

なんて的確なんだ。

ついている嘘がバレてるんじゃないかと常に不安と罪悪感に苛《さいな》まれているなんて言ったけれど、割と本当にバレバレじゃないか。

「しかし、そうなると残念だったね、虎春花。ぼくなんかに気を取られている間に、本物の怪盗フラヌールは、投獄されてしまったというのだから」

「自首らしいわよ。待葉椎に聞いたところによると」

同行はしていなくとも友情は続いているようで、虎春花は情報源を明かしながらそんなことを言った……、待葉椎警部補は愛媛県警の所属で、警察庁怪盗対策部でこそないものの、東尋坊おじさんからも一目置かれている『対怪盗フラヌール』チームの秘密兵器でもある。

だから知っているらしい。

怪盗フラヌールが『逮捕』されたのではなく、『自身が囚われた刑務所』を返却したのだと……、ぼくに言わせれば偽ヌールが、だが。

「そうかい。そうだったのかい。そう言えば、そんなことをおじさんが言っていたような、言っていなかったような……、ははは、こんな胡乱なことじゃ、怪盗フラヌール専属記者なんて大層な肩書きは返上だね」

「まったくだわ。あなたの記事をアテにしていた私が間違っていたわ」

容疑者でなくなったのはいいが、同時に虎春花からの評価も下がっていた……、そりゃそうだが、悲しいっちゃ悲しい展開だな。

「あなたの記事など、せいぜいワインのアテにするのがふさわしかったわね」

「ワインでもアテって言うの？」

確かにそれで十分だけどな、ぼくの駄文は、本来……。

ワインのお供だなんて、名誉ですらある。

「けれど残念かと言われると、そうでもないわね。所詮《しょせん》怪盗フラヌールなど、その程度の器だったということなのだから」

「…………」

「あるき野を怪盗フラヌールだと疑うなんて、怪盗フラヌールじゃなくて、あるき野のほうに失礼だったわ。そんな小悪党にほんのいっときでも熱を上げてしまったことが、私にとって永遠の恥よ」

吐き捨てるように言う。

本当に吐き捨てるように言う。

「え、永遠の恥ってことはないんじゃないかい？　確かにお前の専門は殺人事件であり、窃盗や強盗……、まして怪盗なんて、畑じゃなかったかもしれないけれど」

「そういう意味ではなく。名探偵にとってはね、自首や出頭をするような犯罪者は、あまりに小物なのよ。たとえダムや刑務所、宇宙ステーションといったスケールの巨大なお宝を盗もうと、または返却しようとも、あまりに肝っ玉が小さいわ」

そこまで軽蔑《けいべつ》する？

誰も自首してくれなくなっちゃうよ。

まあ、名探偵にとっては、拍子抜けもいいところかもしれない……、立場上、自ら出頭する怪盗など、あるいは殺人犯など、がっかりすると言うしかないだろう。

ちなみに、さすがの初代怪盗フラヌールも、宇宙ステーションは盗んでいない。

「でもまあ、お前は名探偵じゃなくて、名探偵《ウルトラ》だろう」

「だからこそよ。何が出頭よ。本来その頭は、私がギロチンにかけるためのものでしょうに」

「お前がギロチンにかけるための頭なんてこの世にはないよ」

「勝手に罪を犯しておいて勝手に償おうとするなんて、至極勝手だと思わない？　償いは強制されなさいよ」

勝手な言い分だ。

……そうでもないか。

滅茶苦茶《めちゃくちゃ》な奴が滅茶苦茶なことを言っているから滅茶苦茶に聞こえるが、そういう自己完結にもやっとする感覚は、ぼくが父に対して抱いている感覚そのものかもしれない……、あるいはぼくが、ぼく自身に対して抱いている感覚そのものかもしれない。

出頭こそしていないけれど、ぼくの返却活動なんて、まさに誰にも強制されていない、自発的な償いである。

自己完結の極みだ。

「……それを言うなら、虎春花、お前が今していることも、勝手にぼくを疑って、勝手に謝罪しているという、自己完結的な行為だと思うんだが」

「私はいいのよ。犯人じゃないのだから」

探偵の特権を躊躇なくふりかざしてきやがった。その謝罪が本物かどうか、まだ判じかねているわけだが……、そんな風に大上段からフェイントをかけて、ぼくがボロを出すのを今か今かと待ち構えているのでは？

そんな疑心暗鬼に構わず……、本当に構わず、虎春花は、

「犯人が自首して終わるミステリーなんて、読んでられないと思わない？」

と、訊いてきた。

「そういうのもあるんじゃないのか？　探偵不在と言うか……、犯人の手記で終わるようなミステリーも。そういうのは探偵小説とは言えないだろうけれど、犯罪小説としては成立する」

「成立する？　それは褒め言葉なの？」

揚げ足を取ってくるなあ。

まあそこも言いかたの難しいところではあるし、自分自身が犯人の立場にいるととてもそうは思えないけれど、推理小説を読む理由のひとつに、後ろぐらいところのある犯罪者を頭のいい探偵が無双するのを見たいって動機もあるからな。

勧善懲悪を常に求めるとは言わないにせよ、自首が肩透かしだというのはわからなくもない……、現実の場合は、自首しようと出頭しようと、その後、裁判で裁かれ、司法から刑を執行されるわけだから、それが社会的制裁ということにもなるのだろうが。

別に犯罪者は、人々の溜飲《りゅういん》を下げるために裁かれるわけじゃないのだが……、それだとただの復讐《ふくしゅう》である……、しかし自首や出頭が、犯罪者の『勝ち』のように見えてしまうのは、回避したいところなのは確かだ。

「その意味では、出頭に並ぶ名探偵の敗北は、謎解きのシーンで犯人に自害されてしまうことね」

「あー。あるな、その議論」

あると言うか、あるあると言うか、そういうシーンに立ち会ったことも、ないではない……、自害でこそないけれど、先代の怪盗フラヌールは、暴かれることも裁かれることもなく、交通事故で死亡したのだ。

見様によっては。

少なくともぼくに言わせれば、勝ち逃げである。

後始末をすべて遺族に押しつけて、自分では何も償うことなく、どんな罰を強制されることなく、死にやがった。どうあれ死んだら許されるという傾向が、特に日本文化には根深いけれど……、あの父に関してだけは、死者に鞭打《むちう》ってもいいんじゃないかと思う。

「手記を残して悟ったみたいに服毒するって、自分に酔っているわよね」

「自分に酔うことにかけては右に出る者のいない名探偵に言われちゃおしまいだな。そう思うと、謎解きのシーンで『見事な推理ですな。ただし、証拠があればですが』みたいなことを言う犯人のほうが、まだ可愛げがあるか」

「ギロチン送りだけれどね」

結局ギロチン送りか。

だったら死にかたくらい自分で選びたいと思っても無理はない……、まあ作劇上の都合もあるんだろうけどな。大犯罪者にはさっさと死んでもらったほうがすっきりするという都合だ……、その意味では、父はひとつだけいいことをしたとも言える。

父が怪盗フラヌールだったという、死後に判明した事実は確かにあるき野家を一家離散に追い込んだけれど、生きているうちにあの男が逮捕され、それがバレるよりははるかにマシだった……、のか？

自害でこそないけれど……。

「まあまあ、そうだね、言われてみれば、怪盗フラヌールが小物も小物だっていうのは賛成だよ。何回も言うようだけれど、本来、お前が相手取るような、ハイクラスの犯罪者じゃなかったんだ」

「ハイクラスの犯罪者なんていないわ」

「はいはい。さすがタブーなき名探偵」

どんな権力者もどんな支配者も、構わず犯人と指摘する虎春花にとっては、実際のところ、犯罪者はまごうことなく平等なのかもしれない。平等にギロチン送りということだが。

「ともあれこれでめでたく虎春花は、こそ泥に煩わされることはなくなったということだ。ああ、もちろん、このぼくもね。取るに足らない怪盗フラヌールに関する記事ばかり書くなんて、生活のためとは言え、どうかしていたよ。そんな風に興味を失いかけていたから、特落ちなんてみっともないことをしてしまった……、ように見えてしまったのかもしれないけれど、これはチャンスだと思ってね。ここだけの話、ぼくもすっぱり怪盗云々《うんぬん》とは縁を切って、旅のルポライターになろうと思うんだ。浅見光彦のような」

「切れてないいじゃない、縁を」

そうだった。日本を代表する名探偵だった。

ぼくなんて、ルポライターを、名探偵を意味するどこかの国の格好いい言葉だと思っていたくらいである。

「なるほど。それであなたも北海道へ？　わかったわ、私のお供をさせてあげましょう。私と同道すれば、面白いことがたくさん起こるわよ」

「殺人事件とかだろ？」

なんでお前とのふたり旅が既定事項みたいになっているんだ……、いや、そう言えば、まだ訊いていなかった。

目的地はともかく……、どうして知床に向かうのか、だ。以前、金沢へは、休暇中の女子ふたり旅と言っていたが……。

「あら。さっきからずっとその話をしているのに、察しが悪いわね、あるき野」

「？　割とざっくばらんでざっかけのない雑談をしていたように思うが……」

「私の目的は、あろうことか勝手に自ら刑務所に入った怪盗フラヌールを引っ張り出し、改めてギロチン送りにすることよ」

自首した罰に、殺してあげるわ。

と、名探偵《ウルトラ》は言った。

3

この一時間後、離陸した飛行機の中で機長が密室内で殺害されるという事件が起こり、名探偵による推理で、犯人はコーパイに特定された。

探偵の行くところに事件あり。

しかしながら、この後に控《ひか》える展開を予想する限り、このまま墜落してしまうほうがマシかもしれなかった。

第五章　怪盗フラヌール（二代目）

1

知床へ向かうはずだった飛行機は結局、北海道まで辿《たど》り着《つ》くことなく、ちょうど青函《せいかん》トンネルのあたりに墜落した。普通なら乗客全員、機内で起こった犯罪事実と共に海の藻屑と消えるところだったが、それがよかったのだろう。青函トンネルだけに、誰一人犠牲者を出すことなく生還できたというわけだ……、機内で殺されたパイロットを除いて。

真犯人であるコーパイはここで見事に散りたかったかもしれないけれど……、あいにく、謎解きのシーンで自殺する犯人のようにはいかなかった。青函トンネルで捕まった犯人は、青森県警の管轄になるのか、北海道警の管轄になるのかは、複雑な議論が必要になるかもしれないけれど、それはルポライターや名《ウルトラ》探偵のあずかり知らぬことだった。

いや、飛行機の墜落となると、名探偵はともかく、同乗したルポライターとしては捨ててはおけない事件であり、こそ泥ひとりの投獄を特落ちした不名誉を補ってあまりある記事を書けそうでもあるのだが、残念ながら、ぼくは引退したも同然のルポライターである。

また、墜落した先が青函トンネルであることは、別の意味でも僥倖《ぎょうこう》であると言えた……、天気予報の地図ではあまりそうは見えないけれど、実際には北海道と青森県は、ドーバー海峡くらい離れていて、ここを泳いでいく、または救命ボートで渡るとなると一苦労だったが、幸い、青函トンネルには電車が通っている。

スマホに訊いても絶対に教えてくれない乗り換え案内だが、ぼくは、そして同行者ではない涙沢虎春花は、飛行機から新幹線に乗り換えて、北海道へと上陸したのだった。

2

こうなるとさあいよいよ知床だ、世界遺産だと前のめりになりたくなるけれど、返す返すも北海道はでかい。日本から独立できるくらいにでかい。青函トンネルで乗った新幹線が到着した、新函館北斗《しんはこだてほくと》という駅から、知床まで歩いて五分というわけにはいかない。

ここから二回の乗り継ぎを経て、知床に到着するのは約十時間後だ……、函館空港から飛行機という手段を、スマホならば勧めてくるところだけれど、ぼくはもう金輪際飛行機には乗りたくない。帰りも絶対新幹線で帰る。グランクラスに乗ることも辞さない。

大切なのは『何に乗るか』ではなく、『ひとりで乗る』という点だろうが……。

「レンタカーを借りるという手もあるんじゃなくて、あるき野？　北海道らしく」

「……虎春花さん、自動車免許、持ってるの？」

「そんなものを取るまでもなく、名探偵は、すべてを免じられているのよ」

持ってないんだ。

まあ、馬車に乗って移動するタイプだからな……、ぼくが浅見光彦だったら、パールのソアラに乗るところだけれど、しかし交代もなしで北海道を横断するというのは、ちょっと二の足を踏んでしまう。ブレーキやアクセルではなく、二の足を。

殺人事件も怖いが、普通の交通事故だって十分怖い……、実際、ぼくの父は交通事故で死んでいるわけだし。そんなところで親を継ぎたくない。どんなところでも継ぎたくないが。となると、やはり公共交通機関を利用するしかないだろう。

……そこで思い出したので、ぼくは訊いた。

「その、免じられ、許されている中には、『殺人』も含まれているのかい？」

「犯人を殺害する場合に限ってはそうね。さすがに私も、下々《しもじも》を意味なく殺そうとは思わないわ」

「下々って言ってる時点で殺してるようなものだけどな。その……、人権とかを」

「じんけん？」

「生まれて初めて人権って聞いたの？」

そんな奴が捜査権を持ってるのか？

持ってないけど。

「人権が何かなんてどうでもいいわ。少なくとも怪盗フラヌールに、そんな権利はないでしょう。私にあるき野を疑わせた罪は重いもの」

「ぼくを動機にしないでほしいな、できれば。簡単にできると思うからお願いしているんだけど……、って言うか」

その後、殺人事件が起こったり飛行機が墜落したりしたのでうやむやになってしまっていたが、気がかりな点は他にもあった。つまり、虎春花がこれから怪盗フラヌールを殺そうとしている点の他にも、同じくらい気がかりな点があった……、信じられないことだが。

「怪盗フラヌールを殺そうというジョークはわかったよ。とても受けた」

「まあ、あるき野ったら」

「でも、なんでそのために、知床に行こうってんだ？　投獄された……、自ら出頭したにせよなんにせよ、確保されているんであれば、世界遺産を盗んだり、まして返したりなんて、できるはずもないのに」

「まあ、あるき野ったら」

なんなんだよその返しは。

ぼくがふざけてるみたいじゃないか。お前ほどふざけたキャラクターもいないのに……、まあ、虎春花さんったら、だよ。

「知れたことよ。知床だけに」

「あ、先に言われた」

「私の推理によれば、どこにあるか不明だという、怪盗フラヌールが囚われているランダムウォーク刑務所は、知床に流れ着く流氷の上に建てられているからよ」

「へ、へえ～」

正しいリアクションが取れなかった。

ちなみにこの場合の正しいリアクションとは、名探偵の開示した真相に対して、「な、なんだって!?刑務所が氷上にあるだって！　ついにおかしくなってしまったのかい!?　正気とは思えない、どういうことだい虎春花！」と、オーバーに反応することである。

これがなかなかできないんだ。

飛行機の中でもざわつきかたが微妙なリアクションになってしまった……、なまじっか、あのときも今も、こちらは先に『真相』を予想してしまっているだけに。

ただ、そうだろうとは思っていたが、そういうことなら更に確認せねばならなかった……、何を根拠にそんな推理を？　ぼくの場合、その『真相』に至ったのは、盗まれた刑務所という現物を所有していたからである……、親が残した負の遺産という形で。

雪の結晶を見ていない虎春花は……、ぼくも実際に、真上から刑務所を見たわけじゃないが……、どうやって、ランダムウォーク刑務所と流氷を結びつけたというのだ？

「ふっ。そこは私は探偵《ウルトラ》だもの。日本国内にあるとは言われているのだから、北から順番にローラー作戦であたれば、いつか正解に辿り着くだろうという算段よ」

「なんでそこだけまともな探偵みたいなことしてんだよ」

何がローラー作戦だ。

どちらかと言うと警察がしそうな、虱《しらみ》潰《つぶ》しの発想じゃないか……、意見が一致しても、それでは真実味は増さない。ただ、それで『真実』を一発で引き当ててしまうのが名探偵の名探偵たる所以《ゆえん》とも言える……、実際、ぼくを怪盗フラヌールだとみなした根拠も、あってないようなものだったし。

探偵の勘、か？

ローラー作戦をするなら、沖縄側からしてくれたらよかったのにとも思うが……、お前は移動するだけで飛行機を落としちゃう奴なんだから。

いや、『間違えても怒られない』という権利は、それだけ強いということなのかもしれない……、こいつの場合、流氷の上に刑務所がなかったからと言って、特段どうということもないしな。警察だったらそうはいかないし、ぼくでもそうはいかない……、社会性というのはそれくらい厄介だ。

知的好奇心とやらで動く探偵は、極論、真相を外したところでノーダメージだから、大胆な推理もその分捗《はかど》るというわけだ。

アイデンティティがかかって、必死に思考を巡らした逆算ゆえに北の大地に到達したぼくと、なんとなくの二択で北を選んだ虎春花……、対極的だが、まあ、初代怪盗フラヌールの考えに近いのは、残念ながら名探偵のほうなのかもしれない。

とは言え……。

「心当たりはあったってことだよな？　流氷に。でないと、知床じゃなくて、最北端の地である宗谷《そうや》岬《みさき》とか、あるいは離島の礼文島《れぶんとう》や利尻島《りしりとう》とかからあたるはずだもんな」

「ええ。噂に聞いたことはあったのよ。名探偵の情報網を舐《な》めないで」

おや、ぼくの記事の他にも、怪盗フラヌールに関する情報源を持っていたとは驚きだ……、これは皮肉ではなく、本来殺人事件を専門とする虎春花に、そういうルートのコネクションがあるとは思えなかった。

が、しかし、話を聞いてみると、殺人事件を専門とするからこそのルートであり、コネクションだった。

「真犯人をがんがんギロチン台に送り込んできた私だけれど、中には無期懲役で済んでしまう運のいい殺人犯もいたのよ。迂闊《うかつ》にも私が、犯人が第二の殺人を犯す前に真相を指摘してしまったケースとかでね」

「それを迂闊と言うのか」

犯人にとっては運がいいと言えなくもないのか……、虎春花と遭遇しながら、死刑にならずに済んだというのは。わかっていたことではあるけれど、こいつは第二の殺人を止められなかったことで懊悩するタイプの探偵ではないんだな。

「そういう犯人もいわゆる特殊刑務所に送られるわけだけれど、しかしどこからともなく、こんな声が聞こえるのよ。『どんな厳しい刑務所に投獄されようと、ランダムウォーク刑務所よりはマシだ。なぜなら――』」

「…………」

「と、まあ、『なぜなら』のあとはいろいろ虚実入り交じったフレーズが続くわけだけれど、そういった胡散臭《うさんくさ》い都市伝説の中にあったのよ。かつて北海を漂う流浪の刑務所があったという噂が」

眉唾《まゆつば》だと思って、すっかり忘れていたけれど。

と、虎春花は言った……、何も知らずに聞いたら、ただのホラ話としか思わなかったような、それこそ都市伝説だったが、この状況で聞かされると、アテになりそうな情報である。

ワインのアテではなく、推理のアテに。

「なるほど。その噂の発信源を辿って、ちゃんと聞き取り調査をしてから、知床を目指して飛行機に搭乗したってわけだ」

「するわけないでしょ、聞き取り調査なんて。この名探偵《ウルトラ》が」

「ですよね」

「まあ一応、素人の真似事《まねごと》もしてみようかしらと思ってみたけれど、よく考えたらそのときその噂を、どこからともなく話してくれた関係者は、その後、私がギロチン台に送り込んだんだったわ」

「会う人会う人をギロチン台に送り込んでるじゃないか。もっと迂闊になれよ」

なんでぼくがまだ無事なのか、不思議だよ……、疑われてさえいたのに。本人の言葉を信じて、その疑いが完全に払拭されたとしても、ぜんぜん油断できそうにない。

「誤解があるようね。ギロチン台に送り込むことは決して目的ではないわ」

「その割には怪盗フラヌールを殺すために、北海道まで来てるじゃないか」

「あなたこそ、私の前で見栄《みえ》を張らなくていいのよ、あるき野。旅のルポライターになりたいなんて口実で、怪盗フラヌール投獄の記事を特落ちした不名誉を挽回《ばんかい》するために、ランダムウォーク刑務所へ潜入調査をしようという算段なのでしょう？」

　そんなハードなことは考えてもみなかった。しかしこうなったら、そのアイディアに乗っかっておいたほうがいいか……、名探偵と旅先で同道するというのは命知らずもいいところだけれど、しかしこうなると、別行動を取るのも危なっかしい。

　いやいやぼくは折角だから旭山動物園《あさひやまどうぶつえん》に寄っていくことにするよと、途中下車してタイミングをズラすこともできなくはないが、しかし、その後ランダムウォーク刑務所に面会に行った際、偽ヌールが虎春花に殺されているという可能性が生じてしまった。

　自首したという理由でギロチン台に送られる、理解しがたい可能性が……、可能性が生じてしまったと言うか、倫理観が死んだみたいな可能性だが。

　そりゃあぼくも自分の返却活動を最後の最後に横取りされて業腹だったし、東尋坊おじさんの刑事人生を台無しにするようなおこないは、どう償ったとしても許せないものだが、しかしそれで、死んでしまえとまでは思えない。

　明確にしておきたいが、ぼくは死刑制度には反対だ。隣の席に悪党のギロチン台送りを生業《なりわい》とする名探偵がいるので、如何せん説得力に欠けるが……、偽ヌールには何らかのけじめをつけさせるにしたところで、刑務所の土台の氷が溶けるのを待って溺れ死ぬのを、放置はできない。ある意味では、ぼくはにっくき偽ヌールを救いにきたのだ……、ゆえに、殺意を振りまくこの名探偵を放置するわけにはいかない。

　善良な主人公で悪いね。

　無駄だとは思うが、頑張って説得を試みないと……、そんな不幸中の幸いもないだろうが、こうなると、飛行機が墜落し、知床到着までの時間を稼げたのは不幸中の幸いだった。この電車旅の最中に彼女を説き伏せ、思いとどまらせることができれば、それに越したことはない……、立てこもり犯を相手取るより難易度が高そうだが。

親を呼んできても投降させることは難しかろう……、そもそもその親をギロチン台送りにしている名探偵である。ギロチンの妖精《ようせい》なのかもしれない。

「そう言えばギロチン台って、慈悲の気持ちから発明されたって説を聞いたことがあるな。死刑囚ができるだけ苦痛を感じないように、一瞬で殺せる機械を考案したんだとか……」

それが残虐な死刑の代名詞みたいになって、しかも発明者の名前で後世に残ってしまったというのは、何事もままならない……。

「そういった処刑器具自体は昔からあったとも聞くけれど、あれ、正式名称とかあるのかね」

「正義の柱よ」

「はい？」

「正義の柱。ギロチンの正式名称」

「…………」

名探偵らしく博学なところを見せてきたけれど、本当か、それ？　少年漫画の敵が使う技名とかじゃなく？

「ええ。つまり私は正義の味方というわけね」

「正義への見方が変わってしまうよ」

「斬首刑《ざんしゅけい》というのは、名誉を守るという意味でも慈悲深い処罰だったそうよ。日本とは真逆になるのかしらね」

「ああ、日本だと晒《さら》し首《くび》が屈辱的で、切腹が名誉ある死なんだっけ……」

その状況自体が自殺ものだが、しかし選べるのであれば、切腹よりも、切腹なしの介錯《かいしゃく》を望みたいところだ。よくそんなことを思いつくな度で言えば、切腹に軍配があがりそうでもある。

「愛国者ね、あるき野は。私はだんぜんギロチン派だわ」

「その髪型だとギロチンにかかりづらいと思うんだけど」

「送り込む側だからいいのよ。実際、髪が長かったマリー・アントワネットは、処刑前には散髪させられたと言うわね」

ギロチン雑学がとどまるところを知らないな……、さすがのフランスも、現在は採用していない制度のはずだが。

「日本だとまだあるものね、切腹は」

「ないよ」

「ギロチンを禁じる法律はあっても切腹を禁じる法律はないでしょう」

そりゃ、やる分には勝手だろうが……、究極的には自殺だから。ただ、死刑に反対する立場を取るのであれば、自殺にも反対する立場を取らねばなるまい……、いずれにせよ、常にその主義を貫けるとは限らないのが難しいところだが。

「しかしまあ、虎春花。現在怪盗フラヌール、正真正銘の怪盗フラヌールが囚われているランダムウォーク刑務所は、お前の雷光閃く推理によれば、流氷の上に建設されているわけじゃないか。つまり、放っておけば、最長でも半年やそこらで融解し、極寒の海へと沈み去るわけじゃないか。無期懲役どころか、懲役六ヵ月以上で、死刑とイコールなわけだ」

「なんで正真正銘のって付け加えたのかしら？」

「わざわざお前が手を下すまでもなく、怪盗フラヌールは処刑台へのベルトコンベヤに乗っているようなものだよ」

「ベルトコンベヤ？」

「だからなにもお前の、レアメタルよりも貴重な時間を費やすことはないいんじゃないかな。あれ？　そう言えば、北海道に上陸してから何も食べていないいんじゃない？　駄目だよ、この島はスイーツ王国でもあるんだから。食べないと、ほら……、熊肉とかを」

「さしもの私も、ジビエをスイーツには含めていないわ」

そう言って虎春花は、

「無分別にあるき野を疑った戒《いまし》めとして、あなたの前ではお菓子断ちをしているのよ」

と、続けた。

重いんだか軽いんだか、よくわからない戒めだな……、ぼくの前じゃないところではマシュマロ等を食べまくっていると、暗に言っているようなものだし。

「このように私ですらペナルティを負っているというのに、怪盗フラヌールが何の罰も受けないなんて、考えられないでしょう？」

さすがに死刑と比べたら軽いよ、ぼくの前でのお菓子断ちなんて……、そのせいで苛々《いらいら》して、八つ当たりをされているんじゃないのか、偽ヌールは？

「だから、放っておいても怪盗フラヌールは……」

「どうせ死ぬなら先に私が殺したって同じでしょう」

「ああ、そういう解釈？」

介錯じゃなくて解釈？

快楽殺人鬼がせめてもの良心で、余命わずかな病人ばかりを殺して回るようなグロテスクさを感じる……、そんな奴と電車で隣り合ってるなんて、恐怖過ぎるだろう。

窓からの景色が見たいという理由で突き落とされそうだ。

「でも、真面目な話、死刑執行なんて、やりたくてやってる人なんてそうはいないわけじゃない？」

「それもどこまで本当なのか、死刑執行のボタンは、誰が押したのかわからないよう、三人くらいがそれぞれに押すって話はあるよな。でもそれって逆に言うと、本当は死刑執行をしていないのに、したかもしれないという気持ちを三分の一、背負うということにもなる」

ぼくだったらひとりだけ押したふりをして押さないかもしれない。それで作動するかどうかもブラックボックスだが。

「だから私が背負ってあげようと言っているんじゃないの。慈悲で」

「死刑じゃなくて私刑になってしまうだろう」

「それとも何。出頭し、自ら投獄されておきながら、他者から裁かれるのは嫌だとでもいうのかしら。だとしたら保身のために刑務所に入っているも同然よ」

そういうケースもないわけじゃない。

被害者からの報復を恐れて自首し、刑務所に入ることで身を守ろうとする犯罪者……、反省の色があるとはまったく言えないけれど、だからと言って逮捕しないわけにもいかない。偽ヌールの場合はそれとは明らかに違うが……、さりとて、反省して罪を悔いているというのも、明らかに違う。盗んで悪かったなんて思っちゃいない。

だって、盗んでいないんだから。

偽ヌールは。

……ただ、途方もない間抜けというわけでもあるまいし、偽ヌールとて、そのまま刑務所に収監され続けていたら、いずれは海に、刑務所ごと沈むということはわかっているはずだ。命をかけてまで……、と言うか、自分の命を犠牲にしてまで、偽ヌールは本物になろうと言うのか？　なんだその情熱は？

ぼくも相当の自己犠牲を払い、己の人生を代償にして、二代目怪盗フラヌールとしての返却活動をおこなってきたという自負があるけれど、さすがに、返却活動のために死んでもいいとまでは思っていない。

偽ヌールに言わせれば（幻聴）、そういうところがぼくの偽物な部分なんだろうが……、しかしことの元凶であり張本人である父とて、怪盗フラヌールとしての活動に命がけだったとは思えない。美学と言えば聞こえはいいが、言ってしまえば遊び半分である……、切実な理由があったわけでもない。

一体何なのだろう、偽ヌールの、自分が怪盗フラヌールになれるのであれば死んでもいいと言わんばかりの気迫は……、まあ、さすがにそんな偽ヌールも、わけのわからん横入りの名探偵に殺されてもいいとは思っていまいが。

偽者と決着をつけるため、引導を渡すための旅路のはずが、どんどん、にっくき偽ヌールを名探偵の魔手から守るための冒険みたいになってくる……、なんでこう思い通りにいかないんだ、ぼくのプランは。一個くらいすんなり進めよ。

ふむ。

脈絡のない思いつきではあるが、怪盗フラヌールの弟子という線はどうだろう？　お艶から、そんな奴がいたと聞いたことはないけれど、ジュブナイルでは大抵、怪盗には助手がいるものだ……、お艶はどちらかと言えば秘書的な立ち位置だったはずだから、現場でのアシストを担当する弟子みたいな者がいても不思議ではない。

仮に弟子がいたとしたら、返却怪盗なんてまがい物を、許せなくなってしまうのはわかるし……、そんなまがい物をもてはやすような記事を書いている『自称・専属記者』なんて、特落ちの憂《う》き目《め》に遭わせたくもなるだろう。

悪くない推理な気がする。

ぼくは名探偵ではないので、こういう根拠のない当てずっぽうが当たったことはほとんどないのだが……、とは言え、この仮説を隣の名探偵に相談するわけにはいかない。彼女は偽ヌールを本物の（情けなく、みっともなく、敵前逃亡の、そして冤罪を生んだ）怪盗フラヌールだと思っているのだ……、偽者であることを前提にした推理は話しにくい。

まあ、偽ヌールが偽者であることが露見すれば、たやすく名探偵の魔手からは逃れられるわけなので、そこには葛藤《かっとう》がある……、私刑による死刑はなんとしても妨げたいけれど、そのために、我が身を危険に晒したくはない。虎春花に疑いを持たれ続ける生活は、もううんざりだ。返却活動のために旅をするにも、当たり前みたいにこのトーテムポールは現れて、隣に座って……。

今と大して変わらんな。

お菓子を食べているか食べていないかの違いだけだ。そう考えると、大きな違いかもしれないけれど……、あれは見ているだけで胸焼けがした。

ただし、偽者だとバレたら私刑による死刑が回避されるというのも、ポジティブシンキングである。父親がいい人だと信じているくらいのポジティブシンキングだ。偽者の癖に名探偵を振り回した罪でギロチン送りにしかねない。慈悲とか名誉とか言ったものの、あの時代の死刑が大衆への見世物だったことを思えば、ある意味、その思想を体現しているとも言えるが……、ふう。

乗り換えのときに置き去りにするのが一番かな。自分で切符が買えるタイプじゃないだろうし、その髪型だと、タクシーにも乗れまいし……、北海道にはまだ東京ほどは箱型のタクシーは普及していないはずだ。

「………」

しかし、名目上観光に来たよそ者として、現地に処分不可能な廃棄物を捨てていくというのは、良心が咎《とが》める……、つまりどう足掻《あが》いても、ぼくはタブーなき名探偵こと涙沢虎春花をハンドリングしながら、どこにあるかまだ確定していない謎の刑務所で、得体の知れない命知らず、怪盗フラヌールの偽者と面会しなければならないわけだ……、緊迫してきた。

盗品博物館を空っぽにするという大目標に挑み続け、いつしかその仕事は作業と化し、数をこなす消化試合のようになって、最後の一品なんて、もう返しても返さなくても同じじゃないかみたいな、今から思えば愚考も甚だしいことを思っていたけれど、やはり最後の一品は最後の一品である。

歴代でもっとも難しいミッションになりつつある……、ぼくとしては、これ以上難易度が上がらないことを祈るばかりだった。

3

十時間後、ぼく達は目的地である知床に到着した。

文章にするとたった一行で、味もそっけもないけれど、あの虎春花と十時間、同じ空間で行動し続けるという偉業をどうか軽く見ないでほしい。人によっては心に深い傷を負い、入院していたかもしれないくらいだ。

ちなみに、ぼくの前ではお菓子を食べないと豪語していた虎春花は、駅弁は普通に食べていた……、甘くなければ何を食ってもいいという、甘い判断らしい。

裁判官と被告が同一人物だと、まあそうなるよな。

法的手続きを経ずに自ら刑務所に入った偽者の怪盗フラヌールにも、あるいは同じことが言えるのかもしれない……、偽ヌールはいつだって好きなように脱獄ができるはずだ。だからこそ自らを死地に置いているとするなら、やっこさんの気が変わる前に、さっさと面会に行ったほうがいいだろう……、ランダムウォーク刑務所に、どのような面会制限があるかは知らないが。

詳述は避けるが、駅弁問題の他にも道中には様々なトラブルが起きた……、機内であったような殺人事件こそ起きなかったけれど、それに近い事件は都度都度頻発したので、精神的には相当疲弊してしまった。

が、本当の問題は、到着した知床の、それも海岸で待ち受けていたのだった……、流氷がない。

流氷がない。

氷だけに、目が滑《すべ》ってしまったかたのためにもう一度だけ繰り返すと、知床海岸に、流氷がなかった。

おやおや？

どころか、観光客もまばらである。

もっと言うと、雪も降っていない……、降っていてもおかしくないくらいの寒さで、もう一枚コートを羽織《はお》ってきてもよかったくらいだと、いわゆる北海道らしさにうきうきしていたぼくだったのに、蓋《ふた》を開けてみれば、ぜんぜん流氷のシーズンではなかった。

観光客もいないわけだ。

「下調べはしてこなかったの？　あるき野」

と、下調べをしてこなかった名探偵に問われ、ぼくは釈明する。

「いやいや、これでもぼくはジャーナリストだ。ネットで検索してきたさ」

「どんなジャーナリストよ」

「しかしどうやら情報が誤っていたみたいだな。地球温暖化もここまで来たかという感じだけれど……、ぼく達にとっては身を切られるような寒さでも、この北海も環境破壊の煽りを受けているというわけか」

環境破壊を訴えるジャーナリストぶってそんなことを言ったけれど、それまたネットの知識によれば、流氷の時期自体は昔からそんなに変わっていないらしい……、勇み足を認めざるを得ない。これは困ったことになった……、と言うか、これでは推理が根底から引っ繰り返る。

流氷の上に刑務所が建っているというのがぼくの仮説だったけれど、刑務所どころか、流氷のほうがない。

一年の半分しか存在しえない処刑制度を備えたランダムウォーク刑務所……、なんて、おどろおどろしく言ったけれど、それでもまだ人道的な発想だったか。

イメージと違い、せいぜい、二、三ヵ月と言ったところなのか……？

ぼくがうだうだ述べてきた推理など（いつものように）まるっきりの的外れで、流氷の上に刑務所なんて建てるわけがないじゃん、が解答なのだろうか。つまりこれ以上ない無駄足だったと言える。ぼくの名前は今日から、あるき野道足ではなくあるき野無駄足というわけだ。

「そうとは限らないわよ」

「え？　この無駄足に何か言ったかい、虎春花さん？」

「既に流氷が溶けて、刑務所が沈んだあとなのかもしれないと言っているのよ。怪盗フラヌールもろともね。私に手を下されるまでもなく」

「お前が手を下すまでもは、もともとないんだよ。あってたまるか」

そしてその可能性も、あってたまるかだ……、今できていない流氷が、なんで先日はできていたと思えるのだ。

そんな急激な気候変動があったら、絶対にニュースになっている……、特落ちするような間抜けなルポライター以外が記事にしてくれていることだろう。刑務所の建設期間も考えれば、夏に流氷ができたみたいな話になるんだから……、まあ、もしかしたらしくもなく虎春花は、タイミングが合わず、流氷を見られなかった観光客を慰めてくれたのかもしれないけれど。

「真冬に来ても見られないときは見られないというしね。普段のおこないが、こういうときにものを言うのよ」

「まさにものを言ってるよ」

これに関しては虎春花のことばかりは言えないが……、ぼくの普段のおこないとは、ここのところ、一貫して怪盗活動でしかないのだから。

「さあて、どうしたものか……」

「一泳ぎしたいなら止めないわよ」

「流氷じゃないってだけで、十分凍《い》てつく冬の北海なんだよ」

サウナのあとでも入りたくない。

心電図が整ってしまう。

「流氷がなかったんだから、海鮮丼《かいせんどん》でも食べて帰るしかないだろう。今からじゃ一泊するしかないから、まずは宿を探して……」

「愚かね、あるき野。そんなことだから、あなたは怪盗フラヌールではないのよ。特落ちしても当然ね」

疑いが晴れた途端、ぼくの評価が本当にダダ下がりじゃないですか、虎春花さん。あんなにぼくの執筆する記事を褒めてくれていたのに……。

「いや、わかってるよ。お前は次の心当たりを当たるんだろう？　それは好きにすればいいさ、ここから西表島《いりおもてじま》を目指して南下すればいい……、西表島に刑務所があるかどうかは知らないけれど、確かあそこも世界遺産に指定されたはずだし、なんらかの手がかりはあるかもしれない」

我ながら適当なことを言っているとは思うが、ここで名探偵と別行動が取れるとなれば、もっけの幸いである。

ぼくもひとりになって、プランを一から練り直したい……、いったいどこから間違えたんだろう？　直接的な因果関係はないとは言え、ぼくが的外れな推理を構築したせいで、飛行機が一機墜落したみたいな捉えかたもできなくはないので、次こそ、慎重にならなければ。

どこで間違えたかと言われたら、怪盗フラヌールの二代目を襲名したあたりが非常に怪しいが、そこまで遡《さかのぼ》るのであれば、いっそあの父から生まれたことが決定的に間違えているわけで……、しかし、ここ数日を振り返ってみても、そこまで大きなミスがあったとは思いにくいのも確かだ。

正直、結構自信があったのに。

「向かうのは南ではないわ。更に北に向かうのよ、あるき野。たとえ泳いででも」

「え……、ああ、宗谷岬とかに行けば、あるいはもう流氷が来てるかもしれないってこと？　どうだろうな、単純な海温よりも、オホーツク海の流れ次第ってところもあるって聞くから……」

「それがわかっているなら、ますます愚かよ、あるき野」

「わかってるのにますます愚かなの？」

「要するに流氷というのはオホーツク海から流れ着くものなのでしょう？　ならば、ここにはまだ流れ着いていないというだけで、沖合に向かえば、あるんじゃないの？　刑務所の建った流氷が」

　流れ着いていない流氷。

　なんだか哲学的な響きがあるフレーズだが、しかし言われてみればごくごく当たり前の、ただの自然現象である。

　そりゃそうだ。

　オホーツク海の向こうから流氷がやってくる、おそらく数ヵ月前の現在、その流氷がどこにあるのかと言えば、そりゃあ、オホーツク海の向こうだろう。まだ流れ着いてきていないだけで、流氷そのものは、沖合に存在はしているはずなのだ……、むしろそのほうが、ぼくの仮想するランダムウォーク刑務所の性格には即していると言える。

　だって、流氷がこの知床海岸に到達してしまうと、つまり刑務所と陸地が、徒歩で行き来できてしまうという状態になる……、イメージする『吹雪の山荘』や『絶海の孤島』とはかけ離れてしまう。接地することでかけ離れるのだ。

　完全に分断されているこの状態こそ、ランダムウォーク刑務所のあるべき流氷の位置情報と、言えなくもない……、そうなると船が必要である。まさか本当に泳いでいくわけにもいかないし、流氷へ船で行くとなれば、砕氷船が必要になる。

　一回、ほぼ完全に諦めるところまで落ち込んでしまったが、可能性があるなら追求せねばなるまい。その可能性がいや増したというのであれば尚更《なおさら》だ。このあたりはさすが名探偵というわけだ……、ぼく

４

いっての蒙《もう》を啓《ひら》いてくれた。一方ぼくは、なんとかして彼女を沖縄に送り込もうとしていたのに。

「けど、まだ流れ着いていないってことは、シーズン的に観光向けの砕氷船はまだ運行していないってことだよな？　まあ、運行していたとしても、今のぼく達はそれに乗るわけにはいかないが……」

「？　なんで？」

なんでって。

飛行機を墜落させたことを忘れたのか……、確かにお前が直接墜落させたわけじゃないし、あれこれ斟酌《しんしゃく》せずに、ギロチン台のようにすっぱり正義を執行したと言えなくもないが、乗客全員が一生もののトラウマを背負った事件を、どうすれば忘れられるんだ。二十四時間以内に。方法があるなら教えてほしい。

が、ここで虎春花が言った『なんで？』は、ぼくが受け取ったそういうニュアンスとは、多少本意が違うようだった。

より悪いほうに違うようだった。

他の観光客の身の安全にはまったく構わず、観光向けの砕氷船に乗ろうということではなく……。

「好都合じゃない、現在砕氷船が稼働していないというのは。だって使われていない船なら、簡単に盗めるでしょう？　あなたが怪盗フラヌールでなくっても」

犯罪行為を促《うなが》してきたぞ、この名探偵。

盗めだと？　船を？

「私が疑ったあなたならできるはずよ」

「反省の色がないな」

無色透明だな。

厳密に言うと、その疑いには正当性があったのだから、反省の色はなくていいのだけれど、正当性があろうとなかろうと、その態度はいただけない。

が、一方で、それしか手段がないことも確かだった……、まあ、今から広島県に行って、海底大学の潜水艇を借りてくるという手もないわけではない。また、そこまで遠出しなくとも、探せば地元にも、レンタル自転車のように、砕氷船を貸し出している企業もあるかもしれない……、ぼくが大富豪タイプの怪盗だったら、いっそ船を購入するという手もありだ。

ヘリコプターという手も……、いや、空は当分飛びたくない。

し、虎春花の正当性を評価した直後になんだが、そのような正当性のある手続きを踏んでいる余裕はなかろう。残念ながら、そのアイディアがもっとも手っ取り早く、そして、もっとも他人に迷惑をかけない、刑務所捜索の手段であるようだった。

なんてこった。

ここに至って、とうとう本当の怪盗行為に手を染めることになろうとは……、犯罪というのは、かくもあとに引けなくなるものなのか。

「ところで虎春花さん、あなた、飛行機の操縦はできなかったみたいだけれど、船の操縦はどうなんだい？」

「愚問ね」

愚問だった。

第六章　怪盗フラヌール（偽）

1

　船の操縦が飛行機と比べて簡単だとはまったく思わないが、しかし墜落する心配がないというのは、非常に大きな安心感だった。もちろん墜落しない代わりに沈没する恐れはあるにせよ、船は何もしなくても基本的には浮く仕組みになっているし、何かしたからと言って、海底を目指して進んではいかない。

　それだけでもだいぶん安心要素だ。

　決して罪悪感を軽減させてはくれないが……、まあ、『盗む』ではなく『借りる』と言おう。

　無断借用には違いないけれど。

　まごうことなき犯罪行為なので、のちに黙秘権を行使するため詳細の供述は避けるが、港のあちこちを探して、ドックから小型の砕氷船を引っ張り出した……、この一連の行為に、特に虎春花は協力していない。

　いざというとき共犯者として扱われないよう、プランの提案だけして、実行にはタッチしないという卑劣な立場を選んだのかもしれないが、重要な役割である『見張り』を担当してくれたのだと思っておこう。

　基本的にソロプレイヤーであるぼくにとって、見張りがいるというだけでかなり仕事はしやすかったけれど、一方でやはり虎春花は、ぼくへの疑いを捨てていないんじゃないかというような気もした……、つまり、見張りというのは、ぼくを見張ってるんじゃないかというわけだ。

大義のためとは言え、船を盗むというぼくの犯罪行為を観察することで、かつて自分が持っていた疑惑が、本当は正しかったと証明したいのでは……、探偵に一度目をつけられると、本当に厄介だ。

なので、あんまり手際よくやるわけにもいかなかった。わざと警報を鳴らしかけたり、違う船に衝突しそうになったりと、ぼくはこういうことには慣れていませんよという空気を醸《かも》し出《だ》しながら、最終的にお目当ての砕氷船を、ドックから沖合に向けて出港させた……、乗員二名。

名探偵の行く先々で事件が起こるという法則も、この最小人数のクルーに限れば、適用されない……、はずだ。登場人物がふたりでは、ひとり殺されたらもうひとりが犯人に決まっているのだから……、ただ、実際には飛行機のコクピット内で、ふたりきりの中でも殺人事件は起こったわけで、人が犯罪行為に及ぶときは、バレたあとのことなんて考える余裕はないのかもしれない。

論理より衝動が勝つ。

むしろ少人数で密閉空間、あるいは限定空間に囚われることで、精神的に追い詰められて行為に及んでしまうというのはあるだろう……、虎春花を殺さないように気をつけないと。

または殺されないように……。

幸い、小器用なぼくが手際の悪いところを見せたことがうまくいったのか、砕氷船の借用に成功した虎春花がぼくに対して『あなたが犯人《ウルトラ》よ』と言ってくることはなかったが、特に根拠もなくぼくを疑ってきた名探偵である。特にきっかけもなく、疑いを再燃させてくる可能性はいくらでもある。

いつ船から突き落とされても不思議ではないくらいに考えておこうではないか……、偽ヌールを殺すと息巻いている彼女が、一応は『本物』であるぼくに、その殺意を向けない理由は特にない。

ある意味真実を突いているのだから。

名探偵の魔手から偽ヌールを守るという、謎の使命を負ってしまったぼくではあるけれど、人の身を、まして偽者の身を心配する以前に、自分の身も守らなければ……、今更ぼくが『本物』の怪盗フラヌールであると証明されてしまったら、虎春花がどんな行動にでるか予想もつかない。

この世で唯一虎春花をコントロールできる、愛媛県警の待葉椎警部補は、ここにはいないのだ。疑ったことを謝らせてしまった分（勝手に疑い、勝手に謝ったのだが）の反動で、正義の柱ではなく残虐刑で、虎春花はぼくを殺しにかかってくるかもしれない……、まったくもって、令和の探偵像ではない。

「どこまで沖に出ればいいもんかね。警察庁の中でも秘中の秘みたいな扱いだったけれど、それでも一応日本の刑務所なんだから、領海内だとは推測できることに変わりはない……」

そもそもこの小型砕氷船は、そこまで遠出のできるエンジンのサイズ感ではない。沈没することはないかもしれないが、考えなく沖に出過ぎて、遭難することはあるかもしれない。そうなると本当にクルー同士の殺し合いになりかねない……、下手に反省なんかしてしまったがために、今の虎春花に手持ちのお菓子はないのだ。

本当に余計なことをしてくれるぜ、反省なんて。

傲慢《ごうまん》な名探偵であり続けてくれたらよかったのに。そうしたら万が一遭難したとしても……、普通に殺されそうだ、そのときはそのときで。

名探偵ほど優秀な『真犯人』はいないという考えかたもある。もっとも完全犯罪に精通しているプロゆえに。それを言うなら、名探偵は怪盗にも向いているだろう……、怪盗フラヌールの正体は虎春花だったってオチなら、遠慮なく告発できるのに。

残念ながらそんな伏線は張っていない。

「死刑制度を盛り込んだ刑務所の存在が表沙汰《おもてざた》になったとき、責任の所在を曖昧《あいまい》にするために、公海で非公開にしているという線もあるんじゃなくて？」

そんなわけないだろうと言えないのが、難しいところだな。死刑執行の責任が分散されているように、刑務所のありかた自体、無責任に放流されている可能性はある。

とんだ海洋プラスチック問題だ。

「ところでお前、まさかその格好のまま、流氷に乗ろうとしてないよな？　さすがにウェットスーツくらい着るよな？」

「私が何を着るかは私が決めるわよ」

「数あるお前の台詞の中でその哲学だけは正しいけど、どんな厚着でも凌げないと思うぜ、流氷は」

どうしてもと言うのであれば、ウェットスーツの上にドレスを着ることになるのだろうが……、まあ、体への密着具合で言えば、コルセットとどっこいどっこいなのか？

しかしもしも足を滑らせて（氷なのだから）、体積の巨大なドレスで海に落ちたら、二度と浮上できなくなるように思う……、飛行機の不時着から生き延びた幸運な乗客が、その後、流氷で足を滑らせて溺死したなんて、『信じられないほど運の悪い人トップ１００』みたいな本に載せられてしまうエピソードだ。

ぼくはそんな本に載りたくないから、どれほどスタイリッシュでファッショナブルとは言えなかろうと、ウェットスーツを着させてもらう。

そのイラストが表紙になることも辞さない。

「私のファッションが気になって仕方がないのは許してあげるけれど、あなたはあなたで、他に考えなくてはならないことがあるんじゃないの？」

「なんかあったっけ？」

お前のファッションを気にしていたらお前の隣は歩けないとばかり思っていたが、他に考えるべきこと言われても、ぱっとは思いつかない……、ヘアアレンジか？

「私は期待外れの怪盗フラヌールを探偵として、ぶっ殺しにいくわけだけれど」

「何度も聞いていると、普通の目的のようにも聞こえてくるな」

「あなたは囚われの怪盗フラヌールに会ってどんな取材をするつもりなの？　既に負け犬であるこそ泥から、聞き出すことなんてあるのかしら」

おっと、そうだった。

探偵の魔手から守ることばかり考えて、その点を詰めていなかった……、偽ヌールが海の藻屑となる前に面会せねばならないと思っていたが、ぶっつけ本番でここまで来て、さすがに何のプランもないというわけにはいかない。

「いや、ぼくは別に囚人の取材に来たというわけじゃないんだけどね。言ったかな？　言ってなかったかな？　いや確か言ったと思うけど、もうぼくは怪盗フラヌールへの興味を失いかけていたから。しかしお前と会ったのも何かの縁だ、引退の踏ん切りをつける意味でも、負け犬に会って、どんな吠《ほ》えかたをするのか聞いてみてもいいかもしれない」

お前と縁のあった飛行機の同乗者は、みんなそうは経験しない飛行機の墜落を経験したし、ぼくに至っては砕氷船の窃盗を強要されたが。

あと、客観的に見ると、負け犬はぼくだが。

「訊いてみたいことなんて、別にないけどね。どうせ大した思想があるわけでもないだろうし。しかし祭り上げられたカリスマの卑小な正体を暴くというのも、ジャーナリストの仕事だ。記事のタイトルはこうだな。『人間フラヌールの後悔』」

「夢を壊す気満々じゃない」

「それが大人の仕事だからね。人間虎春花さん」

「誰が人間虎春花さんよ」

人間と言われてそんな返しをしてくる奴も、そうはいないだろうが……、ぼくも言ってみて、同じことを思ったな。誰が人間虎春花なんだろう。

まあ、ぼくのすることは、元々は偽ヌールが偽者であることを証明し、東尋坊おじさんの汚名を払拭することだったはずだが……、調査してみたら、偽ヌールが思いのほか本物じみていたから、アイデンティティの問題と化してしまった。

ある意味本当にただただ、怪盗フラヌール専属記者が、収監中の大泥棒に独占インタビューをするだけの話にもなりかねない……、インタビュアー負け犬だ。

思えば酷い言葉だよ、負け犬。

負け獅子《じし》とかじゃ駄目だったかね。

「いいじゃない。死にゆく者の言葉を最後に聞いてあげるのも善行でしょう」

「死にゆく者って言うか、お前が殺すんだろう？　ギロチン台に送って……」

「そうよ。凍傷なんかでは死なせないわ。しかしさすがにランダムウォーク刑務所にギロチン台はないでしょうから、私が設置するしかなさそうね」

「殺意じゃなくて、ギロチン台への執念が強過ぎるだろう」

手術台の上のミシンみたいだ。

傷口を縫うという意味ではそこまで遠くもない。

「氷が溶けたら刃が落ちてくる仕組みがいいわね」

「考えてることは刑務所の設立者とおんなじなんだよな。……いや、どっちがいいかって言ったら、ギロチンのほうを選ぶか」

じわじわ氷が溶けて、海に沈んで凍死するよりは、一瞬で首を落として切腹なしの介錯をしてもらったほうが、楽になれるか……、地獄みたいな選択だけれど、一見残虐に見えるギロチンのほうが人道的に思える。

普通、こんなことを突き詰めては考えないからなんとも意外な結論になってしまうが、流氷上の刑務所は、なんだか、裁判手続きだけじゃなく、責任を放棄しているように思う。

処刑のボタンを複数人で押すことで責任を分散する……、あるいは、実行者を不明確にするというのは、少なくとも個人に責任を押しつけない方法として正しいが（死刑が正しいかどうかはともかく）、責任が誰にも生じない、言うならば自動的な死刑制度は、凡人のぼくはおぞましいものを感じずにはいられない。

「でもそのうち、ＡＩが決めるようになるのかもな。人に人を裁く権利があるのか、ないのかを突き詰めていくと、じゃあ機械に裁いてもらおうってことになるのかも」

「人を裁く権利があるのは名探偵だけよ」

「司法制度って知ってる？　三権分立は？」

しかしそれでも、自らの手で決着をつけようという虎春花は、流氷上の刑務所とは、真逆のスタンスであると言える……、特権を行使しているが、責任からは逃げていない。人殺しは肯定できないと言っても、この場合、死刑執行前に殺すという話だからな……、偽ヌールにとっては、安楽死みたいなものかもしれない。

尊厳死か？

正義の柱が人道的な目的で発明されたという、現代人が聞くと認知的不協和を起こすエピソードも、こうしてみると正当性があるのかもしれなかった……、器具が本人の名前で呼ばれていることも、責任から逃げていない。

……さすがに自分でつけたわけじゃないにせよ。

「名前ねえ……、そう言えば、あるき野。フラヌールって、『散歩する人』っていう意味なのよね？」

「あ！　虎春花、この双眼鏡を使うんだ。あのうっすら白いの、流氷じゃない？」

2

巧妙に話を逸《そ》らすことに成功したが、しかし思えば、アホかあの父は。自分の名前が『あるき野散歩』なのに、怪盗フラヌールを名乗ったのか？

盲点過ぎて今の今まで、気にしてもいなかった……、いや、だとするとぼくも十分にまずい。『あるき野道足』なんて名前なのに、怪盗フラヌールの二代目を襲名したのだから……、もしも捕まったら、アホ扱いされることは間違いない。仲間だったはずのルポライターから笑いものにされること請け合いである。

怪盗なんて自己顕示欲の化物みたいな奴のすることだと思っていたけれど、この名乗りに関しては、それどころでは済まされない異常さすら感じてしまう……、ほとんど本名で活動しているようなものじゃないか。

虎春花がぼくの父の名前を把握しているとは思えないが、名探偵が思わぬ知識を持っていることも確かである。まあ知っていたら、さすがに双眼鏡で誤魔化されてはくれなかっただろうけれど……。

とは言えぼくも、いつものように虚言で窮地を脱したというわけではない。海の向こうに、うっすらと白波のような景色が見えてきたのは本当だった。

しかし波にしては波打っていない。

さりとてそこにとどまってもいない。

漂流する……、そう、流氷だった。

「おおお……、これはこれは」

感極まっておかしなリアクションになってしまったけれど、しかしこれは、探し求めた流氷に、数々の困難を乗り越えて出会えたから、感極まったというわけではない。

普通に飛行機が着陸し、普通に砕氷船を盗むことなく、普通に知床海岸で出会っていても、この流氷には同じくらい感動していただろう……、隣に虎春花さえいなければ、興奮を抑えきれずに海に飛び込んでいたかもしれない。初めて隣に虎春花がいてくれてよかったと思った。

「壮大《ウルトラ》ね。大陸大移動かと思ったわ」

その虎春花も、そんな感想を漏らした。

大陸大移動とはうまいこと言ったものだ……、実際、流氷と聞いてイメージしていた『氷の塊《かたまり》』とは、まるで違うスケール感だった。大陸はさすがに大袈裟な物言いかもしれないが、それでも果てのない陸地のような、ちょっとした、平べったい島のようでもあった。

「ラッキーね。観光シーズンじゃないから、この絶景を独り占《ひと》め《じ》じゃない」

独り占め？　ぼくは飛行機からこっち、ずっとお前の隣にいるつもりだったが、もしかしてひとりでここに来たと思っているのか？　まあ、それでフラヌールの日本語訳を忘れてくれたのなら、安いものだが。

「ああ、独り占めじゃないのかしら。もしもここにランダムウォーク刑務所があるのであれば」

「そうか……、正直、流氷の上に刑務所を建てるっていうのがどれくらい現実性があるのか、不安もあったけれど、こんな巨大な氷の塊なら、上にビルを建設しても大丈夫そうじゃないか」

本当に独り占めしているのは、ぼくでも虎春花でもなく、刑務所に収監されている偽ヌールということになる。処刑人はおろか、刑務官さえいないであろう刑務所……、あくまで偽物ではあるけれど、博物館に飾られた本物と、あるべき場所で役割を果たしている偽物、果たしてどちらに正当性があるのかと言えば……。

いや、待て待て。まだ早計だ。

オホーツク海に流氷があるのは、それも分厚い巨大な流氷があるのは、感動的で壮大で、素晴らしい絶景ではあるけれど、しかし当たり前のことである。例年のようにあることである。まだこの先に刑務所があると決まったわけじゃない。

この目で見るまでは。

「どこに着岸させたらいいのかな？　飛行機と同じで、そこが一番操縦の難しいところだと思うけど」

「いけるところまでこのままぶっ壊して進んでいけばいいじゃない。砕氷船なのだから」

「…………」

確かにそのための船かもしれないけれど、よくこんな風景に感動したあとに、減速することなく突っ込んで、流氷をぶっ壊そうだなんて思えるよな。それともバージンスノーに足跡をつけるみたいな気持ちだろうか？

「先端にドリルのついた砕氷船もあるらしいわよ。あるき野も、どうせならそれを盗めばよかったのに」

虎春花は、奇妙な残念がりかたをした。船をえり好みする余裕なんてとてもなかったが、しかしドリルの砕氷船というのは、確かになかなか魅力的な響きだった。

「なんならそのまま刑務所まで突っ込んでやればいいわ。自首するような負け犬は私が手を下してやらねばと使命感に燃えていたけれど、哀れなあなたにならその手柄を譲ってあげてもいいわ。信頼する私に疑われたりして、あなたもドリルでえぐられたかのように傷ついたことでしょうからね」

「すべてお前の胸三寸で完結しているエピソードじゃないか」

とは言え、本物を重んじるという意味では、偽物の破壊は大切な作業だったりもする。工芸家が作品を完成させるにあたって、それまでの習作をすべて破壊するように……、あれを勿体《もったい》ないと思ってはならないのだ。ぼくがあくまでも、盗品博物館の最下層に位置するランダムウォーク刑務所を重んじるというのであれば、偽ヌールが勝手に建てた偽物を、跡形もなく破壊せねばならない。

フェイクを残存させない……、あれ、それだと結局、偽ヌールを手にかけねばならなくなるのか？ 怪盗になっただけでも気が滅入《めい》るのに、殺人犯になるなんて、冗談じゃない……、まったく、なりたいものだ、名探偵に。

そんなことを自虐的に考える一方で、正直言ってこのとき、ぼくは心のどこかで、『山は越えたな』と思っていた。

本番がここからなことは承知している。偽ヌールとの面会以上のクライマックスはない……、偽ヌールには言いたいことや訊きたいことが、それこそ山ほどあるのだから。

それを重々承知しつつも、けれどやっこさんからどんなリアクションや、どんな返答があったとしても、この流氷群発見の感動を超えてくることはまずないだろうと、ぼくは悟ったような気持ちになっていた。

怪盗も建設も、あるいは死刑も、しょせんは人のなすことであり、大自然を超えてはこないだろう、と、ある意味、たかをくくっていた。

完全に間違えていた。

虎春花の助言に従って、行けるところまで砕氷船で行ってみようと直進し続けたのだが、そう時を待たずして、船は動きを止めることになった。氷を砕《くだ》けなくなったからではなく、ぼくが船を停めたからだ……、これ以上は進めないと判断した。

船体が持たないから、ではない。

見えたからだ。

望遠鏡を使ってではあるけれど、操舵室《そうだしつ》の窓の向こうに、その『建物』が……、つまり、一面に広がる氷の平面に、立体が聳《そび》え立《た》つ姿を目視できたからだ。聳え立つは言い過ぎだったかもしれない。そんな塔のような姿ではないのだから……、刑務所であり、つまり棟である。

六棟の放射状の刑務所。

雪の結晶を模した姿。

あるべきものはそこにあるだけであって、なんなら同じ形の建物をぼくはすでに中身まで検分しているのだから、その意味でも、感動したり、畏敬《いけい》の念を覚えたりする必要はないはずだった……、予習は完璧《かんぺき》だったはずだ、その建物が、氷でできていなければ。

流氷でできていなければ。

その刑務所は、流氷の上に建設されているのではなく、地面のように広がる流氷と、完全に一体化していた……、一体化とも違うのか。

別個にあったものがひとつに合体しているのではなく、もっと大きな氷塊だったそれから、刑務所を彫り出したというような佇《たたず》まいである……、氷彫刻というには、透明でも半透明でもなく、いわゆる流氷のありようで、雪のように真っ白だ……、性格としてはかまくらに近いようにも見える。

しかしかまくらと表現するには憚られるほど、複雑な形状である……、だからぼくは船を停めたのだ。虎春花の（本気の）軽口通り、まさかこのまま流氷に砕氷船で突っ込んでやれなんて思ってはいなかったけれど、しかしもしも砕氷の衝撃が伝導して、あの建物を壊してしまうようなことはあってはならないと思い、否、思わず、実際にはまだ随分と距離があるにもかかわらず、船を停めてしまったのだった。

「これは……、なんて言ったらいいのか」

「『アナと雪の女王』って言ったらいいんじゃなくて？」

「むちゃくちゃわかりやすい」

けれど、よくないな……、城ではなく刑務所なわけだし。

「て言うか、お前が『アナと雪の女王』を観《み》ていたことが意外だよ」

「女の子はみんな、お姫様になりたいものよ」

「………」

本気で言っていたらどうしよう。

名探偵も権威的にはまあ、お姫様みたいなものだが……。

とは言え、魔法で建てられたと言われても、信じてしまいそうではある。それくらいぼくは圧倒されていた……、感動の塊のようだった流氷に、更なる第二形態があったようなものなのだから。

一方で、これは同時に、偽ヌールに対してぼくが持っていた、唯一のアドバンテージが消失した瞬間でもあった。

直感的にわかってしまった。理屈じゃなく。

盗品博物館の最下層に展示されているランダムウォーク刑務所……、あちらこそが模造品であり、今眼前に存在するランダムウォーク刑務所こそが、本物であると。

まごうことなき本物であると。

こう言い換えることもできよう……、たとえ砕氷船で突っ込まなくとも、いつかは溶けて、消えてなくなる運命にあるあの儚さを、初代怪盗フラヌールは無粋《ぶすい》にも、溶けることも崩れることもない、無骨な建築材で模倣したのだ。

ダサい……。

ぼくもこれまで随分と父に悪態《あくたい》をついてきたけれど、正直、かつては尊敬の対象だった人物を己から切り離すため、無理をしてそう言っているところもあった。強めに拒絶しないと、弟みたいに『でも本当はいい人だったんじゃないか』みたいな幻想に囚われてしまいかねない危うさを感じていたからだ……、お艶を悲しませたことに対する怒りもあったが、それも、自分ではお艶の力になれないという悔しさを転嫁させてしまっていたことを、認めることもやぶさかではない。

しかしこれは本当にダサい。

本物とそっくりなモックを作って、盗んだことにしたなんて……、だったら高画質の写真を撮って飾っていろよと言いたくなる。刑務所は雪の形を模していたんじゃなく、雪そのものだった……、そこを盗まずに、本質ではない形状だけを盗んだというのは、画竜点睛《がりょうてんせい》を欠くどころの話じゃない。

欠くどころか、何も描いていない。

なんてことだ、むちゃくちゃダサい怪盗の跡を継いでしまった……、何が美学だ。せめてカリスマであってほしかった。

……いや、待て待て。

なんでもすぐに決めつけてしまうのがぼくの悪癖だ。名探偵じゃないんだから、根拠なき断定はよくない……、父が大怪盗ならぬ小怪盗、大泥棒ならぬ小泥棒だったとしても、それでぼくのやることが変わるわけでもない。

乗りかかった船だ。

これから降りるのだが。

「ここからは歩きだ、虎春花。慎重に流氷に接岸しよう」

「渋々《しぶしぶ》ね。私に憧れる子供達が、真似をしたら大変だもの」

真似をしたら……。

ぼくを疑うことをやめても、いまだあてこするようなことを言ってくるあたり、どこまでも名探偵《ウルトラ》は名探偵《ウルトラ》だった。

3

当たり前だが流氷の上に、普通建造物はないので、ランダムウォーク刑務所に対する比較対象はない。つまり距離感が非常につかみにくい。

はしごをかけて船から下りたときには、そんなに遠くないように、せいぜい数百メートルくらい先にあるように見えたけれど、しかし歩けど歩けど、近づいているように感じない。下船したのは早計だったかもしれない。

あと数キロはあるんじゃないのか、それともそもそも、蜃気楼《しんきろう》のような幻なのか？　確か蜃気楼とは温度差によって生じる現象だったはずだが……？

「案外私達は飛行機事故で死んでいて、今見えているのは幻覚なのかもしれないわね」

「怖いことを言うなよ。そしてお前が言うなよ」

せめてお前だけはあの飛行機事故は大したことじゃなかったと言い続けろよ……、機体が青函トンネルに突き立ったなんて、本来、ギャグで済ませていいことじゃないんだからな。

「あと、飛行機事故まで引っ張り出してこなくても、シンプルに寒いから、あんまり遠いようだと、普通に凍死するな、これ」

足を滑らせて、海に落ちなくとも死ぬかもしれない……、その場合、ぼくも流氷の一部になるのだろうか。

樹氷みたいな感じで。

呪氷《じゆひょう》って感じだが……。

「雪が降ってないだけマシなんだろうけれど……、いや、雪が頻繁に降ってるくらいだったら、流れ着いて着岸していたのか。うまくいかないもんだな」

「私はそこまで寒くないわよ。ウェットスーツも含めて、いつもより厚着をしているから」

「そもそも分厚いもんな、そのドレス。生きて帰れたら、ぼくも中世フランスの衣装を着ることにするよ」

「言ったわね」

「いえ、何も言ってないです」

「白タイツにキュロットをはくと、確かに言ったわ」

「それは本当に言っていない」

暖房でもあればいいけれどな、ランダムウォーク刑務所に……、あるわけないか、刑務所に。人権意識が高まった昨今ならまだしも、ランダムウォーク刑務所は、何十年も前に建てられた、しかも秘密裏に死刑を執行するための施設である……、ホスピタリティが保証されているとは思えない。そもそも氷でできた刑務所なら、暖房を設置するのは囚人虐待に近い行為である……、床が溶けたらどうするのだ。

「一説によると、過酷な刑務所で懲罰を加えれば悪人は更生するという発想自体、もう古いみたいだけどな。快適とは言わないまでも、健康的な生活を、社会から隔離された状態で送らせることで、悪縁や悪習慣が絶たれ、更生が成り立つと言われている」

「誰が唱えているの。そんなぬるい一説を」

ギロチン主義者にふっかけてはならない議論だったようだ……、流氷散歩の気を紛《まぎ》らわすために話しかけただけだったのに。

「それじゃあ更生が成り立っても反省が成り立たないじゃない。なんて言えばいいのかしら……、悪人は、こう、痛い目に遭わさないと」

首を？

珍しく言葉を選んだ割には、随分率直な言葉がでてきたものである。まあ、名探偵の原則からは外れたことを言っているのは自覚している。極論これは、悪人に必要なのは懲罰ではなく治療だという話だから……、心神喪失状態で犯した罪は問われないという議論にも繋がってしまいかねない。繋がって悪いということはないが、デリケートな話題である。

ぼくも別に取り立てて、その意見に諸手をあげて大賛成というわけではない。むしろ今の今まで、怪盗フラヌールには無期懲役でさえ生ぬるい、おじさんに捕まったときに何かの間違いで死刑になっていればよかったんだと、死刑制度反対の癖に、思っていたくらいである。

ただ、初めて父のことを、大泥棒ではなく小泥棒だと思ったことで……、ちょっと見方が変わった。のかもしれない。

殺すほどの価値もない。

そう思えた。

……そう思えたことがいいことなのかどうか、正直わからないところもある。ただ、これはこれで父殺しと言うか……、父親を超えたという感覚もある。

ＦＰＳ視点だと、勝手に父というハードルが下がっていったようで拍子抜けでさえあるけれど……、流氷のように沈んでいった感さえあるけれど、なんだか、あの男が死んで以来初めて、あの男に対して寛容な気持ちになれた。

あの男ではなく、彼と呼んでもいいくらいだ。

「まあ反省が大事だって言うのもわかるよ。けど、まず心身の健康を取り戻さないことには、反省もできないだろう？　病気のときに反省できるか？」

「確かに、心身共に健康な私だからこそ、あなたに気持ちよく謝罪できたというのはあるわね」

気持ちよく謝罪するなよ。

お前の場合は、謝ったことが悪い病気のようですらあるが……、それを論点にすると話がズレる。

「とは言え、反省を強要しようってことでもないのよ。痛い目に遭わさないとは言っても、痛い思いをさせたいわけではないわ。それはただの拷問だもの。ただ死んでくれたらいい。楽でも構わない」

「いつか返ってくるんだよ、そういうことを言っていると、我が身に。ギロチン台でたくさん処刑を執行した人達も、最終的にはギロチンにかけられたんじゃなかったっけ？　発明者本人も、確か……」

そこまでいくと話として出来過ぎているから、ちょっと都市伝説っぽいが。まあ、虎春花の行き過ぎた発言を窘《たしな》めるなんて無駄な行為は、寒さと足下の不安定さを誤魔化すためでもなければまずしないけれど、これは自分に言っているのでもある。

これまで父に投げかけていた罵詈雑言《ばりぞうごん》が、すべて空振りだったかと思うと、宙に浮いたその言葉は、全部自分に返ってきそうで、少し怖い。

「でも、あるき野。真犯人が心身ともに不健康で、社会のケアと治療が必要ですねなんて解決編の探偵小説を、誰が読むの？」

「医療小説っぽいな。まあ医者が主人公のミステリーって、結構多いけど……」

謎は解けても、スカッとはしないか。

怪人二十面相がカウンセリングを受けに行く大団円は、なかなか挑戦的である……、けれど、望まれているとも思わない。なんだかんだ言って、小賢《こざか》しい犯人が傲慢な名探偵に論破されて頽《くずお》れるのを見たいという欲望があるのはぼくだけではないはずだ。

「要するにお前は、悪い奴のほうが手厚くケアされる構造にしっくりこないってことだろ？　刑務所の部屋が市内のワンルームマンションより快適になっちゃったら、さすがにぼくも何かおかしいとは思うさ」

「そうではないわ」

「違うのか……」

何も当たらないな、ぼくの読みは。

「悪人を救わないと明日は我が身というのはその通りだと思うわ。探偵＝犯人のパターンだって、今となってはありふれているもの」

「そう言えば、探偵＝犯人の元祖ってなんだろうな？」

「ところで、あるき野がギロチン制度に反対だというのも、明日は我が身だから？」

おっと、いつものようにこちらの質問を無視して、また切り込んできたな。

癖になっているのかな、ぼくに切り込むのが。

ギロチン制度なんて、反対するまでもなくないにしても、しかし、「そんなことはないよ」と答えるのはたやすいけれど、怪盗ならずとも、または犯罪者の息子ならずとも、考えておくべきことでもある……、冤罪で死刑宣告されることもあるし。

「やむにやまれぬ事情で罪を犯すことは誰にでもあるだろうし、流れに身を任せていたらいつの間にか犯罪者になってたってこともあるだろうしね。ぼくだけが例外というわけにはいかないさ」

「私は例外だけどね。名探偵だから」

「そうでしょうとも」

「私が言いたかったのは、悪人を改心させるという行為は、それはそれで処刑なんじゃないかということよ。『真犯人』という、名探偵に匹敵する個性を奪ってしまって、彼ら彼女らにいったい何が残るというの？」

なんだろう、人権かな？

推理小説に毒された無茶苦茶を言っているようでいて、一方で芯《しん》を食ってもいる発言でもあった。『真犯人』を『真犯人』として扱うこと……、ギロチンかどうかはともかくとして、『殺人犯』として裁くこと。

切腹のように、それは彼ら彼女らの、名誉を重んじているということでもあるのかもしれない。

圧倒的に正しく、どちらを支持するかと言われれば百パーセントの気持ちで、『加害者もまた被害者であり、ケアが必要だ』側なのだけれど、その加害者側が救われたがっているかというと、なんとも言いがたいところもある。

救済を拒むというプライドは、高い。

怪盗を名乗る父に、誇大妄想や窃盗癖の治療を受けるように勧めたとしても、たぶん通院はしなかっただろう……、カリスマであることを望み続けたはずだ。処刑台に行くか病院に行くかの選択でさえ、処刑台を選んだかもしれない。その選択こそが詰んでいる証拠みたいなものだけれど……、過酷な刑務所と快適な刑務所の選択なら、どうしただろう？

ぼくだったらどうするか……。

いや、それはたとえ話や、イフのストーリーじゃない……、不慮の死を遂げた親が世紀の大泥棒だったことがわかったとき、ぼくには選択肢があったはずだ。

そんな悪辣な親に育てられた『かわいそうな子供』として、同情を一身に集めるという選択肢が……、社会に助けを求めるという道を歩むことだってできた。しかし、弟妹に先を越されたとか、乳母のためだとか、あれこれ言い訳をしながら、ぼくが選んだ道は、親と同じ犯罪者になることでしかなかった……、はたから見れば、言われることだろう。

なんて愚かな道を、と。

たとえ親が犯罪者でも、本当は関係なく立派に生きていくことだってできるのに、わざわざ悪の道を選ぶだなんて、自業自得だと……、まあ、信じられないくらいにその通りである。あるいはもしかするとぼくも、流氷刑務所という発想があったら、自分をそこに収監しての返却という荒唐無稽《こうとうむけい》なアイディアを、偽ヌールのように実行していたかもしれない。

そうすることで。

ぼくは被害者じゃなくなれるから。

「あるき野。あなた、砕氷船でもないのに、刑務所の壁に突っ込むつもり？」

「え？」

ただ間を持たすためだけの雑談をしているつもりが、思いのほか思考の深みにはまってしまい、気がつけば流氷刑務所は目の前にあった。

本当に目の前に。

透明な壁ってわけでもないのに、頭をぶつけるところだった。

好ましくない……、頭を冷やせと神様に言われているのだろうか？　神とか言い出したら、いよいよぼくも終わりだが。

今に始まったことでもないが。

「間近に来ると大迫力だな。城じゃないから平べったいとか言っても、普通に巨大だ」

「そうね。北海道でたとえるなら、さっぽろ雪まつりの大雪像のようだわ」

北海道を北海道でたとえるなよと思いつつ、しかしまあ、『アナと雪の女王』よりも、色合いはそちらに近いのかもしれない……、少なくとも透明ではなく。

中に何があるかはわからない。

誰がいるかも。

不透明とは言わないまでも半透明だ。

いずれにせよ、氷上散歩はここまでである……、返却怪盗が、刑務所に入るときが来たのだった。

4

「これだけ巨大な刑務所となると、すべての檻を見て回るのは簡単じゃなさそうだな。よし、虎春花、ここは手分けしようじゃないか。お前は時計回りに、ぼくは反時計回りに、棟をひとつずつチェックしていこう」

「名案《ウルトラ》ね。私が先に見つけるか、あなたが先に見つけるかによって、怪盗フラヌールの明暗《ウルトラ》はわかれるということだわ」

うまいことを言われたのかどうかルビを振られるとわかりづらかったけれど、しかし遺憾なことに、これは出来レースだった。ぼくは盗品博物館の最下層で、この刑務所の本物……、ではなく、この刑務所の模型を見て、先んじて中に這入っている。つまり下見を済ませている。

当時、怪盗フラヌールが囚われていたという独房の位置も把握しているのだ……、なので、虎春花がその棟に対して一番遠回りになるように仕組んだし、その間にぼくは最短距離で、偽ヌールが己を閉じ込めている独房へと向かい、面会を済ませる予定だった。

公正とは言いにくいが、選択の余地はない……、口実として、万が一にも先に……、同時にでもだが……、虎春花が偽ヌールと会ってしまうと、話をする前に大泥棒の死刑を執行してしまいかねないのだ。命は尊いのだから、それを守るためには嘘もズルも許される……、とは言わないけれど（嘘になるから）、まあ、仮にもここまで同行していた相棒に遠回りをさせるというぼくの罪悪感を、いくらか軽減はさせてくれる。

「他の囚人はおろか、刑務官も、見張番《みはりばん》も、関連職員もいないはずだから、滅多《めった》なことはないはずだけど、もし何かあったら大きな声を出せよ」

「あら。助けに来てくれるの？」

「いや、急いで逃げるんだけど……」

　というわけで別行動に移った。虎春花と別行動を取れたというだけでも、ここまで来た甲斐《かい》があったと勘違いしそうになるけれど、本題はここからだ。この瞬間のためにぼくは北海道に来た。決して飛行機で墜落するためでもなく、はたまた北海道グルメを楽しむためでもなく……、が、変に気負うのはやめよう。

　偽ヌールに対する怒りがあった。

　それは東尋坊おじさんの刑事人生を台無しにされた怒りが発端であり、はたまたお艶を盗品博物館の館長職から解放させてあげられなかった恨みもあったし、加えて言うなら、返却活動に関して先を越されたことに関する劣等感に起因するものでもあったろう。

　けれど、そういったネガティブな感情をぶつけるのはよそう。ただ淡々と偽ヌールと話し、疑問を解消することだけに専念しよう……、なんなら教えてあげよう。

　あなたが憧れる怪盗フラヌールは、こんな芸術的な刑務所の、模造品を作って満足しているような小さな男だったのだと……、同じようにあの男に呪縛《じゅばく》され続けていたぼくからできる、それが施しというものかもしれない。

　ただ、こうして内部を歩いていても、父の矮小《わいしょう》さが、まったく共感できないものではないことも告げておかねばフェアではあるまい……、意外なことに、流氷刑務所の中は暖かかったりする。

　もちろん相対的な話だ。壁に囲われ、天井があるということは、風で体温を持っていかれないというだけのことなのだ……、そこは確かにかまくらと同じである。もしもぼくがここに収監されたなら、脱獄を企《たくら》みはしまい。少なくとも短期的には。

模型を作って盗んだことにしたという怪盗の美学はイカサマめいているけれど、囚われながらもこのぬくもりから離れることができたのは、父の強い意志があったのかもしれない……、そう、冬場にこたつから出るくらいのささやかな熱意が。

いずれにせよ虎春花が刑務所を一周してやってくるまでに、偽ヌールとの面会を済ませてしまいたいところだが、走ってはならない……、どれほど安定感があるように見えても、氷像であり雪像であり、ここは流氷の上である……、ちょっとしたショックで足下が抜けたり、全体が崩落する恐れもある。その儚さこそが肝である……、いや、本当、どうやって作ったんだ、これ？

見当もつかない。

遠目に見たときは、巨大な流氷を、氷彫刻のように削り出したのだと思ったけれど、近づいて内部から見てみると、必ずしもそういう感じではない……、雪像パターンだとしたら、コテで丁寧に塗り固めたという感じなのか？　いずれにせよ大人数での作業が必要になり、不安定な氷上でできる仕事とは思いにくい……。

偽ヌールはそこをなんとかした、ということなのだろう。なんとか。

ランダムウォーク刑務所再建のための手段……、返却活動のために、偽ヌールはどのようなトリックを用いたのか。そうだな、短い面会時間にはなりそうだけれど、それだけははっきりさせておかないと、すっきりしない……、ぼくが引退するにあたって。

怪盗として、ルポライターとして。

引退するにあたって。

どちらにしても大仕事である……、しかしながら、怪盗フラヌール専属記者であるにもかかわらず特落ちしたぼくが、最後に独占インタビューを敢行できるというのは、実現してみると、悪い冗談のようである。

　相手は偽ヌールだが……、が、いまやその偽ヌールが本物みたいなものであると、他ならぬぼくが太鼓判を押そう。

　その太鼓判で満足して、牢《ろう》から出てくれたらいいんだが……、春になって溶けた刑務所ごと、溶けた流氷ごと海の底に沈むにせよ、もしくは本格的な冬が来る前に名探偵直々に処刑されるにせよ、やはり怪盗フラヌールの関係者が死ぬというのは、見過ごせない。

　ルポライターとしてのぼくの最後の仕事が、偽ヌールへの独占インタビューだとしたら、二代目怪盗フラヌールとしてのぼくの最後の仕事は、偽ヌールをこの刑務所から、盗み出すことなのかもしれない……、名探偵にバレないようにという条件つきで。

　まあ、簡単ではないミッションではあるけれど、最後の仕事が砕氷船の窃盗であるよりは、いくらか格好もつくだろう。

　そのあとは、お艶にプロポーズでもするだけだ。

　ランダムウォーク刑務所盗難の真実を告げれば、さすがにお艶の目も覚めるだろう……、百年の恋も冷めるだろう。大切に管理していた最下層の展示物がフェイクだったと知れば、館長という職業自体が、嫌になってしまうんじゃないだろうか。

　それでもお艶は生きていかねばならない。

　ぼくが生きていかねばならないのと同じように……、その意味じゃ、東尋坊おじさんにも、怪盗フラヌールの小ささは告げたほうがいいのかもしれないな。ライバルがそんな極小人間だと知れば、やはりショックは受けるだろうけれど、しかし、であるからこそ吹っ切れて、余生を楽しめるかもしれないじゃないか。

そうだ、引退しようとも、定年は迎えようとも、人生はまだまだ続くのだから……、しているうちに、おっかなびっくり氷の上を歩いた末に、見取り図でいう独房エリアへと到達した。

いよいよご対面の刻だ。

偽者と二代目が相まみえるときが来た。

……これで目的の独房が空っぽだったりしたら、足下が氷じゃなくてもずっこけるところだったが、さすがにそんなアンチ・クライマックスは待ち受けていなかった。


偽ヌールはそこにいた。


氷の檻の中に、まるで結晶にでも封じ込められているかのように……、一畳分もないその空間で、ウェットスーツではまったくない囚人服を着て蟄居《ちっきょ》していた。

記者として、あるいは二代目として、偽者に対してどんな第一声を発しようか、そこはぶっつけ本番のつもりだった……、自然に出てくる言葉こそがもっとも適切なはずだという気持ちがあった。もしかするととんでもない罵声《ばせい》を浴びせてしまうんじゃないかという不安もあったけれど、流氷刑務所の魔力でぼくの頭は冷えていた……、いや、ここが仮に通常の刑務所だったとしても、第一声のテンションは寸分狂わず同じだったかもしれない。

ぼくはぽかんとして言ったのだ。

「あれ、ふらの？」

「久しぶり、パパお兄ちゃん」

5

あるき野家の長女にして三子。
あるき野ふらのの登場だった。
さあて、こいつはどうしたもんか。

第七章　あるき野ふらの

1

「この流氷刑務所はね、３Ｄプリンターで作ったんだよ、パパお兄ちゃん。データさえ入手できれば、そっくりそのまま、かき氷を作るみたいにお手軽にできあがるってわけ。パパお兄ちゃんには難しいかな？　３Ｄプリンター」

ふらのはさして得意げにでもなく、正座をしたまま、そう言った……、ぼくのほうを見ようともしないままにそう言った。では何を見ているのかと言えば、独房の床に空いた穴だった……、脱獄のための穴、などではない。小さな小さな、拳《こぶし》も入らないような穴である……、そこにふらのは、細い糸を垂らしていた。

糸と言うか、テグスか。

聞いたことがある、このあたりじゃあ、そうやって水面に張った氷の穴に釣り糸を垂らして、ワカサギだかなんだかを釣るんだとか……。でもあれって、確か湖でやるイベントじゃなかったっけ？　海で何かが釣れるのか……、が、刑務官も食事係もいないこの刑務所じゃ、食事はそうやって調達するしかないのかもしれない。

サバイバルだ。

氷が溶けて溺れ死ぬか、それともボウズで飢えて死ぬのか……、みたいな話だろうか？　いろんな処刑が用意されてるんだな、この刑務所は。

バラエティに富んでいる。

盗品博物館の最下層にある模型には、そんな穴はなかった。そんな床の穴は。そこまでは再現しなかったってことだろうか？

床ならぬ氷床と言ったところだが。

「３Ｄプリンターくらい知ってるよ、さすがに」

「そりゃ意外。機械のことなんて何もわからないんだと思ってた、パパお兄ちゃんは。ちなみにこの穴はトイレにもなってるのよ。刑務所っぽいよね」

こんな幻想的な建物なのに、生々しい設計だ……、食事と排泄《はいせつ》が同じ場所というのは、なんだかうまいこと言えそうで、言えない感じがあるな。

「あの男の再現よりも、お前の再現のほうがリアルってことか？　しかし、そうなると疑問も出てくるな。そもそも、怪盗フラヌールが最初に囚われたランダムウォーク刑務所は、いったい誰が、どうやって建てたんだ？」

その頃には少なくとも、今のような精度の３Ｄプリンターなんてなかったはずである……、いや、今でさえ、このレベルで建物を作れる３Ｄプリンターなんて、一般には流通していないはず。

ふらのだからこそ。

実現できた再現だ。

３Ｄプリンターくらい知ってるよなんて言ったものの、じゃあ同じことがぼくにできたかと言われれば、まず不可能である。

父でさえ、自分が囚われた刑務所を、違う素材で、１／１モデルを作ることしかできなかった……、それも、こうして中に這入ってみると、細部が甘い。現実に即したリフォームをしていた。まあ、そこをおんなじ風に設計されても困るが……、海の上でなければ、床に空いたただの穴でしかない。

「パパお兄ちゃんはそういうところが、想像力に欠けるよね」

「そのパパお兄ちゃんっての、やめないか？」

「何も間違ってないじゃない。お兄ちゃんで、パパでしょう？　わたしをずっと利用していたじゃない、娘として」

ぐうの音も出ない。

いや、ぐうの音も何も、疑問は尽きないのである……、ぼくも努めて冷静ぶっているけれど、本当は叫びだしたいくらいに混乱している。パニックと言ってもいいほどだ……、わけのわからない要素が多過ぎて、それぞれが四方八方から相殺し合っているから、かろうじて立っていられるだけである。

そして穴があったら入りたいくらい恥ずかしい。まあ穴なら目の前にあるのだけれど、氷の柵がそこに飛び込むことを妨げている。

なんでワシントンにいるはずのふらのが、北海道沖に？　なんで父親が犯罪者だったことを知り、精神的に退行したはずのふらのが、年齢相応の正気を取り戻している？　なんでそんなふらのが、ランダムウォーク刑務所の中に？　なんで偽ヌールの正体がぼくの実妹？　エトセトラエトセトラ……、そんな疑問の群れは、どんなにクールなふりをしても表情に出てしまっているだろうに（氷上だけに）、ふらのはそれをすべて無視して、

「人が作ったものじゃないんだよ、この刑務所の元ネタは……」

と、答えた。

ぼくが抱えている疑問の中で、一番重要度が低いものに対応したのだ。

「いわゆる初代怪盗フラヌールが投獄されたときのランダムウォーク刑務所は、マンパワーで作ったものでも、まして3Dプリンターで制作されたものでもなかった。大自然の風雨によって削られて生成された、ある種の氷穴みたいなものだったのよ」

「…………」

「身も蓋もない言いかたをするならば、『たまたま』この形に削れた流氷ってことね。そんなわけないって思う？　でも、毎年毎年、いろんな形の流氷が道東地方には流れ着くわけ……、何百年、何千年に一個くらい、そういう奇跡が起こってもおかしくないとは思わない？」

猿がでたらめにタイプライターを打ち続けていたら、いつかはシェイクスピアの文章ができあがる、みたいなものか？

「ふふん。そんなたとえが出る時点で、パパお兄ちゃんは自然に生きるお猿さんよりも、人類の代表であるシェイクスピアのほうが偉いと思ってるわけだ」

「そういう言いかたをされると、まるでぼくが不当にお猿さんを低く評価しているように聞こえ、ともすると可愛い動物を虐待しているようでさえあるけれど、それは印象操作というものだろう。普通のたとえ話だし」

「でも、もしかしたらシェイクスピアも、でたらめにタイプライターを打って、たまたま『ロミオとジュリエット』が書き上がったんじゃないかって思わない？」

「思うか。……まあ、どんな文豪も、常に名作ばかりを書いているわけじゃないって視点になら賛成してやるけどな。シェイクスピア作品群の中にも、よくわからないものはある……」

と言うか、シェイクスピア論を打《ぶ》つつもりはないのだ、オホーツク海で。

東尋坊おじさんが怪盗フラヌールを逮捕したそのタイミングで流れ着いた、まるで放射状の刑務所みたいな流氷に、ちょうどいいやと大犯罪者をぶち込んだ、だって？

ゆえに。

ランダムウォーク……、か。

そんな都合のいい話があるかと、ギャグっぽく突っ込みたくもなったけれど、正直、それしかないという気にもなった……、確かに、いくらなんでも小さ過ぎると思ったのだ、父のやったことが。ミニマムにもほどがあると。

模型を作って盗んだことにするなんて……、溶ける儚さまで含んで芸術だった流氷刑務所を、無骨にも建材で制作し、ほくほくしていたというのは。小さいことに変わりはないけれど、元が自然物だったというのなら、そんな奇跡を形にして残そうとしたのは、まあそれなりには理解できなくはない……、模写《もしゃ》ではなく、風景画みたいなものだったのだとしたら。

「再現するためにわざと捕まって、投獄されたと言うのか？　細部まで詳しく、内側から把握するために……、だとすると、いっそのこと、氷で再現すればよかったのに」

盗品博物館に冷凍室でも作って……、うん、言ってみたものの、現実的ではないか。当時の技術では、やはりどう頑張っても、完全に同じものにはならなかったのだから。

「時を経て、ようやっとそんな理想に技術が追いついたというわけだ。超えられない大自然という親の理想を、娘が体現したとでも言うのかね」

「意趣返しよ。返却怪盗さん」

ふらのは釣りの姿勢を崩さないままに言った……、蟄居房なのか、ここは？　ずっと正座をしているが……、ぼくの知るふらのは、十七歳だった頃も五歳だった頃も、そんな風に『動かずじっとしている』なんて離れ業ができる奴じゃあなかったのだが。

どういう心境の変化があったのやら。

踏み込みづらいが、いつまでもこうやって向かい合っているわけにはいかない……、なぜなら虎が迫っているからである。

ベイカー街の名探偵よろしく、虫眼鏡《むしめがね》を使って牢屋をひとつひとつ丹念に調査してくれていたら、ここに来るまで時間はかかるだろうが、あいつがそんな丁寧な仕事ぶりを発揮してくれるとは思えない……、四角い部屋を丸く掃くようなチェックで歩んでいるに違いない。

面会時間は限られている。

何年ぶりかの兄妹対面も。

「ふん。返却怪盗は、今やお前だろう？　偽ヌール」

「偽ヌールとは恐れ入ったわね、パパお兄ちゃん。真の偽ヌールはパパお兄ちゃんのほうだって、自分でもわかっている癖に」

「…………」

「いいえ、それを言い出したら、初代怪盗フラヌールも、とんだイカサマ野郎だって言わざるを得ないわね。だって、怪盗の美学とか、世紀の大泥棒とかって、所詮はステレオタイプな怪盗像から一歩も外に出てない、典型野郎ってことじゃない？」

典型野郎。

強い言葉だが、しかし、的確に父のありようをこれ以上なく表現していることは間違いなかった。なんと言うか、すとんと腹に落ちる言葉である……、『初代』とか言っても、何も父が怪盗の創始者というわけじゃない。

怪盗の美学と言うが、学問である以上、それはとっくに体系化されているわけで……、日本全国津々浦々、世界をまたにかけて金銀財宝を集めまくったあるき野散歩は、その意味じゃあ、とんだマニュアル主義者である。ランダムウォーク刑務所という自然の景色を形として残したかったという思想は、なるほど偉大な怪盗っぽい……、が、そう感じさせる時点で、典型的なのだ。

「マニュアル主義者って言葉も強いけどね、パパお兄ちゃん」

「なんだよ。気になるか？」

「いいえ、適切な言葉遣いだと思うわ」

「………」

ふむ。

あの愚かな弟と違って、この妹、父親を過度に信奉しているというわけではなさそうだ……、ひょっとしたら、それゆえに、かつて初代怪盗フラヌールがそうしていたように、独房に入っているのかと思ったが。

実際、あの愚かな弟は、そんな風に父のおこないを神格化することによって、崩壊しかかった精神を立て直したところがある……、『きっと父にも事情があったに違いない』『きっと父は正義の犯罪者だったのだ』などと、およそ現実味のない妄想に囚われることで、逆に正気を取り戻した。

ふらのがどうやら（見る限り）幼児退行から復活したのは、もしかすると同じようなシステムが採用されたから……、父を信奉することで精神の均衡を組み立て直したからであり、それゆえに彼女は偽ヌールになったのだという仮説は、どうもぐらついている。

元々、ぼく達三兄妹の間では、一番父にべったりだったのだが……、それだけに反動もすごかったわけだが、この末っ子、今はいったい、どういう心境なのだろう？

「それで言うとパパお兄ちゃんは、父親という教科書を否定する、全否定する、アンチ・マニュアル主義者ってことだよね。でもそれも結局、妄想に近いマニュアルに囚われてるだけってことじゃない？　檻のように」

なんでもかんでも大人と逆のことを言って喜んでいる子供みたい。

と、ふらのは、父だけでなく、ぼくにまで辛辣《しんらつ》だった。まあ、アンチと言うか、父兄に対して反抗的というのは、妹の振る舞いとしては非常に健康的であると言えなくもないけれど……、ずっと入院していた彼女のその態度を、単純に言祝《ことほ》ぐことはできない。

と言うか、病院から出て刑務所に入っているんじゃ、意味不明である。

「否定はしないよ。ぼくがやりたかったことは、父の功績を無に帰すことだったんだから。そんなぼくの目的を、最後の最後で、お前が持っていってしまったわけだが」

「最初から全部、わたしがやってるようなものでしょう、パパお兄ちゃん。五歳のわたしの頭脳をさんざん利用したのを、都合良く忘れちゃったの？」

「……ふふふ」

不敵に笑ったが、笑って誤魔化せるようなことではなかった……、痛いところを突かれたどころか、致命傷みたいな一言である。

不敵な笑みではなく、不適切な笑みだ。

そう、その件を持ち出されると、たとえ相手が妹でも、強くは出られない……、説明すると、べったりだった父が犯罪者だったと知り、五歳に退行したふらのは、いったいどういう理屈なのか、数学的才能が爆発的に成長した。

進化と言ってもいいほどに。

人格という部分にリソースを割《さ》かなくてよくなったがゆえに、元からあった資質が開花した……、という説明を、お医者様はしてくれたけれど、ぼくはあんまり納得はしていない。

元々、大したリソースが割かれているとは思えない人格だったし……、泳いでいれば楽しいという、体力にすべてのパラメーターを振り切った妹だった。脳まで筋肉でできているという比喩があるが、それを言うなら、全身の筋肉のほうが脳になったかのようなシンギュラリティだった。

そんな症状は当然のように研究対象となり、おかげで入院費や治療費はまったくと言っていいほどかからなかったのだけれど、助かったのはそこじゃない。

現代において数学的才能は、魔法の鍵と同義である……、どんなパスワードも一瞬で解析できるある き野ふらのの計算能力は、あらゆる金庫のマスターキーだった。

怪盗にはうってつけだ。

「うってつけだったから、いいように利用したんでしょう？　はっきり言って、パパお兄ちゃんがおこなった返却活動の九割九分九厘は、わたしがいなければできなかったことなんじゃないの？」

「手柄が欲しいならいくらでも譲ってやるよ。ぼくはそんな小さなことにこだわっちゃいないからね。誰がやったとか、誰の功績だとか、そんなのはどうでもいいことだから。効率がよければ、妹の力だって借りるさ。そこで変なプライドを持ち出したりしない」

「借りたのは娘の力じゃなかったっけ？」

痛いところばかりを突く。

と言うより、今、ふらのが持っている武器は先のとがった刃物なので、どこを突かれても痛い。

「父親が犯罪者だったショックで記憶を喪失し、父親と再会する前の五歳まで退行した妹に対して、猫《ね》撫《な》で声《ごえ》で父親の振りをして数学力を借りるだなんて、プライドがないどころの話じゃないでしょう。生きていることが恥ずかしいレベルよ」

「諸説あることは認めるよ。確かに切り取りようによっては、ぼくのやったことは犯罪的だったかもしれない」

「犯罪でしょ。的とかじゃなくて、犯罪のための犯罪よ。わたしにとっても黒歴史だけどね。兄のことをパパと呼んで甘えまくっていたなんて」

「じゃあパパお兄ちゃんって呼ぶのをやめろ」

「やだね。パパお兄ちゃん」

とことん反抗期か。

妹らしくなったもんだ……、もっとも、思春期の頃のふらのは、こんなわかりやすい反抗期でもなかったが。あの頃は宇宙人と暮らしているかのようだった……、その意味じゃ、退行して入院していた頃のふらのは、確かによっぽど、御しやすかった。

反抗期じゃないからこそ、犯行に利用できたとも言える……、怪盗フラヌールを名乗るに足る詳細を把握していて当然なほどに……、いやいや、利用というのは人聞きが悪い。

怪盗くらい悪い。

ワシントンで入院中の妹の、あれはリハビリでもあったという揺るぎない事実を、今思いついたので告げておこう。

「我こそはシェイクスピアと言ってもいいくらいだ」

「言っていいわけないでしょ、パパお兄ちゃん。嘘つきは泥棒の始まりと言うけれど、パパお兄ちゃん、泥棒であろうとし続けたために最終的に嘘つきになっちゃってるじゃない」

小気味いい突っ込みをいれてくれるじゃないか、我が妹よ。それは『娘』だった頃の、舌足らずな口調では、およそ不可能だったやりとりである……、反抗期だった十七歳の頃でも不可能だったやりとりだが。

　今何歳になったのだろう？

「知ってるか？　お前が五歳だった間に法律が改正されてな。成人年齢は十八歳になったんだ。お前ももう立派な大人というわけなのさ」

「知ってるわよ。パパお兄ちゃんは未《いま》だお子様って感じだけどね」

「………………」

「だからこうして刑務所にぶち込まれているわけでしょ？　少年院じゃなく。軽犯罪なのに」

　軽犯罪、なのかな？　怪盗って。

　二代目であるぼくはだいぶ方針を変えたけれど、数少ない初代から引き継いだ伝統として、『暴力禁止』というルールがある。つまり、強盗行為は、怪盗にとってタブーなのである……、いわゆる怪盗の美学のひとつではあるけれど。

　もっとも、器物損壊はやり放題だし、予告状などを出して警察の公務の執行を全国的に妨害しているし……、軽犯罪では済まない気もする。

　と言うか。

「刑務所に入っているのは、お前が勝手にやっていることだろう。どうやって入ったんだ？　鉄が溶接されるように、氷の柵が全体と一体化しているけれど」

「パパお兄ちゃんがマスターキー扱いしたわたしが、自分で開けられちゃったら檻の意味がないからね。わたしを内部に置いた状態で、この独房は成形されたの」

「なるほど……」

　脱獄の道は自ら閉ざしているわけだ。

そこは予想の逆だった。

本人が自分の意志で入った刑務所だから脱獄も自在なはずという理屈の逆を行っている。

手袋をはめた手で、一応、その強度を確かめてみた。柵をつかんでぎしぎしと揺すってみたのだ……、実際にはぎしぎしなんて音はしなかったし、どころかびくともしなかった。氷のはずなのに、本物の鉄のように堅い。

作るのも大変だっただろうが、これを壊すのは骨が折れそうだ……、本当に折れそうだ、骨が。

「不思議なものだな。遠目にこの刑務所を目視したときは感動したし、間違っても傷一つつけたくなくて船を停めたりしたけれど、なんだか、3Dプリンターで作ったと聞くと、壊してもいいような気がしてきた。妹に対する愛情がそう思わせるのかな」

「違うと思うよ」

「兄からの愛情を疑うじゃないか」

「3Dプリンターで作られたものに価値を見いだしていないからでしょう、パパお兄ちゃんが」

「そんなことはないよ。人類史の特異点になりかねない、素晴らしい技術だと思っているさ。……ただ、再現性が高くなってしまったことで、ちょっと感覚的な価値が下がったってのは、確かにあるかもしれない」

ぼくは率直な気持ちを告げた。

あんまり好きな行為じゃないけれど、ぼくだってたまには率直になる。

「自然の奇跡が確率的に生んだ流氷刑務所も、今となっては誰にでもいくらでも作れる量産品になったってことだろ？　そりゃお前がデータを打ち込むのは大変だっただろうけれど、それが成ったことで、これからは専門的な知識なんかなくっても、ボタン一つで建築できるんだから」

「そこまで単純に考えられても困るな」

「かき氷みたいに作れると言ったのはお前だろう」

「『わたしって馬鹿だから』と『お前って馬鹿だな』の違いでしょ。謙遜《けんそん》をするのよ、あなたの娘は」

「妹だろ。でもまあ怖いっつーか……、本物ってなんだろうとは思わされるぜ。この技術を応用すれば、どんな芸術品も、どんなお宝も、素材さえあれば再現できて、しかも量産できるってことだもんな」

「それは別にわたしの技術がなくても、コスパを無視した高度な機械がなくても、ずっと昔からできてたことなんじゃない？　レオナルド・ダ・ヴィンチの『モナリザ』とか、ぶっちゃけ、写真のほうが綺麗じゃん」

「おいおい」

「本物って近くで見たら、ヒビだらけなんでしょ？　写真なら修整できるもんね、そういうの」

怪盗が『モナリザ』を否定しだしたら世も末だ……、が、一聴に値する意見でもある。写真の修整というテーマで話すなら、スマホアプリ以前の話だ。プリクラ黎明期《れいめいき》の頃からあったようなエピソードである。

「修整っつーか、盛るっつーか。最近じゃ卒業アルバムを見返したら、自分の素顔がぜんぜんないってこともあるらしい」

「それが悪いってこともないでしょ。人間の目も結構いい加減なものだし。微修正しながら視界を捉えているって言うよね。自分の見たいものを自分の見たいようにしか見ない。パパお兄ちゃんが見ている怪盗フラヌールと、わたしの見ている怪盗フラヌールが違うように」

「どっちも虚像じゃないのか？」

「いつもの軽口で言ったんだろうけれど、その身の入らない台詞は、意外と真実をとらえているのよ、パパお兄ちゃん」

「偽者が本物よりソフィスティケートされるってエピソードはまあまあ面白いけどな。ぼくが父を超えたように」

「わたしがパパお兄ちゃんを超えたように？」

「それは公式な評価ではない。一部ではそういう見方をする者もいるようだが」

「東尋坊おじさんとか？」

畳みかけるように言ってくるふらの。

こんな僻地《へきち》にいながら、情報通じゃないか……、生きたマスターキーであるふらのに収集できない情報なんてないのだけれど、しかしここは『地』ですらないというのに。コンピューターどころか鉄すらない刑務所でも、受信できるのだろう、世論の流れを……、ラプラスの悪魔のように。

実際悪魔じみている。

ぼくがここに来たことに、驚いてさえいない。ぼくと同じように平静を装ってワカサギ釣り（鯨釣りかもしれないが）を続けている可能性もあるが、たぶん、織り込み済みだったのだろう。ぼくを相手にマウンティングするのを今か今かと、楽しみに待ち構えていたのかもしれない、海なのに。

気持ちはわかる、と言わざるを得ない。療養中にさんざん、いいように利用してきた兄に（もしくは『父』に）、一言言ってやりたい気持ちになったとしても、それは責められないというものだ。

ただ、東尋坊おじさんの名前を出したことは、ぼくに反撃の機会を与えたようなものである。あるき野道足は、東尋坊おじさんとお艶に関しては、自制心をなくしてもいいというルールになっている。妹を犯罪のツール代わりにしていた罪悪感につけ込んで文句を言い続けたかったのであれば、東尋坊おじさんに触れるべきではなかった。

「ぼくのことはいいが、東尋坊おじさんのことをそんな風に言うのは許せないな、ふらの。お前のせいで東尋坊おじさんの刑事人生が台無しになってしまったじゃないか。あれほどよくしてくれた東尋坊おじさんに、何の恨みがあるんだ？」

「ここぞとばかりに詰めてくるじゃない、パパお兄ちゃん。大方、怪盗フラヌールの二代目を継いだことで、東尋坊おじさんの人生に刺激を与えられ、花道を飾ってあげられたとでも思っていたんでしょ？」

「む……」

「だとしたら、それは初代怪盗フラヌールも同じだったんじゃないのと指摘せざるを得ないよね。この刑務所を盗んで以来、パパはずっと、ライバルを楽しませてあげようと、東尋坊おじさんや怪盗対策部に、ちょっかいをかけていた節はあるんだから」

パパ＝初代怪盗フラヌール。

パパお兄ちゃん＝二代目怪盗フラヌール＝ぼく、って区別か。

「楽しませてあげようと……？　デートのたびに恋人にサプライズを用意するように、かい？」

「デートしたことないからわかんないや、そのたとえ。昔は水泳に一本槍《いっぽんやり》だったし、療養中は『箱入り娘』だったし、今はこの通り、監獄生活だから」

オリンピック候補生になるほどのスイマーだったふらのが、今、こうして海上を漂っているというのは、なんだか風刺っぽいな……、案外、この刑務所が溶けてなくなってしまっても、泳いで知床海岸まで帰れるかもしれない。

「…………」

さすがに無理か。

怪盗は超人ではない。

ライヘンバッハの滝に落ちたホームズのようにはいくまい。そうであってくれれば、ここでこの面会を終えられるのに……、いや、訊かねばならない疑問はまだまだ尽きない。虎春花がどこまで迫ってきているのか、面会をどれほど続けられるのか……、推察するに、最長でもあと半時間と言ったところか？

「文字通り盗人猛々《ぬすっとたけだけ》しいもいいところじゃない？　パパお兄ちゃんが、東尋坊おじさんのことで、わたしを責め立てるだなんて。くだらない仕事から、東尋坊おじさんを解放してあげたという意味じゃ、感謝されてもいいくらいだよ、わたしは」

「くだらない仕事？」

「怪盗はくだらない仕事でしょ？　だったら、その怪盗を追うライバル刑事って仕事も、やっぱりくだらないよ」

怪盗がくだらない仕事というところまでは同意するが、しかしそう大上段から断じられると、反射的に反論したくなる。

「くだらない犯罪者を取り締まるというのは、高貴でかけがえのない仕事だよ。殺人犯を取り締まる名探偵が、一身に尊敬を集めるように」

「なるほど、その通りだね。じゃあくだらない仕事と言ったのは取り消そう……、労多くして益少ない、不毛な仕事から解放してあげたんだと言い直すよ。だって思わない？　東尋坊おじさんほどの有能な刑事が、他の業務に精を出していたら、どれほど社会がよくなっていたことか。そのリソースのすべてを怪盗フラヌールに全振りしてしまったがために、人材の無駄遣いになってしまった」

不毛……、それはそうかもしれない。

次から次に跡継ぎが現れてしまうし。

ぼくという二代目の登場で、半ば引退気味だった東尋坊おじさんは現場に復帰したけれど、本来、もっと出世していてもおかしくない人なのだ。現場どころか、組織の上層部にいてもいいほどに……、ふらのの行動が東尋坊おじさんの刑事人生を台無しにしたのは間違いないが、それを言うならそれ以前に、父の頃から数えて三代にわたり、あるき野家は東尋坊警部の人生を台無しにし続けてきたと言えなくもない。

どんな一族だ。

東尋坊おじさんに迷惑をかけるためだけに生まれてきたのか、ぼく達は。

「お前とぼくは、大抵のことはお互い様ってわけだな」

「どうかな。だいぶパパお兄ちゃん側の搾取が激しいように思うけれど」

せっかく妥協点を見いだそうとしてやったのに、ふらのはあくまで頑《かたく》なだった。ふらのの能力を最大限に活用したぼくと、そのぼくの手柄を最終的にいいところ取りしたふらの、どっちもどっちだと思うのだが。

「汗をかいて働いたのはぼくじゃないか。お前のようなお利口さんは、肉体労働を甘く見ているぜ」

「そういう台詞は、せめて因数分解が理解できるようになってから言って」

「因数分解くらいわかるわ」

「素因数分解は？」

「ふっ」

ぼくは肩をすくめた。

１が素数ではないということがどうしても納得できなかった学生時代を思い出してしまったのだ……、文系だったが、数学の成績が悪かったわけでもない。しかし、そういう風に『納得できないことに目をつむって実利を取ってきた』という経験は、そのまんまぼくの人間性を育《はぐく》んできてしまったようにも思う。

思い出してみれば父の振る舞いに、不自然な感想を持ったこともあるはずなのに、『理想の父親像』に囚われ、幸せ仲良し家族を演じてきてしまったわけだし……。

「お前はどうだったんだ？　さっきから聞いている限り、べったりだった昔と違って今はあの男に対して否定的ではあるようだけど、しかし実際にはそうして、父親の罪をかぶって収監されているわけだ」

「罪をかぶって収監されているつもりはないけれど、概《おおむ》ねそうね」

「ゆえに見解を聞きたいね。あの男の犯罪性に気付いていたのか？　記憶を失う前には、もう」

「説明が少し難しい。パパお兄ちゃんの頭脳で理解できるかしら。都合のいいようにしか世間を捉えられないパパお兄ちゃんの頭脳で」

「そこまで挑発されたら、理解せずにはいられないね。見せてやるよ、お前の言う不都合な真実を、ぼくがどのようにねじ曲げるのか」

五歳の脳味噌《のうみそ》に現実逃避をしたお前に言われたくもないが、しかしはたから見れば、ぼくの返却活動も、現実逃避と言って言えなくはないだろうし。

「きょうだいとは言っても、わたしはパパお兄ちゃんや軍靴とは、立ち位置が結構違うからね」

「なんでぼくがパパお兄ちゃんで、あいつは軍靴呼びなんだ」

「元々軍靴のことはお兄ちゃんとも兄貴ともにいにいとも呼んでなかったし」

「そうだっけ」

じゃあ軍靴パパと呼べばいいのに。

ふたりの年齢は比較的近かったことは確かだ。逆に、ふらのから見れば、ぼくは完全に、一世代上だったのだろう……、なぜなら。

「お前が五歳のときに、あるき野家に引き取られてきたことを言っているのか？　ゆえにある程度客観的に、父親を見ることができていたと？」

「だから難しいのよ、そこは。でもまあいいか、シンプルに言っちゃえば。どうせパパお兄ちゃんには、何を言ったってわかりっこないんだからね」

「酷い言い草をされているということはわかるぞ。はるばるお前を助けるために、こんな流氷の上にまで来たぼくに対して」

「ほら、早速記憶を改変している。わたしどころじゃないくらいに。今の今まで、ここにいるのがわたしだなんて思ってもなかったでしょ」

そうだったかな。

ああそうだ、ぼくは勝手に怪盗フラヌールを名乗り返却活動を済ませた偽ヌールに一泡《ひとあわ》吹かせに来たのだった……、こうやって記憶は美化されていくのか。

父との思い出も。

「白状すれば、パパが世間を賑《にぎ》わす大犯罪者であることには、記憶を失う前に気付いていた。気付いたからこそ、記憶を失うことになったんだけど……」

「？　それはだから、ぼくがあの男の遺品整理をしているときに、真実が明らかになったからなんだろう？」

「自分の手柄みたいに言うけれど、その前からだよ。パパお兄ちゃんと軍靴が、パパを純朴に尊敬していた頃に、鋭くわたしは察したのでした。女の勘で」

「記憶を取り戻したばかりのお前にこんなことを言うのも酷だが、永遠の五歳児としてワシントンの病院に引きこもっている間に、その言葉もコンプライアンス的にアウトになったんだよ」

「じゃあ……、子供ゆえの曇りなき眼《まなこ》で」

「それだと曇りがあることが悪いことみたいに聞こえてしまうだろう。いいからさっさと言えよ」

「混ぜっ返したのはパパお兄ちゃんのほうでしょ。そういうとこあるよね……、簡単に言うと、十七歳のときにわたしは確信を持ちました。あ、うちの父親、犯罪者だって」

カジュアルに話すな。

このまま黙秘権についての説明はしない方針でいこう……、しかし十七歳？　まだ記憶が混乱しているのだろうか？　ふらのが十七歳だったときと言えば、まさしく、あの男が死に、遺品からその正体が判明した歳のはずだが……。

「パパお兄ちゃんが不都合な真実を知ったのは、まさにその通りで遺品からなんだろうけれど、わたしはその直前に、本人を問い詰めたのよ……、厳密に言うと、問い詰めようとした」

「？　結局、問い詰めてないってことか？」

「うん。背中から突き飛ばしたから」

車道に。

2

「？　ああ、車道に父親を突き飛ばしたら、転んで膝《ひざ》をすりむいたって話？」

「まさか。車道に突き飛ばしたらちゃんとクルマに轢《ひ》かれたわよ。ご存知の通り」

ご存知の通りではある。

あの男が交通事故で命を落としたことなど、口が酸っぱくなるほど言ってきた……、なんなら天罰覿《てんばってき》面《めん》だ、ざまあみろとまで言ってきた。その気持ちに偽りはない。多少盛ったところはあったけれど、概ね、本心を語ってきたつもりだ。

が、天罰でなかったとしたら話は別だ……、と言うか、話はまるっきり変わってくる。別物と言っていいほどに。

突き飛ばされた？　しかも、娘に？

ぼくの妹に？

「ちょっと待ってくれ。少し気持ちを整理したい」

「わたしはいいけど、パパお兄ちゃんはいいの？　面会時間には限度があるでしょう」

そうだった。ぼくに時間はないのだ。

こうしている今も虎が迫っている……、しかしながら、ここに来て話題にすべきテーマが増えてしまった。

と言うより、他のすべての話題をおいてでも話さねばならない……、もうこの刑務所の返却がどうだとか、なぜ偽ヌールになったのかとか、言っていられない。申し訳ないが、東尋坊おじさんやお艶のことさえ、この瞬間だけは二の次である。

「じゃあ一回だけ確認するぞ。お前が」

「わたしがパパを殺した」

「時間短縮ありがとう。短縮ダイヤルに登録したいくらいだ」

「短縮ダイヤル？」

それについて説明すると折角省略してくれた時間を消費することになるのでさておくとして（ぼくだってそんな時代があったことを、東尋坊おじさんに聞いて知っているだけだ）、そうか、聞き間違いではなかったか。聞き間違いではないにせよ、何かの間違いであってほしかったくらいだが……。

「わざとらしく驚いたみたいな顔をしないでよ。ちゃんと言ったはずだよ。五歳のときに」

「すまない。お前の話は聞いていなかった」

「でしょうね。だから、そうやって都合の悪いことからは目を逸らしてきたって指摘してあげたんだよ、パパお兄ちゃん」

「………」

「ショックを受けたみたいな顔もしないでよ。本当にわざとらしい。つい数秒前まで、あんな父親は死んで当然、せいせいするみたいな顔をしていた癖に」

「死ぬのと殺されるのとは違うだろう」

違わないのか？　一緒か？　いや違う。ぜんぜん違う。

虎春花に対して死刑制度への反対意見を表明したぼくではあるけれど、だからと言って、死刑に賛成する人達の気持ちがまったくわからないというわけではない。そこまで対立的な主張は、正直なところ、持っていない……、それでも、死をもって報《むく》いを受けるような罪は、殺人くらいじゃないのかとは思っている（外患誘致罪があるように、実際にはそうではないし、過失致死をどう考えるかという問題もあるが）。

怪盗だったからと言って死ぬべきではない、まして殺されるべきではないと、ゆえに、直感的に考えるわけだが……、しかし、この理屈だと、ふらのが死ななくてはならなくなる。

殺したと言っているのだから。

父を。

「そうだね。尊属殺人だね」

「その罪名は六法から削除されてるはずだろう」

「陪審員がそう思ってくれるかどうかは別だよ。日本では裁判員だっけ？　ごめんごめん、DC生活が長かったもので。誰かさんのせいで」

「そうやってお前は、なんでもかんでも父親のせいみたいに言うけどな」

「今のはパパお兄ちゃんのせいってつもりで言った」

「さいですか」

「なんでもかんでも父親のせいみたいに言ってるのはお兄ちゃんでしょ」

だから殺してあげたの。

感謝してよ。

そう言われると、一瞬、あくまで一瞬、平身低頭しなければならないような気もしたけれど、ぼくがなんでもかんでも父親のせいみたいに言い出したのは父の死後だし、そうでなくとも相手が妹であることを（一時は『娘』であったことも）思い出し、ぼくはすんでのところで思いとどまる……。

「お前が……、そうやって、独房に入っているのは」

ぼくは考えながら喋《しゃべ》る。頭の中はぜんぜん整理できていないままだし、むしろこのまま、整理したくない、ごちゃつかせたままにしておきたい、そのほうが居心地がいいと思うくらいだったが、しかし混乱はいつまでも続かない。

短くない怪盗生活で、考える癖みたいなのがついてしまっていて、欲しくもないのに、論理的な答が出てしまう。

「ランダムウォーク刑務所の返却には、中に怪盗フラヌールが収監されていることが不可欠だなんていうのはただの口実で……、父親を殺した罪を、償うためなのか？」

ふらのは答えない。

兄に口答えをすることが生き甲斐だったかのように、ずっとしゃべり続けていた彼女が、急に釣りに集中しだした。

もしかしてかかったのか？　大物が。

いや、その様子はない。

「尊属殺人だろうと外患誘致罪だろうと、犯行当時十七歳だったことを思えば、お前が死刑になることはない。だから、この刑務所に自らを投獄することで、事実上の死刑を執行しようというのか？　自らに」

「ロマンチストだね。男兄弟は」

「そういうくくりかたもだな……、いや、いいや。確かにぼくと軍靴はロマンチストだ。あの男の生前に、その正体に気付けなかったことがいい証拠だ」

もしもぼくが生前に、父の正体に気付いていたらどうしていただろう？　殺したか？　まさか。じゃあ詰め寄った？　親子の縁を切った？　東尋坊おじさんに突き出した？

「普通に自首を促したんじゃないの？　パパお兄ちゃんなら。優しい言葉をかけて、一緒に出頭したとか」

「そんなこと……」

は、あるだろう。

がんがん遠慮なく怒りをぶつけられるのは、相手が死んでいるからだ。もしも生前に気付いていたら……、もやもやしたものを抱えつつも、結局、ぼくは父に寄り添っていたのではないだろうか。

「でしょ？　だから、わたしが殺してよかったんだよ。繰り返しになるけれど、パパお兄ちゃんのために殺してあげたみたいなものだよ」

「繰り返しになるなら繰り返すな。こんなことを言うとまたロマンチストだと言われかねないが、じゃあ、あの男の死後にお前が五歳まで自意識を退行させたのは、父親の記憶を消すためじゃなく、父親を殺した記憶を消すためだったのか？」

「それは鋭いと言っておこうかな」

「愛する父親を殺した記憶を」

「急に的外れになった。パパお兄ちゃんや軍靴と違って、わたしはそこまでファザコンじゃなかったよ。べったりに見えていただろうけど、かなりの部分、演技だった。後から飼われる猫みたいなものだから、可愛がってもらおうと必死だった。処世術だよ。もちろん相手は親なんだから、普通に敬意は払ってたけど、あの感じ、好きってわけじゃなかったな」

「あれか、娘は父親に嫌悪感を抱くように遺伝子レベルで設定されているって奴か」

「そんな定説に逃げないで。好かれないことをしているから好かれないんでしょう。パパお兄ちゃんや軍靴からみれば『理想の父親』だったかもしれないけれど、わたしに言わせれば『いい父親』なんてのは、典型的な『家父長制の権化』よ」

記憶は戻っても、身についた脳の使いかたを、逆に忘れるというようなことはないようだ……、３Ｄプリンターで氷上刑務所を作れている時点でわかりきっていたことではあるが、少なくとも十七歳のアスリートだった頃のあるき野ふらのが、『家父長制』の意味を知っていたとは思えない。『権化』を漢字で書けたかどうかも怪しいくらいだ。

しかし。

「だからと言って、何も殺すことはないだろう」

「その通りよ。衝動的に、かっとなって殺しちゃった。パパお兄ちゃんの言う通り、だから反省してこうして自らを処している……、ってことでいいよ、もう」

　やや投げやりに、ふらのはそうまとめた。まとめたと言うか、議論をくしゃっと丸めたと言う感じだ。取調室で、やってもいない罪を自白してしまう被疑者ってひょっとするとこんな感じなのかなと思わされてしまう。

　自暴自棄になっていると言うか……。

「まあ、自意識を取り戻してみたら、父親が怪盗だったり、その父親を殺していたりしたら、自暴自棄にもなるか」

「その情報に上書きして、実の兄に体のいい情報源として、『娘』扱いされていたっていうのも付け加えておいて」

「おいおい、ぼくのせいみたいに言うじゃないか」

　ぼくのせいだった。

　父親に関するエピソードも相当気持ち悪いが、兄に娘扱いされていたというエピソードは瞠目《どうもく》と言うか、客観的に聞くと、段違いにトラウマめいた挿話である。トラウマで記憶が退行したところに、更なるトラウマを負わせたようなものである……、我ながら最低だ。

　リハビリとか言いながら、妹が回復し、記憶を取り戻したあとのことをまったく考えていなかったようなものだろう……、そんなつもりはなかったが、父以上に酷いことを、ぼくはふらのにしたんじゃないだろうか？

　……まあ、それでも、人を殺すほどの悪行だったとは思えないが。

「……怪盗フラヌールの称号が欲しかったんであれば、確かに、二代目はぼくじゃなくてお前みたいなものだったかもな。それを認めるのはやぶさかじゃないよ」

「あら、意見を変えたの？　いつもみたいに、ころころと、当《あ》たり障《さわ》りなく」

「まあ聞けよ。これは前段だ。少なくともぼくには、３Ｄプリンターで刑務所を再建することなんてできないし、お前から搾取した情報がなければ、返却活動の半分も達成できなかっただろう」

「謙虚だね。空虚だし。何かを企んでいるとしか思えないくらい。ついさっきまで、わたしのことを偽ヌール扱いしていた癖に」

「正直、最初は、最後の最後で横入りされたみたいな気分で、怒りを覚えた部分もあったけれど、まあ妹の悪戯《いたずら》に徒《いたずら》に感情的になるのも大人げないと思い直した。お前が怪盗フラヌールになりたいというのならば、その夢を応援してやってもいい」

「懐柔しようとしているね、なんか。甘言を弄《ろう》して」

「どうして兄からの言葉を素直に受け取れないかね。お前も、軍靴も」

こちらの戦略は見え見えらしいが、そうであっても姿勢を貫かねばならない……、話は尽きないが、いつまでもこうしているわけにいかないのも確かだ。父親を殺したというのが本当にせよ、それともそんなことを言って、混乱するぼくを面白がっているだけにせよ……。

自暴自棄になっているにせよ。

それとも、ここで罪を償おうとしているにせよ。

「とりあえずいったん、ここを離れないか？　どうしてもって言うならあとで戻ってきてもいいし。砕氷船で温かいコーヒーでも飲もうぜ、な？」

「な、じゃないよ。そうやって、他人の決意みたいなものを、あっさり反故《ほご》にしようとするところが、保護者だよね」

きつい言葉だな。

『保護者』ではなく、『他人』の部分が……、妹であり、『娘』でもあるふらのから、絶縁を宣言されたような気分だ。

それは本来、ぼくが父に対してしたかった行為であるはずなのだが……、まさかぼくがされる立場になってしまおうとは。その意味じゃ、ぼくのほうがやはりふらのよりも強く、父を継いでいると言えなくはない……、そんなことを言いたくもないいな。

「寒いんならひとりでさっさと戻りなよ。わたしはパパお兄ちゃんに、来てほしいなんて思ってたわけじゃないんだから」

「そう突っ張るなよ。怪盗フラヌールの専属記者であるぼくにだけ、特ダネを通知してこなかったのは、逆に、こうして面会に来てほしいっていう、お前の無意識の願いが発露したものだろう？」

「どうしたらそんな風に、何もかもを自分に都合のいいように考えられるの？　怖い怖い怖い……、そんなの単に、年頃の妹が兄を避けただけのことじゃない。よくあることだよ」

被害者意識が強過ぎるという自覚はあったが、自意識過剰と言われれば、それもまたそうなのだった
……、考えてみれば、ぼく以外にも特落ちをした記者がいたとしても、本人がそれを黙っている限りは、顕在化することはないのだから。

「まあ、死ぬ前に、一言言ってやりたいという気持ちがまったくなかったってほど、パパお兄ちゃんに対して徹底しているわけじゃなかったから、連絡を入れておかないと拗《す》ねちゃって文句を言いに来るかもなーとは思いつつ、その可能性を放置したっていうのはあるかもしれなくはないとも言える」

「どうでもよ過ぎだろう、妹にとって兄のことが」

「来たら相手をしてあげてもいいと思っていたのは素直な気持ちだよ」

それが素直な気持ちというのが、兄にとってショック過ぎるが……、梃子《てこ》でも動きそうにないな、この妹は。

まあ……、怪盗行為、それも返却活動に対しての罰則というのならともかく（それも、心神喪失に近いような状態のときに、兄から半ば強制された怪盗行為だ）、父親を我が手で殺害したという罪を背負って独房にこもっているというのであれば、口八丁で言いくるめることは難しいと、お気楽なぼくだってわかる。

氷の檻よりも、凝り固まったふらのの気持ちを解きほぐすことは、ぼくには難しい……、と言うより、不可能なことのように思えた。もっと長期間にわたってじっくり話し合えば、その限りではないのかもしれないが……、いや、言い訳だな。

なんとかできると思っていること自体が、兄の傲慢でもあるのだろう。償えると思うことすらも。

「わかったよ。お前の意思を尊重しよう、ふらの。ここで一人で死にたいというのであれば、そうすればいい」

「それも少し違うんだけど、もうそれでいいよ」

「しかし、ふらの。ひとつだけわからないことがある」

「ひとつだけなの？　パパお兄ちゃんがわからないことが？」

嫌な言いかたをしてくれるが、そりゃあもちろん、わからないことだらけだ。積み残してしまった謎ばっかりではある……、が、父を殺した件をさておけば、根源的な不思議がひとつあった。

「お前、どうして記憶が戻ったんだ？」

「…………」

「医者はほとんど匙《さじ》を投げていたと言うか……、お前が『自分』を取り戻す可能性は著しく低いと診断していたのに、なんで？」

そもそも、細かいことを言うなら、ワシントンの病院からぼくに情報が入ってきていないこともおかしかった。そんな医療の常識を変えるような回復があったのなら、何より先に身内に連絡があるはずでは……。

「ふふふ。あのお医者さん達は、わたしを回復させるつもりなんてなかったからね。研究対象としてわたしを利用していたという点では、パパお兄ちゃんと大差ない……、うん、別に正式に外出許可をもらって帰国したってわけじゃない。まああの人達はデータしか見てないから、目を逃れるのはそう難しくないよ。パパお兄ちゃんも得意でしょ？　『目を盗む』って奴」

「どうやって病院を抜け出してきたかを聞いているんじゃない。そんな環境にありながら、どうやって記憶を……、自分を取り戻したのかを訊いている」

「ふとしたきっかけで何かを思い出すことくらい、普通にあるでしょ。夜のお布団の中でとか。ふふふ、パパお兄ちゃんはここのところ、『妹』のことも『娘』のことも、すっかり忘れて、お見限りだったみたいだけれど」

ちくちく責めてくれるが、そうすることではぐらかしている感もあるな……、やはりそのあたりがポイントなのか？

そうだな。

父を殺したなんて自白をあっさりしたことこそがむしろフェイクで、どのように記憶を取り戻したのか……、それがすべての発端であるように思える。本来ならばめでたいことだし、なんなら記憶回復パーティーを開いてもいいくらいだが、しかしその結果、こんなことになってしまっている。

誰一人幸福になっていない。

ぼくはこのざまだし、虎春花は推理を外した気分にさせられているし、東尋坊おじさんは意気消沈しているるし、お艶は盗品博物館の館長を続けることになる……、なんだかんだ言って、あの博物館の最下層には、ランダムウォーク刑務所の、実物という名の偽物が鎮座《ちんざ》し続けているのだから。

偽物を展示し続けなければならないなんて屈辱が、博物館の館長にとって、他にあるだろうか？　実際、収蔵されている作品が実は贋作《がんさく》だったことが、あとから判明するケースも、美術界ではままあることとは言え……。

ふらのの記憶の回復が、本来あった怪盗フラヌールの流れを、大きく変えてしまっている。

本来？

もしもふらのの記憶が回復していなければ、どうなっていた？　そりゃあすべてがうまくいっていたわけではない……、モチベーションの下がっていたぼくが、ランダムウォーク刑務所をきちんと返却できたとはとても言えない。中に怪盗フラヌールがいなければランダムウォーク刑務所を返却したことにはならないなんて発想が出てきたかどうかからして怪しい……、先を越された口惜《くちお》しさがなければ、氷上刑務所というアイディアに辿り着けたかどうかも疑問だ。

うまいこと誤魔化して、刑務所の模型を、警察庁の十七階に送り届けるなどして（あった場所に返す必要がどこにある？　拾得物は持ち主に返すものだろう？）、悦に入っていただろう……、東尋坊おじさんの花道を飾ってあげることはできなくとも、最低限、最後の名勝負を演じてあげることくらいはできたはずだ。

そしてお艶は解放された。

まあ虎春花の名誉はどうでもいいけれど、少なくとも、『自分の推理が間違っていた』なんてことは思わせずに済んだだろう……、法的な証明はできなくとも、『ぼくが怪盗フラヌールである』という真相に気付いているという状態はキープできたはずである。

いわば擬似的なハッピーエンドは約束されていた……、それをぶち壊しにした。

ふらのの記憶の回復が。

……もちろん、ふらのが悪いわけじゃない。怪盗行為はもちろん人殺しは悪いに決まっているけれど、記憶が回復することが悪のはずがない。が、それが自然回復や、療養による回復でないとするなら……、『誰か』の意図があるとするなら、話は別である。まったく別である。

そして、その心当たりがぼくにはある。

心ならずも心当たりがある。

被害妄想でも自意識過剰でもない……、自分の身に起きる悲劇は大いなる存在に仕組まれていると訝《いぶか》しむ陰謀論でもない。

あろうことかぼくに言った。

娘が父親を殺すのは無罪だ、と……。

そいつ自身も、ぼくと同じように、ふらのを情報源として利用していたにもかかわらず……、はらわたが煮えるような思いもするが、しかしだとすると腑《ふ》に落ちる。嫌になるほど説明がつく。ぼくが（残念ながらよく覚えていないが……、否、まったく覚えていないが）ふらのが『娘』だった頃に聞いたように、あいつもまた、『娘』の自白を聞いたのなら、きっとこう考えたことだろう。

父親を殺した『程度』のことで、自身を罰するなんて間違っていると……、記憶喪失になどなるべきではないと。

あいつはあいつで父親を尊敬していたが、それとこれとは別問題だと、きっと都合のいいことを考え、そして何らかの手を打ち、ふらのの記憶を戻したに違いない。幸い（と言うか、残念なことに）、あいつのそばには今、天才がいる。馬鹿であることが唯一の取り柄だったあいつのそばにいる組み合わせとしては最悪だが、一方でその天才は、凶悪殺人犯でもあるわけだ……、父殺しの娘の救済に、協力するにやぶさかではあるまい。

もっとも、愚か者らしいミステイクもある。あの愚か者は、思ってもみなかっただろう……、救済したはずのふらのが、偽ヌールとして自身をまたも、罰しようとは。

そうなるとあいつの、この先の行動は容易に想像がつく……、かつて凶悪殺人犯を刑務所から脱獄させたように、ここで釣りにいそしんでいる偽ヌールを脱獄させようとするだろう。そのこと自体はいい……、むしろこんな事態を招いた責任は、自身で取るべきだ。が、失敗が目に見えているとなると、放ってもおけない。妹にして娘というマスターキーを失った以上、成功の可能性は著しく低いと言わざるをえないだろう……、怪人デスマーチの立てる脱獄計画は。

計画を立てる能力があるかどうかも怪しい。

要するにぼくが協力してやるしかないわけだ……、加えて、無計画にもすべてを台無しにしてくれたことに関して、文句のひとつも言いたい。文句を言いたくてここまで来た以上、やはりどこかに八つ当たりはしておきたい。

……怪人デスマーチと言えば。

怪人デスマーチならばもってこいである。

「そうか。じゃあ、ぼくはそろそろ帰るよ、ふらの」

「うん。二度と来ないでね」

「ああ、それは約束しよう。そうそう、そう言えばお前の呼び名だが、偽ヌールで固定しちゃっていいのか？　ぼくはもう引退したから、怪盗フラヌールの名を譲ることに抵抗はないぜ。お前の言う通り、ぼくの手柄は全面的にお前に依《よ》っていたようなものだからな」

「急に物わかりがいいじゃない。さては何か閃いた？　いらんことを」

「いやいや、妹や娘の助けなくして、ぼくは何も閃かない男だよ。『閃かない鰈《かれい》』と名乗ってもいい、これからは」

「格好良さそうでそうでもない二つ名だね。……どうかな、確かにそう名乗って声明文を出したけれど、そんな風にパパお兄ちゃんが投げ出しちゃうと、大して欲しくもない称号になっちゃうね、怪盗フラヌールなんて。そもそもパパがそう名乗ったのはもう何十年も前で、ビンテージ感漂う名前だし」

だからわたしはこう名乗ろう。

と、ふらのは久しぶりに顔を起こした。


「怪傑レディ・フラヌール」


単純に怪盗フラヌールと名乗るよりも、よっぽど古めかしい名乗りではあったけれど、しかしながらそれを譴責《けんせき》するような時間も、資格も、ぼくには残されていなかった。

「了解、レディ・フラヌール。いい釣果を祈っているよ。これから死ぬお前に食われるお魚さんが可哀《かわい》想《そう》だが」

「パパお兄ちゃんは吊《つ》られなくてよかったね。首を」

「よかった？　いや、好ましくないね」

もう一ターンくらい『うまいことの言い合い』を続けるくらいの余裕はありそうだったが、ぼくは切り上げた。こうして事実上数年ぶりになる、事実上の死刑囚である実の妹との面会は、ひとまず終わった。

後ろ髪を引かれる思いはなかった。

随分時間はかかったが、ようやく目的が定まったから。

怪盗フラヌール最後のお宝、最後の金銀財宝が家族だなんて、ほんっとう、ありふれてやがる。

3

闇堕《やみお》ちした妹といい感じに別離したところで章転換かなと思っていたところで、まだ片付けなければならない問題があることを忘れていた。それこそ妹と違い、この記憶はできれば忘れっぱなしにしておきたかったくらいだったが、

「あら、あるき野。そちらの棟も空振りだったの？」

と、トーテムポールみたいにドレスアップされた名探偵とばったり会ったら、ぼくも思い出さざるを得ない。ちょっと間を空けて会うと、闊歩《かっぽ》するのが異様に絵になる奴だな……。

「あー、いやいや、いたはいたんだが。偽ヌールは」

嘘をついても仕方ないので、ぼくはそう答えた……、と言うか、虎春花が大半の棟を巡回して見つけられなかった以上、返却怪盗がこの棟にいることは、ほぼ確定事項みたいなものである。

「そう。だったら」

「いやいやいや、しょーもないおっさんだったよ、悲しいことに。あんな奴を追い回していただなんて、ぼくは恥ずかしい。いたたまれなくなって、面会を早めに切り上げたくらいだ。お前も会わないほうがいい、がっかりすること請け合いだから」

嘘をついても仕方ないと言った二秒後に嘘をつきまくっているけれど、まあ、本質的なところでは嘘ではない。

結局のところ、ふらのはしょーもないおっさんことあの男の影響下にあるし、ぼくは恥ずかしくっていたたまれない……、面会を早めに切り上げたということはないが、もっと話していたかったことを思えば、やはり完全な嘘ではない。

そして、がっかりすること請け合いだ。

虎春花が専門外の窃盗事件に乗り出した果てにいるのが、あんなねじくれまくった反抗期の小娘だとは……、いや、現代の法律では、もう成年なのだが。

あれが大人かねえ。

「構わないわ。しょーもないおっさんであるなら、尚更私が処刑してあげないと。生きているだけで罪みたいなものだものね」

「しょーもないおっさんも、そこまでじゃないよ」

殺されたけどな。

しょーもないおっさんことぼくの父は。

「それより虎春花。前から言おうと思ってたんだけど、結婚しないか？」

「え？　まだしてなかったっけ。別にいいけど、なんで？」

「なんでって愛しているからだよ。結婚の理由が愛以外にあるか？　ぼくもそろそろ、自分の家族が欲しくなってね」

「ふうん」

と、虎春花は首を鳴らした。トーテムポールみたいな髪型だけに、そのまま首が折れてしまいそうだったし、そうなってくれればぼくもあとが楽だったが、もちろん人生にはそう素晴らしいことは起こらない。

「意外と愛に飢えているのね、あるき野は。仕方ない、私が与えてあげましょう」

「やったあ。心から嬉《うれ》しいよ。ぼくだけじゃなく、全国民が喜ぶだろうね。涙沢虎春花ほどの名探偵《ウルトラ》が結婚するとなったら、これは国をあげて盛大に祝わないといけないな。結婚式は酒池肉林の満漢全席で祝わないと」

「和風でも洋風でもなく中華風の式をあげたいってこと？　いいでしょう、たまにはチャイナドレスを着るのも」

持ってるの？　膨らんだドレスしか持っていないとばかり思っていたが……。

「ああ、そうだ、ついでに思いついたけれど、そんな社会的祝賀行事が開催されるとなったら、これは恩赦を出さざるを得ないよ。ちょうどいいや、しょーもないおっさんにそれを出してやろうぜ。生きているだけで罪みたいなものだって言うなら、偽ヌールはもう処刑されているようなものだからね」

最後の台詞だけやけに心がこもってしまったが、果たして虎春花は、

「あるき野」

と、言った。

真顔で。

ぼくは思わず軽口を閉じたが、

「その通りね。一事不再理の原則だわ。死刑は二度執行されるべきではないものね。いいでしょう、恩赦を発令しましょう」

彼女は……、ぼくの妻はそう続けた。

鷹揚《おうよう》に。王のように。

「……よ、よし、そうと決まればさっさとこんな刑務所を出よう。エスコートするぜ、奥様」

「そうね、旦那様」

手を差し出す虎春花。

手刀で首を落とされるのかと思ったが、その手を取れということらしい……、ふたりで滑って転びそうだが、夫婦ならば、転ぶときも一緒か。

ぼくは虎の手を取る。しぶしぶ。

「そうそう、あるき野。ひとつだけ条件があるわ」

「ひとつと言わずなんでも言いなよ。足下に気をつけて、独房エリアから離れつつね。安心していいよ、ぼくは幼い頃から、身の回りのことは自分でやってきた男だ。家事を押しつけるようなことはしないし、結婚を機に仕事をやめろなんて馬鹿なことは言わないさ」

立て板に水で喋ってしまったが、後者はこの際言ってもよかったかもしれない……、これからの展開を考えると、名探偵が引退してくれたら、そんなに助かることもないのだから。

しかし、まあ無理だろう。

名探偵は職業ではなく生き様であるがゆえに。

ちなみに幼い頃から身の回りのことを自分でやってきたと言うのは、今日ついた数々の嘘の中で最大の嘘だ。今でもぼくは乳母に面倒を見てもらっている。

「ええ、私もあなたに仕事をやめろとは言わないわ。そういうことではなくね、あるき野」

「はい、なんでしょう奥様」

「名字は私に合わせて頂戴《ちょうだい》。ギロチン台送りにした親が遺したもののなかで、唯一気に入っているのよ。

涙沢って名字」

「……御意」

だろうなと思いつつ、ここだけは正真正銘偽りなく、真実の気持ちで頷《うなず》きながら、ぼくは生まれて初めて、この国の夫婦同姓制度に感謝した。

ぼくはやっと解放されるわけだ。

父親の名前から……。

第八章　あるき野軍靴

1

口先だけの男にはなりたくなかったので、と言うか、こうなれば一刻も早くあるき野姓を捨てたかったので、本土に戻ってすぐ、ぼくと虎春花は役所に向かい、取り寄せた戸籍謄本と共に、婚姻届を提出した……、ご存知の通り、婚姻届は二十四時間、受理してもらえる。

死亡届と同じく。

事実上『あるき野道足』の死亡届なのだから、こんなめでたいこともあるまい……、贅沢《ぜいたく》を言うなら、ば結婚の証人には、是非とも東尋坊おじさんになってほしいところだったが、東京まで戻る間に虎春花の気が変わってしまってはまずい。国内の全警察官（待葉椎警部補以外）から敵視されている虎春花との結婚なんて、東尋坊おじさんが証人になってくれるはずもないが……。

お艶にも知られたくない。

隠し通すことは難しかろうけれど、いくらぼくが乳母なくしては何もできない男だとは言っても、すべてが終わったあとはお艶にプロポーズするというぼくの夢が終わりを告げた瞬間に立ち会ってほしいとまでは思えない。

なので、季節外れに知床を訪れていたノリのいい観光客をなんとか見つけて、証人になってもらった。ラスベガスで結婚する人が多いと聞くが、そんなものだと思ってもらえたようだ……、虎春花のコスプレめいた格好が、そんな形で役に立つとは意外だった。

というわけでぼくは涙沢道足になった。

免許証もパスポートもキャッシュカードもクレジットカードもポイントカードも携帯電話契約も電気代ガス代の引き落としも表札も名刺もジムの会員証もファンクラブのメンバー登録もネット通販のアカウントも、すべて作り直さねばならない、今後の常軌を逸《いっ》した面倒臭さを思うと目眩がしそうでもあったが、それらをすべて差し引いたところで、すっきりした気分である。

たかが書類一枚のことで、こんな解放された気分になれるなんて……、お察しの通り、ふらのを名探偵の魔手から保護する恩赦を発令させるための、その場しのぎの方便としてのプロポーズではあったけれど、思わぬ副次的効果があったものだ。

もちろん、喜んでばかりもいられない。

結局、春になればあの氷上刑務所は溶けてなくなり、ふらのは海の藻屑と化すのだから……、元スイマーだから泳ぐのが得意で助かるはず、なんて期待は妄想だ。

あの『娘』も解放してやらねば。

そして……、あいつも。

親から解放されるなんてこんな簡単なことなんだと、兄として、お馬鹿な妹と、そして愚かな弟に、教えてあげたい。返却怪盗フラヌールでもなく、ルポライターあるき野道足でもない、家庭人・涙沢道足の、それが最初の仕事である。

好ましくない。

2

あるき野散歩という名前の男が散歩を意味する怪盗フラヌールを名乗っていたというのは、あとから気付けば馬鹿馬鹿しいほどに危ういことをしているが、しかし同じレベルの大きな見落としとして、あるき野ふらのという名前の娘が怪盗フラヌールを継ぐというのは、正気じゃないほどに運命じみた流れがあるようにも感じた。

怪盗フラヌールじゃなくて、怪傑レディ・フラヌールか。

気持ち的には何も解決していないけれど……、だからというわけではないが、ぼくは知床を離れ、北海道のへそと呼ばれる富良野《ふらの》に来ていた。

完全に観光客である。

ちなみに虎春花は砕氷船を返却し、婚姫届を提出してからほどなくして、内地へと帰っていった……、驚くにはあたらない、名探偵《ウルトラ》は多忙《ウルトラ》なのだ。そこまで計算していたわけじゃなかったが、偽ヌール……、レディ・フラヌールの件が片付いたことで、あの探偵の中で怪盗フラヌールにまつわる一連の盗難事件には、どうやら決着がついたらしい。

「まだまだ世の中では、真犯人と真相が、探偵の演説を待ちわびているもの」

と、ヒーローのような台詞を残して帰っていった……、夫婦だからと言って四六時中行動を共にするつもりはないらしく、それはぼくにとっても救いという他およそ表現が見つからないけれど、まあ、正直言って羨《うらや》ましい限りだ。

あのトーテムポールが主役だったなら、この物語はここで終わっていたんだろうし、ぼくが主役だったとしても、名字が変わった時点でエピローグに入っていたに違いない……、だが、今回の主役はレディ・フラヌールである。

かの女傑に決着をつけないと、終わろうにも終われない……、なので富良野に来たのである。

北海道のへそと呼ばれつつ、地域としては道央ではなく道北に属すらしい……、このあたりの地域性は謎めいている。もちろん、ふらのの来歴を調べるためにルポライターらしく、あるいは金田一耕助《きんだいちこうすけ》のように、この地を訪れたわけではない。

実の妹の来歴を調べにわざわざ遠出する必要はない……、ただ、運命じみているというのならば、ここが相応《ふさわ》しいと思っただけだ。怪人と再々会する舞台に、ラベンダー畑が……、これまた季節外れのラベンダー畑に、あいつがたまたま観光に来るなんて可能性に賭けているわけではなく、もちろん手は打った。

残念ながらぼくは弟の携帯番号を知らない、父親が大犯罪者だと判明したとき、つまりすべてを投げ出して失踪したときに、あいつはスマホを家に置いて行ったし、その後、『実は父親はいい犯罪者だった』と再解釈し、その（存在しない）義賊的思想を受け継いで、変装上手の怪人デスマーチとなって再会したのちも、アドレスの交換をする機会はなかった……、こういうとき、これまでのぼくだったら、『ワシントンの娘』に連絡を取って、弟の携帯番号を調べてもらうのだけれど、今回はその手は使えない。

もうワシントンに『娘』はいないし、その『娘』こそが、最終的な標的になっているのだから……、自力でなんとかするしかない。培ってきた自力で。そんなものがあるの？　『娘』がいなければ、パパお兄ちゃんは何もできないんじゃないの？　という声が、北海の氷上刑務所から聞こえているが、ぼくだってすべてをまるっきり、怪傑レディ・フラヌールに依存してきたというわけじゃない。

闇堕ちした妹のせいで特落ちした兄とは言え、ルポライターとして、記事を発表できる媒体まで失ったわけじゃない……、気持ちはもう引退しているけれど、みっともなく、プライドも何もなく、後追い記事を書くことが許されないほど、怪盗フラヌール専属記者としての功績がなかったわけじゃない。

ある意味、ぼくにとっての引退記念の署名記事を広く世に示した……、怪盗フラヌールが収監された以上、これが最後の仕事になるとはっきりと明言し、これまで（無責任に）書き散らかしてきた散文の総集編のような記事を、約三万字にわたってしたためたのだった。

それはひとつのけじめであると同時に、弟に向けたメッセージでもあった……、その三万字のうちに、兄弟間だけに伝わる暗号を含ませておいたのだ。もちろんぼくは、捕まった怪盗フラヌールは実は偽ヌールで、初代の娘である怪傑レディ・フラヌールで、オホーツク海沖の氷上刑務所に収監されているという真実をそのまま書いてはいない。

芸能人よろしく、記事の締めには『わたくしごとながら、名探偵《ウルトラ》・涙沢虎春花と結婚しました』というお知らせを挟んでおいたが（東尋坊おじさんやお艶に直接伝える覚悟がなかったので、この記事をもってそれに代えさせてもらうことにした。一石二鳥という奴だ）、新しい事実と言ったらそれだけで、基本的には現時点で世に出ている情報を、時系列的にまとめただけの記録的な文章であり、ジャーナリズムにはほど遠い。

ほど遠いが、熟読すれば、弟は察するはずだ……、ぼくがその裏に潜ませた『予告状』に。

よっぽど鈍《にぶ》くない限り……、いや、ぼくの弟はよっぽど鈍いが、しかしこの件に関しては、奴は当事者である。妹を助けたければ富良野へぼくに会いに来いというメッセージに、呼応せずにはいられないはずだ。なにせあの愚弟は、考えなしにふらの記憶を戻し、その結果、彼女が自らを罰しようとしてしまっていることに、頭を抱え、途方に暮れているはずなのだから。

兄に助けを求めたくて仕方がなかろう。

そんな弟など、本来なら放っておくべきだが、なにせ緊急事態だ、手を差し伸べてやるにやぶさかではない……、頭を抱え、途方に暮れているのはぼくも同じだしな。非常に遺憾ではあるけれど、たったひとりの『妹』を……、あるいは共通の『娘』を救出するために、ふたりの兄は、手を組もうじゃないか。

返却怪盗フラヌールと怪人デスマーチの夢のコラボだ……、具体的な計画があるわけじゃないが、あの愚か者からことの詳細を聞けば、何かが閃くに違いない。

きっとあの愚弟は、ふらのが『父殺し』だと知って変心したのだろうが、そのあたりの経緯を聞けば、手段も見えてくるかもしれない……、記憶を取り戻させた具体的な方法さえわかれば……、うーん、もう一度ふらのを記憶喪失に追い込む、とか？

賛同を得られそうにないプランだ。

それはまたそれとして、弟そのものの救済も、ぼくは長兄として考えなくてはならない……、本当は愚かなアホの救済なんて考えたくもないし、まだしもぼくの返却活動に協力的だったふらのならともかく、ぼくの邪魔しかしなかった怪人デスマーチなんてどうなっても構わないのだが、そういうわけにはいかないのが浮世の義理である。

もはやぼくはあるき野家の人間ではないが、元あるき野家としての責任は果たしておこう……、父が『大犯罪者』でも『いい犯罪者』でもない、ただの小悪党だったという事実を、弟に突きつけてやらねばならない。

もっとも、ぼくがそんな世話を焼くまでもなく、娘に殺される普通の父親だったと知ったから、今回の行動に及んだのだと想定すると、奴もまた、引退を決意しているかもしれないが……。

わかりきっていたことではあるけれど、『いい犯罪者』なんてのも、『怪盗の美学』同様に幻想でしかないよな……、学生時代、いそうでいなかった『いい不良』みたいなものか？

『悪の生徒会』の対義語でもある。

まあでも、逆に言えば、『悪』なんてわかりやすい存在は、そうそういないのだろう……、別に怪盗に限らず、殺人鬼にしたって、『なんとなく』、いわば『流れ』でそうなってしまったケースが多い。

他ならぬぼく自身がそうであるように、犯罪者になる理由なんて『気がついたらそうなっていた』『そのときはそうするしかないと思った』程度の、ふわっとした、ぼやっとしたものでしかない……、大抵の場合、他にやりようはあるにもかかわらず、そのときには『それしかない』としか思えなかった。

いつの間にか取り返しのつかない場所に導かれている……、のだとすると、そう導いた者こそが巨悪ということになるのだろうけれど、存外、ぼくも軍靴もふらのもそうであるように、父もまた、『こんなはずじゃなかったのに』と首を傾げながら、怪盗の美学に準じていたのかもしれない。

軽い気持ちで盗みに手を出したら、なんだか話題になってしまって、世間の期待に応えるつもりで怪盗活動を続けていた……、とか？

笑えるが、笑えないな。

ぼくや軍靴、ふらのといった子供を儲けた際に、今のぼくみたいに普通に引退を考えたかもしれない……、けれどそのとき、引退するのではなく、『これからはバレないように、もっとうまくやろう』なんて風に、思考が働いたんじゃないだろうか？

結局、なぜ父が怪盗なんてやっていたのかを突き詰めて考えていくと、そこに帰着するところもある……、要は、『人よりうまくできたから』に尽きる。うまくできなきゃ、怪盗になる前のこそ泥時代に捕まっていただけのことだろうし。

どんな高邁《こうまい》な思想を、あるいは美学を持っていたところで、実行するスキルがなければ絵に描いた餅《もち》である……、なんの思想も美学も、哲学さえ持ち合わせていないぼくが、曲がりなりにもここまで返却活動を続けてこられたのも、そういう風に生きてきたからに過ぎない。

それは資質や才能とも違う……。

培った技術と言うべきだろう。

ぼくの『抜き足差し足』なんてもろに後天的な業前だし、弟の変装術や演技力も、妹の泳力や電子スキルも、また。

積み重ねてきてしまっただけに、気がついたときには取り返しがつかない……、今、ここだけを切り取ると、どれもこれも怪盗のためのスキルであるようにしか思えないが、本来は、もっと他の活《い》かしかたもあっただろうに。

もう役者やアイドルとしての軍靴を見ることも、アスリートやホワイトハッカーとしてのふらのを見ることもない……、日の目を見ることもない。

仮にぼくら三兄妹が劇的な改心をしたところで、犯した罪が消えてなくなるわけでもないし……、まあ、セカンドチャンスはあるべきだろうが、人前に出て活躍するような仕事をするには、いささかやり過ぎてしまった感はある。

特にふらのは人を殺した。

と、主張する。

父親を突き飛ばして殺したけれど、今はもういい子なんですなんて言い分は、そうは通らないだろう……、しかもこの場合、車道に突き飛ばして殺したという方策は、いかにもまずい。

裁判では、ミステリーで用いられるようなトリックを弄した被告人のほうが『犯行に計画性がある』などと言われ、衝動的に犯行に至った場合よりも量刑が重くなる傾向にあるけれど、それで言うならふらのの行動は、確かに衝動的である。

殺意があったかどうかは議論の分かれるところだし、ぼくが弁護士だったら、そこを論点にするだろう……、けれど、血縁者として言わせてもらうならば、殺意を持って、計画的に殺してくれたほうがまだよかった。

車道に突き飛ばして殺したということは、つまり、無関係の誰かに殺させたということである……、疑いの余地なくそんなつもりはなかった善良なドライバーに、自分の代わりに人間を殺させた。

この罪は、語り尽くせないほどに重い。

それを認知したふらのが、自身を流氷刑務所無期懲役の刑に処すのも、当たり前どころか、物足りないくらいの罪悪だ。ぼくがふらのの立場だったら、父を殺したことは後悔しなくとも、そんな殺しかたをしてしまったことに関しては、自分を許せないだろう。

罪の意識に耐えきれず自殺するかもしれない……、いや、自殺という道は選ばないか。それが『極端な選択』だからではない……、『選択』だからだ。もう自分には、自分の意思で何かを決めていいような立場じゃないと思うだろう。言うなら切腹のような、潔い振る舞いを見せることさえ許されない。

だから流氷刑務所なのか？

自然死……、とは言えないけれど、いつ死ぬのかわからないような環境に身を置いて、訪れる裁きの日をひたすら待ち続けるという懲役刑……、まるで『死刑囚のパラドックス』のようだが。

まったく。

こういうあれこれをうだうだ考えたくない天才が、手っ取り早い死刑制度を思いついたんだろうな……、ぼくなんて平凡だから、いつまでも考え続けてしまうよ。まあ、間違いなくその天才は、自分が死刑制度の対象になることはないと考えて決めたのだと思われるが……、死刑に限らず、大抵の法律はその反対のことが起こる。

自分で決めたルールほど守りにくいものはない……、そう言えば、目には目を、歯には歯をで有名なハンムラビ法典は、報復を是としているようでいて、過度な復讐を禁じるために定められたという話を聞いたことがある。

目を潰《つぶ》されたなら、目を潰す以上の仕返しをしてはならないというルール……、それだけ聞くと公平性が担保されているようにも聞こえるけれど、実際には奴隷には過度な罰が与えられたりしたそうなので、結局、法律は文面次第ということだ。

その文面次第すら、解釈次第というのもまた現実……。

「待たせたね、兄さん。いや、もう兄さんとは言えないか。怪人であるおれと、名探偵の夫である兄さんとじゃ、絶縁よりも酷く断絶が生じているのだから」

ラベンダー畑近くのベンチに腰掛けていたぼくの隣に、ふいに座ってきたのは、東尋坊おじさんだった……、いや、東尋坊おじさんであるわけがない。北海道におじさんがいるはずがないし、おじさんはそんな若者ぶった口調は使わない。声色もおじさんめいていていて違和感ばりばりだったが、しかしその口調は、あいつのものだった。

あるき野軍靴。

怪人デスマーチのものだった。

「……たまには素顔で現れろよ。もう忘れちゃったよ、軍靴。お前の顔を」

「嬉しいよ、名探偵の夫さん。結婚おめでとう。そしてあれだけ望んでいた、あるき野家からの離脱も、おめでとう」

そういう台詞を重ねられると、くたびれたコートまで含めて東尋坊おじさんの姿で現れたことが、弟からの最大限の嫌がらせであることがわかる。お艶の喪服で現れなかったことが、せめてもの情けか。単純に、東尋坊おじさんの姿で現れられたら、少なくとも殴り合いの喧嘩《けんか》にはならないという計算くらいはあるのかもしれない。

「どういたしまして。お前も早く身を固めろよ。手錠とかで」

「きついね、いきなり。こうして兄さんの呼び出しに応じてあげた可愛い弟に対して」

「可愛い弟？　どこにいるのかな？」

「とぼけないでよ。兄さんこそ、おれに会いたくて脱獄までしたんだろう？　そのために悪名高い名探偵と結婚までして……、そこまでしておれに話したいことっていうのは、いったいなんだい？」

久しぶりに会う兄と長話をするつもりはないのか、手っ取り早く本題に入ろうとする軍靴。

こちらも望むところだと言いたいところだが……、ん？　待てよ？　なんか、いきなりかみ合わないことを言わなかったか、こいつ？『結婚までして』も、事実には反しているけれど（妹を処刑から救うために名探偵にプロポーズするくらいならばいざしらず、弟と連絡を取るためだけにそんなことはしない……、さすがに他にも手段はある）、しかし問題なのはその前だ……『脱獄までして』？

「脱獄までして？」

「そうだろう？　新聞で読んだよ。兄さんは返却怪盗フラヌールの最後の仕事として、ランダムウォーク刑務所を返却したのだと……、ご丁寧にも自分自身を包んで」

人をご祝儀みたいに言いやがるが、そこは問題ではない……、ぼく自身は東尋坊おじさんにその解釈を聞くまでは、偽ヌールはただ捕まっただけだと思っていたけれど、おじさん並に内部事情に通じた者があれらの記事を読めば、そういう推理もできるだろう。

愚弟ではあるが、その程度の推理力はある……、当事者過ぎてぼくはスルーしてしまっていたが、これは別に、愚弟がぼくよりも賢いという意味ではない。

人それぞれという意味だ。

「ああいった一連の報道にどうして兄さんの署名記事がないのか不思議だったけれど、そのあと、ああいう結婚報告を出し、知名度を上げることが目的だったとはね。後出しのメディアコントロールってわけだ」

悪意のある言いかただったが、それ以前に買いかぶりも甚だしかった……、ぼくを混乱させようとしているだけなのか？　特落ちしたぼくをからかっているだけなのか？　いやそんなことはないんだよ、あの特落ちにはわけがあるんだと、ごにょごにょ釈明する兄を見て溜飲を下げようとしているのであれば、あまりに性格が悪過ぎる……、しかし、だとすると、この弟。

ぼくが本当に脱獄したと思っている？

つまり、ランダムウォーク刑務所の返却を本当にぼくの仕業だと思っている……？　新聞報道の通りに？　報道を鵜呑《うの》みにするなんて……、善良な市民か、こいつ？　だったらどんなによかったかという話ではあるけれど、どころか軍靴は、ランダムウォーク刑務所がどこにあるのかさえ、把握してないみたいな態度である。

なぜ北海道まで呼び出されたのか、ぜんぜんピンと来ていないようだ……、富良野を待ち合わせ場所にしている時点で、とぼける意味はないはずなのに。

もっと露骨に知床に呼び出していても、同じ振る舞いだったんじゃないかと思わせる……、今にも普通に、近くのショップで、ラベンダー色のソフトクリームでも注文しそうだ。いやいや、忘れるな、こいつは演技派だ。老若男女、誰にでも化けられる怪人なのだ……、何も知らない振りをして、教えたがりのぼくが得意げに情報を開示するのを待ち構えているのである。

なんて嫌な奴だろう。

親の顔が見たいぜ。

「まあ、兄さんがどういうつもりでおれを呼び出したんだとしてもどうでもいいさ。どういう要望があるにしても、期待に応える気はないからね。たとえば披露宴でのスピーチは諦めてくれ」

「期待していたけれどな、元アイドルの手品ショーを。だったら何をしにきたんだい、弟よ？　こうして富良野までやってきた以上、ぼくに言いたいことのひとつでもあるんだろう？」

「あるよ」

珍しく素直に、軍靴は頷いた。

こいつが素直だったのなんて、ぼくが知る限り、五歳が最後だったと思うが……、五歳。ふらのが『娘』だった頃の年齢だ……、やっぱりそんなものなのかな、人間が素直でいられるのって。それより前になると、子供なんて、制御不能のモンスターだし。

「兄さんも同じ悩みを抱えているから、この富良野を待ち合わせ場所に選んだんじゃないのかい？」

ふらのと連絡が取れなくなったんだ。

理由はわからないけれど。

と、軍靴は言った……、東尋坊おじさんの顔で言ってもまったく違和感のない、渋《しぶ》く、苦々しい口調だった。

3

「おいおい、まるでふらのがワシントンの病院を『退院』したことを、知らないみたいに言うじゃないか。記憶を取り戻したぼく達のお馬鹿な妹が怪傑レディ・フラヌールを名乗り偽ヌールとして、氷上刑務所ことランダムウォーク刑務所を知床沖のオホーツク海に返却し、そこで自らを、父親を殺した罰として無期懲役刑からの、春を待っての『自然死』を目論《もくろ》んでいることを知らないとは言わせないぞ。五歳まで退行していたふらのをさんざんいいように『娘』として利用した挙句、『娘が父親を殺しても無罪』なんて手前勝手な倫理観で目覚めさせた癖に」

うっかりぼくは、把握していた全情報を開示してしまった。もっと小出しにしていくはずだったのに、これでは怪人デスマーチの思う壺じゃないか。しかし怪人側は「兄さん、それはいったいなんの話だい？」と、身を乗り出してきた。どこまで演技派なんだ、この愚弟は。

もうぼくから引き出せる情報なんてないぞ？

「ふらのが記憶を取り戻した？　本気で言っているのかい、そんなことを……、望み薄だと、一流の脳外科医達がそう診断していたじゃないか」

「ええと……」

その剣幕に一瞬、たじろいでしまう。

誤解しないでほしい、ぼくはいついかなるときも、弟相手に怖《お》じ気《け》づいたりはしない。あくまで相手が、ぼくの大恩人である東尋坊おじさんを模しているから、詰め寄られると反射的に怯《ひる》んだだけのことである。

一方で、演技力ではない点で、ぼくは感心してもいた。ぼくがぶちまけてしまった情報の中で、まずそこに食いついてくるとは……、妹思いの兄を貫いてくるとは、弟なりに真実味を出してくるじゃないか。

『何も知らない演技』をするんだったら、普通、ついつい反射的に、娘が父親を殺したという点を取り上げてきそうなものなのに……、心得ていやがるぜ。

「大体、怪傑レディ・フラヌールというのはなんだい？　嘘八百にしろ、今時ダサ過ぎるだろう」

「ダサ過ぎるとか言うな」

嘘八百ともな。

こんなにお互いを信用していない兄弟が他にいるだろうか……、まあ、兄弟というのはこんなものだという見方もあるが。

「おい、弟よ。この兄が腹を割って話そうとしているんだ、少しは応じてくれてもいいだろう。それこそ結婚祝いとして、正直に告白してくれてもいいんじゃないか？　己の失態を」

「失態？」

「責める気はない、お前もまさかこんなことになるなんて想像だにしていなかったんだろう。善意でやったんだよな、ふらのの記憶を取り戻してやるなんて。だが考えが浅かったと言わざるを得ないぜ」

責める気はないと言った同じセンテンスの内でつい責めてしまったが、その矛盾を突かれる前に「父親を殺した罪を思い出したら、それを気に病まないわけがないだろうが」と、台詞を完結させた。

「それだよ、兄さん。ふらのが父さんを殺したっていうのはどういう意味だい？　意図を把握しかねるよ。こう……、概念的な解釈でいいのかい？　ふらのの記憶を取り戻す方法なんて知っていたら、とっくに実行していたよ」

「まだとぼけるのか、ぼくがこんなに歩み寄っているのに。どこまで譲歩させれば気が済むんだ」

と、口では言いつつ、さすがにぼくも察しつつあった……、こいつ、さてはマジで何も知らないな？

ぼくにとって、常に何も知らない愚かな弟であったように、今日もまた、何も知らないまま、ぼくの隣に座っているな？

「…………………」

「兄さん」

「ちょっと待ってくれ。考える」

考えなければ。

確かに、今回の件の黒幕として、弟に容疑をかけたことに、確たる証拠はなかった……、ぼくと同じようにふらのを『娘』扱いしていた軍靴が怪しい、くらいのニュアンスだった。つまり、ふらのと接点を持つのは、医療関係者を除けば軍靴しかいないという根拠である……、公判を維持できるはずもないくらいに証拠薄弱である。

さりとて……、全面的に信用するのも難しい。怪人は怪盗と違って、人を騙すことを生業にする詐欺《さぎ》師《し》みたいなものだ。

「軍靴。もし助けを求めているのであれば、そう言ってくれ。つまり、考えなしに妹を退院させたことで、ふらのが自殺衝動を覚えてしまい、困り果てているのであれば」

「どんな妄想だよ、兄さん。『ここまでのあらすじ』を語るのであれば、盛らないで話してくれ……、ふらのがどこにいるのか知っているのかい？　さっき、知床と言っていたけれど……」

少しずつ会話がかみ合ってきた感もあるが、まだまだだ。

ついさっきまで、ぼくは軍靴がどこまで知っているのかを探ろうとしたけれど、探るべきは、こいつはどこまで知らないのかなのかもしれないと思い始めている……、最悪、何も知らないという疑いもある。

だとするとこの時間はまったくの無駄だ。ただ不仲な弟と会談の場を設けただけということになる……、そんな無駄なことがあるか？　ただの駄と言ってしまってもいいくらいじゃないか。

もっとも……、さすがにここで、じゃあもういいや、こっちも忙しいからと物別れになるほど、非情には振る舞えない。たとえ相手が弟であっても、人をはるばる富良野まで呼び出しておいて、もう帰っていいよとは言えない。犯罪者にはなれても、そんな悪人にはなれない。

仕方ない、作戦変更だ。

演技にせよそうでないにせよ、ひとまずここは軍靴に乗った振りをして、きちんと情報を、順序立てて説明しよう。話しているうちに、怪人もボロを出すかもしれない……、ぼくは記事には書かなかった内情を、弟に明かすことにした。名探偵・涙沢虎春花と結婚することになった経緯まで含めて……。

あろうことか、そんな真摯《しんし》な語りを最初はまるで信じようとしなかった軍靴だが、懇々と繰り返すうちに……、ラベンダー畑がシーズンを迎えるくらいに長々と語って、ようやく軍靴は、ぼくが真実を述べているということに納得してくれたようだった。

「何をやっているんだい、兄さん」

という感想と共に。

「全部兄さんの責任みたいなものじゃないか」

「え？」

「妹を救うためとは言え、そのために女性にプロポーズするなんて最悪だよ。それこそ、兄さんがさんざん責め立てていた父さんと、やっていることは同じじゃないか。同じ以上じゃないか」

「何を言うかと思ったら、何を言うか。あの男はそうやって口先で女性を利用し、無責任にもぼく達みたいな犯罪者兄妹を生み出したけれど、ちゃんと責任をとって本当に結婚しているところがぼくの偉いところだと、なぜ尊敬できない？」

「ものは言いようと言いたいところだけれど、どう言っても印象よくはならないよ、兄さん。おれを呼び出すための嘘でもなかったわけだ、あの結婚報告は」

だから、東尋坊おじさんの顔でぼくを見下げるなって。本当に傷つくじゃないか。そして咄嗟《とっさ》に反論したものの、確かにやっていることは軽蔑すべき父の火遊びと大差ないどころか、ぼくのほうをより酷く批難する者もいるだろう。

「ふう。こうして見ると、あの男も存外、女性を利用して犯罪行為に及んでいたばかりじゃなかったのかもな。ぼく達のそれぞれの母さんとも、のっぴきならない事情があったのかもしれない。男女間のもつれっていうのは、本当にわからない」

「血は争えないよね」

もっとぼくを容赦なく責め立てることもできただろうが、ここで軍靴が引いてくれたのは、兄への優しさではなく、ぼくからの反論を恐れたのかもしれない。こいつはこいつで、女性関係に後ろ暗いところがないわけではないのだ。特に、今タッグを組んでいる天才少女との関係性は、一言では語り尽くせない複雑さを帯びている。

怪人さまなどと呼ばせている。

ハッピーゴーラッキー。

「まあぼくとお前がろくでなしであることは今に始まったことじゃないとして、どうやらその反応、本当に今回の件に、お前は無関係であるようだな。ふっ。信じていたよ、軍靴」

「兄弟喧嘩をまた最初からやり直したいのかい、兄さん？」

「まず仲直りした覚えがないが、念のために口に出して確認しておこう。ふらのの記憶を回復させたのはお前じゃないんだな？」

「こちらも念のために復唱すると、そんなことができるのなら、あの子が入院した瞬間にやっているよ。

ふらのが父さんを道路に突き飛ばしたというのも今初めて聞いた……、『五歳』の頃に言っていたとしても、冗談だと思って聞き流していた。正直、その点は半信半疑のままだけれど、仮にもしそれを知ったとしても、おれにはあの子を解放してあげるすべはなかった」

「だからいいように、怪人活動に利用したとでも言うのか……、いや、そんな風にお前を譴責する心ない人もいるかもしれないが、ぼくはそんな風にはまったく思わないよ」

危ない危ない。

弟相手だと、つい相手のあらを突きたくなってしまう……、ブーメランになりかねないし、軍靴が（少なくともこの犯罪に関しては）善意の第三者だと言うならば、確かに、兄弟喧嘩をしている場合ではないのだ。

「だけど、娘が父親を殺すのは無罪だと言っていたじゃないか。決め台詞みたいに」

「決め台詞みたいには言っていないよ。それに、そのルールは絶対じゃない……、さすがに自分の父親を自分の妹が殺した場合には、適用しづらいな」

自分とその周囲だけは法の例外と考えるのは卑劣にも思えたが、しかしまあ、誠実であるとも言えるのか……、己の良心に。

少なくとも心に。

だからこそ刑事は身内が関係する捜査にはかかわれない……、身内が容疑者だった場合はもちろん、身内が被害者だった場合も。

探偵はその点自由だよなあ。自由……。

「じゃあふらのを助けようという気はないのか。このまま春になれば流氷が溶けて、オホーツク海の底に沈む妹を、みすみす見過ごそうというのか、水だけに」

「そうは言わないよ。いきいきとおれを責めないでよ。ただまあ、そうやって独房に引きこもるのは、父さんや兄さんに対する嫌がらせであるだけじゃなく、おれに対する嫌がらせでもあるんだと思うと、救いの手も差し伸べにくいよね」

「別にお前の悪口なんて言ってなかったぞ。そんなには」

「そんなにはでしょ。怒ってても仕方ないけれど。おれが怪人活動にあの子を利用したことは事実だ……、そしてこうしてふらのと連絡が取れなくなってみると、おれもまた、半分引退したみたいになっているのも本当だよ」

怪盗フラヌールの名前も、返却怪盗としての志も、怪人デスマーチの活動も、すべて強奪したというのか、あの妹は。

とんでもないな。

妹を評価したくはないが、結局のところ、ぼくや軍靴の頭脳は、ふらのだったということなのだ……、しかしそれは、裏を返せば、彼女は今、父親のそれのみならず、ふたりの兄の罪も背負って、刑務所にいるということにもなる。

「ぼくはさしあたり、あいつの死刑執行を延期した。ここはどうだ、お前はこれからふらのを脱獄させてやったら？」

「役割分担の割合がおかしい気もするけれど」

「お茶の子さいさいだろう？　確か、昔、似たようなことをしていたじゃないか。ハッピーゴーラッキーと」

「ハッピーゴーラッキーとって言わないでよ……、ポワレを脱獄させたときは、ふらののマスターキーとしての才能が不可欠だった。助けるべき対象がマスターキー自身じゃ、密室の中に鍵があるようなものだ」

今時見ない構造の原始的な密室だな。

せめて飛行機くらいは落としてもらわないと……、怪人デスマーチが黒幕でなかったところで、なんとか妹を救う役割をこの愚弟に押しつけられないものかと画策してみたが、残念ながらその能力がないばかりか、やる気もいまいち感じられない。

なんて人情味に欠ける怪人だ。

しかしまあ、わからんでもない。ぼくと違って、実際の独房の中にいる妹をその目で見たわけじゃないからな……、人情味と言うか、現実味がないのだろう。そもそもこいつは十七歳で出奔した放蕩《ほうとう》息子である。すべてを投げ出した弟なのだ。以来、何年も妹とは会っておらず、電話で、それも『娘』として話す程度だった……、距離ができてしまっても仕方ない。

物語におけるポジション的な妹と違い、兄妹なんてそんなものだとまで、それを一般化するつもりはないけれど、直《じか》にああして向き合っていなければ、ぼくだって、結婚してまであいつの死刑を妨げようとは思わなかったかもしれない。

それくらいには疎遠になっていた。

……その疎遠は父親が犯罪者で、家庭崩壊したゆえでもあるので、結局のところすべてはあるき野散歩のせいとも言えるが、しかしほんの数日前までそうしていたように、あの男に対して強めに毒づくことは難しい。

所詮、怪盗としてのイメージが肥大した、小悪党でしかなかったことはさておくとしても、既にあの男は、裁かれてしまっているのである。

実の娘に殺されている。

殺された人間を、それ以上、どうやって裁けと言うのだろう？　死者を鞭打つなら死刑囚を鞭打つような真似をしても、それでいくらかは気が済むのかもしれないけれど、無意味であることも事実である。そしてその処刑を実行した娘も、既に囚われていて……、事件も逮捕も終わったのちに、いったい何を解決しろと言うのか？

「兄さんとしてはふらのを助けたいってことだよね？　だったら自分でそうしなよ。おれももちろん多少は協力してもいいけれど、主体的になるには、情報が足りな過ぎる」

まるで身内の介護を押しつけ合うみたいな展開になってきたな……、あるいはこれは、血縁者から犯罪者が出たときの、加害者家族の立ち位置の難しさみたいな話なのかもしれない。加害者家族も何も、ぼくも軍靴も犯罪者そのものだが……、しかも妹頼みの犯罪者であり、家族としても犯罪者としても機能不全に陥っている。

社会貢献だな。

「冷淡じゃないか、軍靴。確かにお前が原因ではなかったけれど」

「どころか、兄さんの原因性は高いだろう。ふらのにとっては。殺したはずの父親が、なぜか活動を再開していたんだから。さしずめ、その報道が海の向こうまで届いた結果、それが刺激になって、ふらのは記憶が戻ったんじゃないのかい？」

「ふむ」

なるほど。

すべてがぼくのせいであるという可能性に関しては、まったく考えていなかった。父を手にかけたことが記憶退行の理由であるなら、その父の名を継ぐ者が現れたことが、回復の理由という理屈は、それなりに論理的ではあろう。

殺し損《そこ》ねていたのであれば。

今度こそ殺さねばならない。

そんな殺意がある き野ふらのの失われた時間を取り戻したという仮説には、かなりの説得力があった。事実、その後のふらのの行動は、怪盗フラヌール殺しのロードマップを最短距離で辿っている。あっという間に、ぼくの仕事も、父の仕事も台無しになった。

同じように、療養中のふらのの知能を利用していた『父』でありながら、怪人デスマーチに関しては、まるでまったく興味がないかのような脇目《わきめ》の振らなさである。結果的に、『娘』というマスターキーを失った怪人は、その活動を中止せざるを得ないところに追い詰められたけれど、それはあくまで結果でしかない。

それが目当てだったとは思いにくい。

「そうか。そんなわかりやすい黒幕はいないってことか。こういった陰謀論に染まるのはジャーナリストの宿命だな」

「だから兄さんが黒幕なんだって。責任から逃れようとするなよ。兄さんが父さんを、都合良く継ごうとなんてしなければ、ふらのは今頃……」

言いかけて、軍靴は「今頃、まだ入院していただけか。五歳の『娘』として」と、遣る瀬《やせ》なさそうに言った。

いやはや、まったくその通り。

その状況が今よりもいいのかと言えば、相当議論は分かれる……、原因不明の退行で、研究機関としての性格の強い病院に半ば強制的に入院し続けている状態は、はっきり言って、いつ死んでもおかしくないという意味じゃ、氷上刑務所にいるのと大差がない。

「そもそも兄さん、それを言うなら、仮にどうにかして、ふらのの力なしでふらのを助けられたとしてだよ？　この無力なふたりの兄が」

「一緒にするなと言いたいところだが、黙って続きを聞いてやろう」

「脱獄させたところで、あいつはまた死のうとするだけじゃないのかい？　それがあいつの選んだ道なら」

「聞くんじゃなかった」

モチベーションを大いに削《そ》がれる。

ぼくがこれからやろうとしていることどころか、これまでにやってきたことまで全否定されたようなものじゃないか……、頑張ってランダムウォーク刑務所を見つけたことや、虎春花と幸せな結婚をしたことまで。

しかし、考えないようにしていたけれど、まったくその通りである……、ぼくがどれほど献身的な誠実さを発揮して、可愛い可愛い妹を救出したとしても、その後あいつは懲《こ》りもせずに、ランダムウォーク刑務所にとんぼ返りする可能性が非常に高い。

実家に帰るがごとく、独房に帰るだろう。

それを防ぐために、たとえば氷上刑務所を爆破したとしても……、そこまではせずとも、父がなしえなかった偉業として、引退したはずのぼくが刑務所そのものを盗んだとしても、そのときは単純に、別の刑務所に自ら収監されるだけじゃないだろうか。

どんな堅牢な刑務所であろうと、マスターキーこと怪傑レディ・フラヌールに、這入れない場所はない。

どのような刑務所であっても、彼女は不法侵入してみせるだろう……、ううむ、怪盗や怪人のありふれた典型的な怪しさに比べて、およそ聞いたこともない性格と性質を持ち合わせているな、怪傑レディ・フラヌール。

世界中の好きな刑務所をその日の気分で選んで、自由に収監されるなど……、刑務所のサブスク。

「確かに助けることが空《むな》しくなるな。心からの愛情を込めた救いの手を払いのけられるだろうことを思うと」

「心からの愛情とか言ってるから払いのけられるんじゃないの？　嘘っぽい家族愛なんて、おれ達にとっては、もっとも嫌悪する対象だろう」

「おれ達、ね。その辺はお前も割り切れているわけだ」

「味方みたいに思わないでよ。おれは父性をとことん拒絶するファザコンじゃない。兄さんのように、父さんを全否定することの反動でどうにか生きている息子じゃないんだ」

「父性は不正じゃないってか」

父を嫌う反動で生きているという物言いは、ぼくをうまく表現しているのも確かだが……、一応、『これまでのあらすじ』を語る中で、ぼくが気付いた、ある程度許さざるを得ない父の器の小ささについても話したのだけれど、あれも『いつもの悪口の一環』として捉えられてしまったようだ。

ままならない。ぱぱならない、と言うべきか？

百聞は一見にしかず。軍靴もランダムウォーク刑務所の実物を見たら、同じ感想を持つだろうか？　いや、ぼくが先にネタバレしてしまったから、そういうわけにはいかないだろう……、不意討ちでなければ。怪盗フラヌールの呪縛から解放してやりたいという気持ちは、ふらののみならず、軍靴に対してもあるのだが……、まあ、自立した弟に対して、それはぼくの役割ではないのか。

嘘っぽい家族愛の出番ではない。

「確かに、差し伸べようとしているのは義務的な救いの手ではあるよ。しぶしぶ助けようとしている。扶養義務に近い。死ぬのがわかっていて放っておくわけにもいかないから」

「ほら。そういう裏側を、ふらのは鋭く見抜いているわけじゃないか」

「と言うより、救いの手を払いのけられて困惑する兄の姿を檻ごしに見て、溜飲を下げてるんじゃないかとも思うよ。ぼくの助けを拒絶することが、ぼくに対する、ひいては父親に対する復讐の締めなのかもしれない」

「そこまでいくと自意識過剰って気もするけれどね」

「またしても？　何一つぼくに賛成しないな、お前は。お前が復讐の対象じゃないのはめでたいし、羨ましいが……、なんでなのかな。あいつをいいように利用していたクズ親族という意味では、ぼくと大差ないのに」

「誰がクズ親族だ」

「少なくともあいつの入院費を出していたのはぼくだぜ」

「研究対象だったから微々たるものだろ。むしろ報酬をもらっていたくらいなんじゃないのかい？　まあ、よくも悪くも、ふらのは結局、父さんのことしか見ていないってことだよ」

それはぼくらも同じかもしれない。

ぼくへの恨みみたいなことを述べてはいたけれど、詰まるところは、怪盗フラヌールの名をほしいままにするぼくへの妬《ねた》みというのは大きいのだろう……、ぼくが父親からもらった不良債権というおもちゃを、羨ましがって欲しい欲しいと駄々をこねているようなものである。

記憶は戻っても、中身は『パパだいすき』な五歳児みたいなものか……。

「………………」

「どうしたの？　兄さん。黙っちゃって。進退窮《きわ》まったって感じ？」

「閃きを得たような気がしたんだが、気のせいだったかも。五歳だろうと二十歳だろうと……、いや、今の成人年齢は十八歳か。とにかく、怪物級の知性を持っている相手に、頭脳戦を選んでもらちがあかないなと思って。だったらいっそのこと、無理矢理脱獄させて、その後、間違っても自殺なんてしないよう、どこかに閉じ込めて、二十四時間監視下に置くのが適切かなって」

「刑務所の独房とどっこいどっこいの環境に置こうとしているじゃない、妹を」

「刑務所に閉じ込められない妹をどこに閉じ込めるかという課題は残る。ちなみにポワレちゃんの場合はどうしたんだ？　あの子だって別に、脱獄したくて脱獄したくて仕方ないタイプの囚人じゃなかっただろう」

おとなしく収監されているってタマでもなかったけれど、しかし、人の手を……、怪人とは言え、人の手を借りてまで脱獄したいって性格じゃなかったように思う。

自力でならともかく……。

「ポワレの場合は、おれをうまく利用したって認識なんだと思うよ。旧態依然とした兄さんから見れば怪人に攫《さら》われた哀れな女の子なのかもしれないけれど、あの子はあの子で天才少女なんだから」

「じゃあ、馬鹿な兄貴の振りをして、ふらのに利用されてやればいいってことか？」

「振りはしなくていいかもね。こんな馬鹿な兄貴の罪をかぶって刑務所に収監されるなんて馬鹿馬鹿しいと気付いてくれれば、勝手に出てくるんじゃない？」

適当なことを言いやがって。

他人事《ひとごと》でもないのに……、待て待て、振りはしなくていいってなんだ。兄を元々の馬鹿みたいに。

「もしも、刑務所から出たら自殺しちゃうかもしれないって危惧が、本人にもあるから独房にこもってるんだとしたら、そう簡単には出てくれないだろうけれどね」

「自殺したくないから自殺同然の刑務所に収監されているって？　無茶苦茶言っているようでいて、まあそれはあるかもな。あくまで『自然死』を望んでいるんだってぼくの読みにも合致するよ」

「自罰を望んでこそいても、必ずしも自殺を望んでいるわけじゃないって仮定するなら、救える可能性はないわけじゃないってことだね。ふらのを生かすも殺すも兄さん次第だ」

不要なプレッシャーをかけてくれるぜ、他人事だと思って……、だから他人事じゃないのだ。

家族ごとである。

……ただ、家族のことを家族だけで話していると、煮詰まる一方だろう。新しいほうの意味での『煮詰まる』だ……、あるいは煮こごりだ。弟に相談を持ちかけたのは、こいつが黒幕だと思ったからこそ、それもしくじった黒幕だと思ったからこそなのだが、その推理が間違っていなくとも、ぼくは相談する相手を間違えていたのかもしれない。

こういうことこそ、部外者に相談すべきなんじゃないのか？　そう、利害の絡まない第三者の……、できればプロに。

「軍靴」

「なんだい、兄さん」

「いやー、ありがとう、悩みを聞いてもらえてとても助かったよ。持つべきものは優秀な弟だね。すべてが収まるべきところにすっぽり収まったかのような気分だ」

「無茶苦茶締めに入ろうとしているじゃないか」

「ところでポワレちゃんは一緒じゃないのかい？　大切な弟が世話になっているお礼を、彼女にも言いたいんだけれど」

「弟がアテにならないからって親殺しのプロであるポワレに相談する気、満々じゃないか。どうしてそんなに見え透いていられるんだい、兄さん」

うるさいな。

お前と違って、いい加減演じている余裕がなくなってきたんだ。いいからさっさと、あの天才少女へぼくを仲介しろ。

「ポワレちゃんがお前を利用して脱獄したっていうのであれば、その心理を知りたいところじゃないか。要するに、ふらのに同じような心境になってもらえば、脱獄後も自ら命を絶つようなことはしないわけだろう？」

「その理屈はわかるけれど、ポワレとふらのじゃ、タイプが違い過ぎないかい？　参考になるとは思わないよ。生まれついての天才少女と、生まれついてのアスリートだろう？」

「今じゃふらのも天才少女だよ。記憶が戻っても、知性は失われていない。案外、話が合うかもしれないくらいだ」

「なるほど……、だが、逆のリスクもあるね。ポワレがふらのを引っ張り上げられればそれに越したことはないとおれも思うけれど、反対に、ポワレがふらのに引きずり込まれる恐れもあるよ」

「面会してほしいと言っているわけじゃないさ。アドバイスが欲しいだけだ」

ぼくはワカサギ釣りをしている妹の姿を思い出しながら、そう言う……、むろん、面会してもらえれば、そっちのほうがいいのかもしれないけれど、刑務所から脱獄した怪人を刑務所に連れていくというのは、説得のハードルがとても高いように思われる。

ただ一方で、この話をすれば、ポワレちゃんは、ふらのに会いたがるんじゃないかとも思う。

「会いたがるからこそ、その出会いを防ぐのが親心ってものだろう、兄さん」

「それはどちらの『娘』に対しての言葉だい、愚弟よ？」

「不適切だったね、老婆心と言い換えよう……、事実からは遠ざかっているような気もするけれど。ポワレとふらのを対面させたり、そこまでしなくとも、たとえ間接的であれ接点を持たせたりして、結果、ふたりとも命を絶ったり、最悪、殺し合ったりするかもしれない未来を思うと、軽々に仲介はできないよ、兄さん」

「殺し合いまではいかないだろう」

と、肩を竦《すく》めたものの、しかし思いのほか真実味のある仮説でもあった……、何より、ぼくは怪盗だの大犯罪者だの言ったたって、人を殺したことがあるわけじゃない。その疑いをかけられたことは一度や二度じゃないけれど、そこは怪盗の美学とやらを貫き、返却活動に暴力を行使するようなことはしていない。

ポワレちゃんは違う。

ふらのも違う。

ふたりとも、明確に、意図をもって人を殺している……、ポワレちゃんに至っては、ぼくを殺しかけてさえいる。なんらかのトラブルに、またはイベントに直面した際、選択肢に『相手を殺す』が入っているふたりである。

邂逅《かいこう》させたときに起こる化学反応は未知数だ……、互いに殺し合うばかりか、同席するぼくを、結託して殺しにくる可能性さえあるだろう。そうされるに足る理由が、こちら側にまったくないわけでもないので……。

「まあぼくもさすがに、ふらのを助けるためにポワレちゃんを犠牲にしようとは思ってないよ」

「兄さんに犠牲にされるポワレでもないしね。ともかく、その話は諦めてくれ。どうしてもと言うのであれば、ポワレに直接頼めばいいさ」

「いやいや、お前がそこまで言うのなら、ここはぼくが大人になって、引いておくさ」

断られてほっとしているのは秘密だ。

ハッピーゴーラッキー。

「となると、アドバイザーの代役を立てなきゃな。誰かいないかな、ふらのと共感しつつも反発しないような、ちょうどいい殺人犯は」

「どんな人材を求めているんだよ。そりゃ、おれ達兄妹やポワレだけが選ばれし特別な人間ってわけじゃないんだから、探せばいくらでもいるだろうけれど、その大部分は刑務所の中でしょ。あるいは病院の中かもね」

その通りだ。

だが、まさしくふらのは病院と刑務所の両方を経験した殺人犯であり、そういう人材をこそ、ぼくは今求めて……。

「ああ……、そうだ。いたな、そう言えば、ひとり」

思い出した。忘れていたかったが。

父親殺しであることはおろか、偉大なる名を継ぐ三代目であることさえ一致する、少女がいた。

ここ富良野から遠く離れた加賀《かが》百万石の地に。

「籐藤壁璧《とうとうへきぺき》ちゃん……、今、どうしてるんだっけ、あの子？」

第九章 篠藤壁璧

1

当時、実名報道がなされたわけではないので、篠藤壁璧ちゃんが誰で、何をした人物なのか、把握していないかたもおられるだろう。なので、ややネタバレになってしまうが、ここで彼女の人となりを一通り説明しておくとしよう。

ぼくの返却怪盗としてのキャリアの中でも比較的印象深い『お宝』のひとつである、『金箔本』……、すべてのページが、吹けば飛ぶような薄くて脆《もろ》い金箔で構成された一冊の本の作者である伝説の金箔師、石川県の名士である故・邊邉斉齋斎《なべなべさいさいさい》。

その孫だ。

邊邉斉齋斎の二代目を彼女の父が継いでいたので、つまり壁璧ちゃんは三代目邊邉斉齋斎……、と言えるほど、ことは単純ではなかった。本人にその名を継承するつもりはなく、しかし周囲は当然のようにそう考えていて……、そういった環境の末に、壁璧ちゃんは実の父を手にかけることになってしまった。

その罪は名探偵・涙沢虎春花によって暴かれた……、わけではなく、ルポライター・あるき野道足によって暴かれた……、わけでもなかった。まして怪盗フラヌールが、その完全犯罪の謎解き役を務めたということもなかった……、未成年者の凶悪犯罪として、壁璧ちゃんは普通に警察に捕まった。

実はそこにも複雑な経緯があるのだが、それをすべて説明しているとまさしく一冊の本になってしまうので、このあたりにしておこう……、要するに、返却活動の中で出会ったぼくからすれば、似たもの同士な、共感を覚える犯罪者だったということである。

未成年に共感を覚えるというのも、大人としてどうなんだと言われかねないし、また、逆に彼女のほうからはぼくに対して共感するところは一切なかったようなのだが……、実際、邊邉斉齋斎の名を強く拒絶した点では、反発しつつも結局は父の名で活動したぼくと一緒にされたくないだろうし。

父を殺したという意味でも。

一緒にされたくはないだろう。

なればこそ、彼女の側は、ふらのとならば共感し合うところがあるんじゃないか？　と、ぼくとて、単純に考えたわけじゃない。

父親を計画的に殺害した凶悪犯罪者としてはふらの同様でありながら、ふらのと壁璧ちゃんでは大きな違いがある……、壁璧ちゃんは、そんな環境でも、罪の意識で、自ら命を絶とうとはしなかった。

自殺防止用の処置を受けてはいたけれど、それははっきり言って、無用な気遣いだったと言える……、はっきりと生きる意思を口にした。

「僕《やつがれ》は幸せになります。」

きっぱりそう断言した。

褒められた言葉じゃないだろう、犯罪者のそれであることを思えば……、反省の色がないし、人を、それも親を殺しておいて出てくるような言葉じゃない。殺害したのっぴきならない事情は、少なくとも本人にはあったとしても、なかなか理解を得るのは難しい。

いやまあ、壁璧ちゃんとて、実際の裁判では、反省の色を見せて、殊勝《しゅしょう》な態度くらいは示したのかもしれないけれど、少なくともぼくの前では、ふてぶてしい大犯罪者の風格だった……、親を殺した罪の意識に耐えられず、自らを刑に処そうとはしていなかった。

しつこく繰り返しておきたいが、まっとうな倫理観から見ればろくなものではない……、けれど、その生きる意思みたいなものに、わずかならず心打たれたことも、また事実である。逃れられない宿命みたいなものに立ち向かう姿に感心もしたし、そしてそれは、今のふらのにもっとも欠けている姿勢だろう。

ならば是非ご教授願いたい。

生きる姿勢を。生きる意味を。

ポワレちゃんと違って天才少女という感じではなかったけれど、それも利点と捉えることができると前向きに考えよう。ふらのもポワレちゃんも、頭が良過ぎたせいであんなことになってしまった感がある……、そこへいくと壁璧ちゃんのキャラクターは単純明快でわかりやすかった。

もしもじかに面会したとしても、壁璧ちゃんのほうがふらのに共感し、独房のみならず、自殺願望に囚われるということはないように思う……、と言うか、何をすることがあったとしても、壁璧ちゃんは自殺をすることだけはないんじゃないか？

勝手な思い込みかもしれない。

父に対してそうしていたように、またしてもぼくは、個人に対して肥大した思い込みを抱いているだけかもしれない……、否、抱いているどころか、押しつけようとしているだけかも。ひとりの少女に対して、妹の命を託そうとしているのだから、ぼくもいい加減正気じゃない……、ぼく自身、そこまで追い詰められてしまっている。

弟は頼りにならないし。

その弟のお陰《かげ》で、三代目邊邉斉齋斎のことを思い出せたというのもあるので、そうこき下ろすこともできないのだが。そもそも、壁璧ちゃんが父親を殺すに至ったのは、ポワレちゃん……、怪人デスマーチの片割れにそそのかされてのことである。

そういう意味では、彼女はポワレちゃんの思想さえ間接的に引き継いでいると言えるので、ぼくの当初の作戦を生かすこともできるわけだ……、妹を生かすこともできればいいのだが。

もっとも、同時にそれは危惧を残すことでもある。ふらのと壁璧ちゃんが殺し合ったりはしないにせよ、壁璧ちゃんがぼくを殺しにかかるという可能性は、ないでもない……、そこまで恨まれるようなことをしたつもりはないけれど、向こうの気持ちまでは把握できないし、どうしてかぼくは他人の神経を逆撫でするところがあるし、彼女が親殺しに至った遠因を担っていないと言えば嘘になる。

そのあたりに最大限の配慮はしつつ、しかしもう思い当たる方法もない。ぼくもこれまでいろんな返却活動にいそしんできたけれど、知っている父殺しの殺人犯は、ポワレちゃんと壁璧ちゃんしかいないのだ。

新婚の虎春花のためにも、頑張らせてもらうとしよう……、喪服の身内は、ひとりでたくさんである。

ぼくは石川県に向かった。

2

当然ぼくは籐藤壁璧ちゃんが収容されている少年刑務所を訪ね、親族でも友人でもない癖に面会を申し込むつもりだったのだけれど、アテは外れた。ただ、これはいい外れかただ……、これまでぼくのプロジェクトがいい風に外れたことなどなかったが、これは嬉しい誤算だったと言っていい。

いや、言っちゃ駄目か。

それはつまり、壁璧ちゃんが刑務所に収監されていなかったということなのだから……、危うく石川県まで来て、的外れな面会を申し込むところだった。と言っても、ぼくの小さな父親のように、脱獄をしたとか、刑務所を盗んだとか、そういう展開じゃない……、彼女は元々、刑務所に収監されていなかったのだ。

司法制度に則《のっと》った結果である。

執行猶予がついたのだそうだ。

記者の癖にそんなことも把握していなかったのかという罵詈雑言を一身に浴びても反論できない事態だし、こんなんじゃ特落ちしても仕方ないし、たとえ記者じゃなくとも、怪盗としてでも、かかわった事件の『真犯人』のその後を、そのレベルで知らなかったことは人として問題があると言われかねないけれども、いやしかし、普通、捕まった殺人事件の犯人は刑務所に入ると思うだろう？　刑務所でなくとも、なんらかの施設に……、なぜ社会に復帰している？

殺人事件に執行猶予ってあったっけ？

ただし、これは調べてみるとよくある話で、壁璧ちゃんが起こした事件には殺人罪が適用されなかったということらしい……、過失致死とか、傷害致死とか、そんな罪状になったそうだ。現場に立ち会ったものとすれば、彼女には明確な殺意があったと思うのだが……、日本の法体系というのは、こう、複雑にできている。

敏腕弁護士がついたのだ。

忘れかけていたが、彼女は地元のスーパー名士のひとり娘だった。その上で、その名士に、やや虐待気味に育てられていた……、教育虐待の逆とでも言うべき育てられかたをしていて、情状酌量の余地は大きかっただろう。

無罪を勝ち取るとはいかなくとも、減刑されても自然とは言える……、それがおかしいとはぼくも思わない。一口に『殺人事件』と言っても、事情はそれぞれ違うのだから。まあ、裁判とは、その『それぞれ違う事情』を判例として積み重ねていく作業にはなるのだけれど……、とは言え、この時点で目論見が大きく狂ってしまったことは認めざるを得ない。

刑務所に入っていないというのであれば、面会はたやすい。どころか、アクリル板越しじゃなく話ができる。きっと積もる話もあるだろう。

これが『嬉しい誤算』の部分だ。

が、執行猶予判決で、刑務所に入っていないのであれば、ぼくのそもそもの目的が企画倒れする。妹さんも執行猶予を取ればいいんですよという話になってしまうじゃないか……、待てよ、それでいいのか？

猶予。

刑務所に面会に行くという初志貫徹の姿勢で当初の志を貫くのも立派ではあるけれど、臨機応変も大切である。どころか、『父親を殺しておきながら刑務所に入っていない例』にアプローチし、そのノウハウを知ることは、妹をあの氷上刑務所から連れ出すにあたって、理想的な取材先と言えるんじゃないか？

執行猶予ってどうやって取るんですか？

と、端的に言うとそういうことを訊くわけだが……、なんて心ないルポライターだ。ただ、愚かな弟とは逆に、娘の父親殺しが無罪だとまでは思わないけれど、ふらのが自白した父親殺しのケースには、刑の執行を猶予するに足る、汲《く》むべき事情があるようにも感じる……。

虐待こそ受けてなかったけれど、しかしまあ、犯罪資金で育てられていたというのは、広義の虐待に当たらなくもないだろう。

ロジックとしても成立する。つまり、刑務所に引きこもったふらのを、外界に……、陸地に引っ張り出すだけのロジックとしても。

お前はそうやって自らに終身刑を、あるいは極刑を科しているけれど、現在の刑法で裁くと、執行猶予がつくんだよと、兄として妹を教育してやればよいのだ。妹を救える上に兄としての威厳《いげん》も回復する、最高のプランじゃないか……、よし、これでいこう。

ぼくは決意も新たに、執行猶予中の身である籐藤壁璧ちゃんが働く茶屋街へと、足を向けたのだった。

「あら、お兄さん、いらっしゃいませ。なんだかすっかり老《ふ》け込《こ》みましたね。毒は含まれていませんが」

父殺しの罪で逮捕され、執行猶予中であるとは思えない明るい笑顔で、果たして壁璧ちゃんはぼくを出迎えてくれた……、場所は、彼女と初めて会った金箔喫茶である。

つまり邊邉斉齋斎の経営していた喫茶店のひとつだ。

収監こそされなくとも、逮捕後はなかなか就職先に苦労するなんてのはよく聞く話だが、この娘、滅茶苦茶親のコネで生活している……、しかも、殺した親のコネで。

まあそれが悪いというわけじゃない。

むしろ金箔アレルギーの彼女にとって、ここで働き続けなければいけないというのは、なかなかの罰である……、虐待の主である父親がこの世からいなくなっても、結局、同じ『社会勉強』をさせられ続けているというのは、結構な地獄ではないだろうか？

死後も親に虐待され続けている。

ぼくと。

あるいはぼくら兄妹と、通じるところがあると言わざるをえない……、正直、北海道から石川県まで(フェリーで)来たのは失敗だったかと思ったが(でも、飛行機には乗りたくなかった。できればもう二度と)、むしろ大当たりだったかもしれない。

父親を殺し、解放されたはずの娘が、結局のところ今もなお、亡き父の庇護下《ひごか》で虐待され続ける……、悲劇的と言うより、こうなると喜劇的だ。

「壁璧ちゃん。ちょっと話したいんだけど、このあと、時間ある?」

「時間はありますよ、執行猶予期間が」

執行猶予ジョーク、笑えないんだけど。

しかしまさにそういう話がしたいのだ、ぼくは。

「まあ父親殺しの看板娘が働いている店と評判ですから、行き届いた接客は可能です。注文さえしていただければ。毒は含まれていませんが」

「オーケイ。メニューに書いてあるもの、全部持ってきてくれて構わないよ」

「豪毅《ごうき》ですね、お兄さん。ではでは、テーブルをひっつけましょう」

まるで大人数で訪れたような対応だが、そうでもしないと全メニューを載せ切れまいから、仕方がない。

「それじゃあ出来上がるまで少々お待ちください。ファストフードとはいきませんけれど、執行猶予ほどは待たなくて大丈夫ですよ」

そう言って壁璧ちゃんは、厨房《ちゅうぼう》のほうへと戻っていった……、元気いっぱいできびきびしたその動きは、見ていて気持ちがいいくらいだった。

少なくとも囚われていない。

刑務所にも、己の心にも。

……社会復帰のあるべき姿と言えなくもないけれど、釈然としない思いはどこかに残るな。妹よ、この子を見本にするんだとは、ちょっと言いにくい。

ただ学ぶべきところがあるのは確かだ。執行猶予がつくかどうかはともかくとして……、少なくとも壁璧ちゃんが、自死を選ばなかったことは間違いないのである。さっきは他人事のように言ったけれど、ぼくは彼女が、そうするんじゃないかと思った……、なんならそんな『極端な選択』を、勧めてしまった節もある。

もう生きていたくないんじゃないか？

そう思ったからだ。

けれどぼくが迫ったその選択を拒絶し、当たり前のように彼女は生きることを選んだ……、執行猶予というのは結果論であって、壁璧ちゃん自身は収監される気満々だった。

どんと来い実刑判決という態度だった。

そんな態度もどうかとは思うが……、セカンドチャンスを求めて、やり直す意思を持っていた。

だとしたら、そこはきっちり学ぶべきだ。

たとえふらのがどんな天才であろうとも、壁璧ちゃんに比べたら、短絡的に、自暴自棄になっている感は否めない。

将来へのヴィジョンなどゼロに等しい。

死ぬつもりだからゼロで当たり前なのだが……、その当たり前に変革を起こせるとするなら、やはり先輩の意見になるのだろう。

問い詰めよう。

壁璧ちゃんを。

もうぼくは怪盗を引退したので、こんなことを言ってもぜんぜんうまいこと言えていないのだけれど、そう。

盗むのだ、壁璧ちゃんのスキームを。

「お待たせしました！　さあ、じゃんじゃん食べてください、金箔を。毒は含まれていませんが」

大量の金箔料理を、トレイを使って数度にわたって運んでき終えて、壁璧ちゃんはぼくの正面に腰掛けた……、他にお客さんはいないとは言え、自由な振る舞いである。

「壁璧ちゃんも何か食べてもいいいんだよ？」

「この店に僕《やつがれ》が食べられるものはありません。ご存知でしょう？」

「失礼。ぼくのほうこそ、毒を含んでいたつもりはないよ……、お茶でも飲んだらという意味だった」

「まあ金箔茶以外の飲み物もありますが、同じ厨房で準備することになりますので、用心するに越したことはありません。どうしてもと言うなら近くの自動販売機で、ペットボトルのお茶を買ってきます」

用心の仕方が諜報員《ちょうほういん》なみだ……、まあ、命にかかわることだから当然だが。もっとも、当時聞いた話じゃ、金箔アレルギーというのはおおよそ心因的なもののはずである……、壁璧ちゃんのケースで言うなら、父親や祖父との関係性に起因する、一種の拒絶反応だった。

どういう形であれ、事件や裁判を通じてその件に決着がついたのであれば、もしかすると治っていることもあるんじゃないかと思ったけれど……、ことはそうスムーズには解決しないのか。

裁判同様。

「いやあ、むしろ酷くなってますね。ここまで来ると呪いですよ、父の。まったく、僕《やつがれ》が何をしたと言うのでしょう」

「殺したでしょ」

呪われるだけのことはしている。

こんなカジュアルに突っ込んでいいことでもない……、まあ、その原因は虐待していた父親のほうにあると、単純に論ずることもできない。

壁璧ちゃんが父親を殺した理由はもうちょっと複雑だ。複雑怪奇だ。5から3を引いたら2になりましたみたいなわかりやすさとは無縁である……、少なくとも、ふらのが父親を殺したのと同じ程度にはややこしい。

つまり。

愛憎入り交じる。

「どうなんですかね。執行猶予が終われば、この呪いからも解放されるんでしょうか」

「執行猶予を経過観察みたいに言うんだね」

「うふふ。今回は僕《やつがれ》の執行猶予について聞きたいんですか？」

切り出しかたに迷っていたので、そんな風にそっちから本題に入ってくれるのは助かる……、まあ、執行猶予がついた経緯については、さすがに事前に調べてきているが。

「いや結構キツいっすよ、執行猶予」

まくしたててきた。

まるで謎解きのシーンで自ら、悪だくみの演説会を開始する真犯人のように……、そんなシーンはとっくのとうに終わっているというのに。なんなら被告人の冒頭陳述でさえ、完全に終わっているというのに。

「僕《やつがれ》もね、最初は執行猶予判決なんて、こりゃあ無罪同然だと思ったんですけど」

「思うなよ」

「喝采《かっさい》をあげたんですけど」

「あげるなよ」

「刑務所の中にいるならともかく、社会で生活しながら何の法にも抵触しないというのは簡単じゃありません。極論を言えば、今僕《やつがれ》がお兄さんの頬《ほお》をビンタしたら、すぐさまぶち込まれかねないわけです。ムショに」

「ムショって言うなよ」

「足首にGPSバングルをつけられていますしね。足首の場合はバングルとは言わないんでしたっけ?」

確か正式な名称があったような気がするが、残念ながらその手のアイテムについての知識は、ぼくは乏《とぼ》しかった。ファッション誌の記者ではないので。

て言うか、日本の刑法で、GPSの装着は人権侵害だろう。

「人権侵害だ! って、声を大にして言える立場でもありませんからね。右足と左足、両方にGPSが装着されています」

「バラバラ殺人の被害者にでもなる予定なのかい?」

「加害者ですけどね」

とことん笑えないな。

法に触れないことが難しいというのはその通りだ……、善良な市民としてまっとうに生きているつもりだったぼくが、いつの間にやらあれよあれよと、すっかり犯罪の沼に嵌まっていたように。

しかも家族もろともだ。

「最初は軽い気持ちで手を染めるんだけどね。なんならすぐに社会復帰できるような気持ちで」

「わかるー」

壁璧ちゃんがノリよく同意してくれた。

若返った気分になる。

出会い頭に壁璧ちゃんに指摘された通り、ここ数日で、すっかり老け込んだぼくだったが、十代の頃に戻った気分だ。

だとしても少年犯だが。

そもそも十代の女の子と話して若い頃の気持ちを取り戻すという感覚は、それ自体がかなり犯罪的でもある……、自制しなければ。妹を刑務所から脱獄させてやりたい一心で、ぼくが収監されてしまうという展開は御免被る。

そこまでぼくの家族愛は深くない。

せっかく引退し、これからは虎春花と、温かい家庭を築いていこうというのに……、言うならこれは、『涙沢道足』にとって、『あるき野道足』の終活みたいなものである。

老いて健在とは言うまいが。

老いて上等である。

「いっそのこと刑務所に入れてくれたほうが楽だったとさえ思いますよ。毒は含まれていませんが」

「ん……、それはどういう意味だい？　まあ執行猶予が楽だなんて思わないけれど、それでも刑罰の執行が猶予されるっていうのは、いわば恩赦みたいなものじゃないの？」

「もちろんありがたいと思っていますよ。僕《やつがれ》みたいなろくでなしにチャンスをくれた日本の司法制度には、下げた頭が上がりません。神様にも感謝しています。ラッキーって」

「そんな天罰の下りそうな感謝の仕方を……」

ハッピーゴーラッキー？

受けてるなあ、悪影響を。

「しかしワンミスでムショ送りというこのポジションは常にプレッシャーにさらされているようで、非常にストレスです。チャンスよりもピンチを感じずにはいられません。勝手なことを言ってると思いますか？」

言っているのだろう。

勝手なことを。

ただ、その勝手な意見がわからないと言ったら嘘になる……、妹のみならず、ぼくもまた、似たような立場にいることは違いないからだ。さっきから勝手に引退したみたいな気持ちになっているけれど、ぼくが犯した不法行為は、当然ながらその大半は時効を迎えてはいないのだ。

否、仮に時効を迎えていたとしても。

法で裁けないというだけで、犯した罪が消えてなくなるわけじゃない……、推定無罪の原則が守られていない風があるのでむしろ嫌いな言い回しなのだけれど、無罪ではあっても無実ではないということである。

虎春花と温かい家庭を築いたところで、いつその家に官憲が踏み込んでこないとは限らないのである。まあ虎春花が妻の場合、彼女自身にぼくの正体が割れて、ギロチン送りにされるというケースも想定される。

引退し、改心したぼくは、今後一生、そんな不安と戦い続けることになる。正体がバレた瞬間、好奇の目に晒され、袋だたきに遭うという不安と。

推理小説を読んでいて、『真犯人のその後』に思いを馳《は》せることなんて滅多にない。

そんな余計なことを考えさせないために、作者は犯人に自殺させるのだみたいな話を虎春花とはしたけれど……、当然ながら現実において、犯人は逮捕された瞬間にぴこぴこ点滅して、ぱっと消滅したりはしない。名探偵の推理では公判を維持できなかったり、執行猶予がついたり、そうでなくとも予想より短い刑期で社会に出てきたりもするだろう。

そりゃあ怪盗なんて、裁かれない悪の代表例みたいなものだし、更に言うなら、殺し屋や暗殺者を主役にしたエンターテインメントもあるわけで、そこに思いを馳せていなかったこと自体、物語の行間を読めていなかったと譴責されても仕方のないところではあるのだが……、うーむ。

「やっぱ考えちゃうよね。こんな自分が、幸せになっていいものかどうかって」

「いや僕《やつがれ》はなりますけどね。幸せに」

「強いね」

こっちが共感したからと言って、向こうが共感してくれるとは、とことん限らないか。それもまたよし……、だからこそこうして、インタビューに来たのである。

「壁璧ちゃん。いっそ刑務所に入ったほうが楽だったって言ったけどさ」

「言いましたっけ？」

「ついさっきだよ。それって、どのくらい本気でそう思う？」

「毒は含まれていませんが」

と、壁璧ちゃんは会話の流れをそのままに続けた。つまり、切り替えて真面目な表情になったり、声色を低くしたり、高くしたりせずに、そのままに。

「百パーセントとは言いませんけれど、割と本気でそう思っています。刑務所の中にいれば、少なくともワンミスで刑務所送りになることはないわけですから」

「哲学だね」

死んだらもう死ぬ心配はしなくていいと言っているようなものだ……、死刑になれば、もう死刑になる心配はない。

死刑囚のパラドックスの別バージョンといった感じである。

「あくまで僕《やつがれ》の話ですよ。篠藤壁壁個人の意見です」

そんな今風の予防線を張ってから、

「だからこそ僕《やつがれ》の場合は、ムショ送りではなく執行猶予のほうが、相応しい罰だったんじゃないかとも思いますね」

と、言った。

三代目邊邉斉齋斎は……、いや、襲名はしていないんだっけ？　名のある先代を襲いはしたものの。

「ん。それはどういう意味だい？」

「つまり、僕《やつがれ》にとっては、より嫌で面倒な罰が下ったということです。そういう意味ではラッキーではなくアンラッキーだったのです」

言いかたの軽さは如何ともしがたいが（金箔ならぬ軽薄だ）、しかし幸運で恵まれていると思っていたものが実は不幸の塊だったなんてのはよくある話だ。特にあるき野家では。いっそ実刑のほうが執行猶予よりよかった……、それも、実はわからない感覚ではない。だからこそ真意を問いただしたかったのだ。

つまり、ぼくで言えば、いっそ父親が怪盗フラヌールであることが、生前だろうと死後だろうと、世に広く知れ渡ってくれていればよかったのにってところか？　大変な騒ぎになって、加害者家族のひとりとして世間から厳しい目を向けられることになったかもしれないけれど、しかしそうなっていれば、少なくとも『ぼく』が怪盗になるという選択肢は消えていたわけだから。

「で、ここが肝心なのですが、アンラッキーだからこそ、僕《やつがれ》にとっては罰になるんじゃないかなと」

「罰」

「執行猶予なんて罰にならない無罪同然だと言うのは、逆に言えばそれって、あの感覚がなくなるんですよね。なんて言うんでしょう……、罪償ってる感」

罪償ってる感？

なんだか、肉食ってる感みたいに言うけれど……、いや、それもまた、カジュアルに言われたからこそ、本質を突いている気がしないでもない。

「もしも刑務所で不自由な生活を強いられていたら、その辛さと引き換えにあったと思うんですよね、罪償ってる感が」

「……だから、金箔アレルギーでありながら、金箔喫茶でこうして働き続けているのかい？　自分で自分に罰を与えるために」

てっきり就職先に困って、殺した親のコネでここで働いているのだと短絡的に考えていたけれど、そういう殊勝な気持ちが……、いや、それを殊勝とは言えないな。世間的にも個人的にも言えない。それを殊勝と認めると、氷上の刑務所に引きこもっているあの妹の思想も、殊勝と認めねばならなくなる。

ぼくは金箔パフェを食べて頭を冷やす。

氷そのものよりは冷たくないが。

「いえ、これは親のコネです」

「コネなんかい」

「言われてみればそういう気持ちが、心の奥底になかったわけではないかもしれません。虐待され続けているようなものかもしれません。かもしれないのかもしれません。しかし、だとしても、それは自分の選んだことでしかありませんよね」

「んん……？　まあ、自分で自分に罰を与えるっていうのは、そういうことだろう。自罰的であらんとすると言うか……」

他罰的であらんとするより、客観的には、立派なものだとは思うけれど……、執行猶予で済んだ自分が許せず、罪償ってる感を欲して、命の危険がある場所であくせく働き続けるというのは。

「自罰は罰にならないんじゃないかという話ですよ。自殺が殺人にならないように」

「…………」

「そういう意味じゃ、自首とか出頭とかも、如何なものかってことになっちゃいますけれど……、毒は含まれていないですよ？　ただ最近、新聞とかでそんな記事を読んだとき、そう思っちゃいまして……」

怪盗フラヌールの記事だろうか？　違うか、怪盗フラヌールが自ら刑務所に入ったなんて情報は表沙汰にはなっていない……、おそらく他のニュースだろう。

そう、よくある話でしかない。

ぼくにとっては特別で、人生を変えるようなニュースでも……。

「結局、自分の人生を自分でコントロールしようとしているわけじゃないですか。人の人生を妨げておいて。自罰とか贖罪《しょくざい》とかいうニュアンスを出すことで、恣意《しい》的に生きていこうとしているって、やっぱり傍目《はため》には許されませんよね。刑務所に入ったほうが楽だったって僕《やつがれ》が本気で思っているんだとしたら、より僕《やつがれ》には、意外にも、執行猶予であるべきだったのでしょう」

意外にも。ラッキー。

筋が通っているようで無茶苦茶を言っているし、無茶苦茶を言っているようで変な説得力もあったし……、そして何より、ぶん殴られたみたいな衝撃も受けた。

それこそ出し抜けにビンタでもされた気分だ。

妹への助言を聞きに来たはずなのに。

まるでぼくへのアドバイスだった。

3

どういうことかと言うと、つまり結局、ぼくは父の死からこっち、苦しみ続けてきたという自覚がある……、父の犯した罪を償うために、継ぎたくもない返却怪盗なんて仮面をかぶり、父に代わって、言うなら謝罪行脚《あんぎゃ》を続けてきた。

楽しかったなんてことはまったくない。わくわくもしなかった。やりたくもない犯罪行為に手を染めるなんて、一種の尊厳破壊を受けているような気分でもあった……、が、それらはすべて、ぼくが自分でやると決めて、自分でしたことである。

今回のこともそうだ。

妹の自殺行為を、ぼくはなんとかしようとしている。あろうことか名探偵《ウルトラ》と結婚までして、不仲な弟と結託までして、殺人事件の『真犯人』を訪ねまでして……、なんとかしようとしている。

自分で。自分の力で。

自分の決意でだ。

そこだけ切り取れば……、まことに記者らしい行為だが、そこだけ切り取れば、随分と立派な若者に見えるかもしれない。しかしどうだ、結局のところぼくは、恵まれた……、それが可能な環境で、好き勝手にやっているだけじゃないか。

信じられないほど自由に振る舞っている。

むろん袋小路《ふくろこうじ》のようなシチュエーションの中でのことであるが、しかしその袋小路を凌ぐことに、自虐的に言うならば『こなす』ことに、血道をあげていた。

ある意味で。

何の苦労もしていない。

苦しみもなければ、いたわられるようなこともしていない……、ぼくは常にぼくらしくあっただけだ。

父の怪盗生活を知ったあとも。

ぼくはぼくであり続けた。

自身では、父が犯罪者であったことですべてを奪われたみたいな気持ちになっていたし、ある側面からはそれはまごうことなき真実だったけれど、しかし別の側面から見れば、ぼくは何も失っていなかった。

つまり。

自由を失っていなかった。

意思を失っていなかった。

自由意志を失っていなかった。

それで何が償いだ？　そんなもの、誤解を招いたようで悪かったね、百万円払うから許してよと、札《さつ》束《たば》を叩《たた》きつけるのと同じじゃないか……、反省の色がない。

無色透明の贖罪だ。

罪償ってる感……、というのも、厳しいことを言えば、罪人側から求めてはいけないものなのだろうが、しかし最低限それを欲するのであれば、少なくとも失わねばなるまい。

否。

奪われねばなるまい。

自由だったり、意思だったり、選択権だったり……、とにかく大切な何かを、盗まれなければならなかった。

にもかかわらずぼくがやったことは、父が盗んだものを、父の名を騙《かた》って返却することだった。

そこにぼくは介在していない。

父が盗んだ金銀財宝で生活していた以上ぼくだって無罪ではないとか言いながら、つまるところは父の罪は父の罪と切り離していたに等しい。

自分であり続けようとした。

それは父自身もそうだ。

怪盗フラヌールという概念もそうだった。怪盗の美学というのがわがままに基づくふざけた思想であることは言うまでもないけれど、仮にあの男が、弟の言うような義賊めいた気持ちを持っていたとしても、そんなのは犯した不法行為に対して、何の償いにもなっていないのだ。どんな善行も、あるいはどんな蛮行も、自由意志であり、もっと言えば自意識でしかなかったのだ。

やりたいことをやっていただけだ。

ぼくも父も、やりたい放題でしかなかった。

鍵のかかった金庫や強固な密室を前にしてわくわくするように、苦境や苦難、降りかかってくる不幸に対して、どうだぼくってすごいでしょと言いたいだけの少年心だった。むしろぼくに関して言えば、父の正体が割れる前よりもなお、自分勝手に振る舞ってるんじゃないか？

　父親がそんなろくでなしだったんだから、ぼくなんてどうなってもいいやなんて、一種の自暴自棄を装って……、言うなら父のせいにして、犯罪行為に身をやつしていたわけだから。

　たとえるなら、戦争が始まって、戦場に引っ張り出されたから、もうこれは自分のせいじゃないし、そういう世界観でもないと、暴虐の限りを尽くす兵士みたいなものだ。冷静になってみれば、倫理観から解き放たれた人間のやることじゃないか、怪盗の二代目継承だなんて……、父がやってたんだからぼくがやってもいいだろうなんてこすっからい計算が透けて見える。

　恥ずかしいにもほどがある。

　そしてそれはぼくや父に限った話ではなく、失踪した挙句に怪人になった弟や、怪傑レディ・フラヌールを名乗る妹も、またそうだ。

　ふたりとも、それまで積み上げてきたすべてを失ったように見えて、しっかり自分だけは守っていた。いやむしろ、世間体や名誉みたいなものが剝がされて、むき出しの、ありのままの自分を披露した。芸能界のしがらみとか、体育会系のしきたりとか、そういうあれこれから自由になった……、ふらのの父殺しなんて、その象徴そのものじゃないのか？

　今もそうだ。

　自分の意思で刑務所に入り、自分の意思で死を望んでいる……、怪盗フラヌールの名を横取りしたことも何もかも、すべてがふらのの手のひらの上だ。要するに怪傑レディ・フラヌールは、ああして拘束中の身の上でありながら、未だ、何の罰も受けていないも同然なのである。

　やりたい放題だ。

　それでいて、一族の罪をすべて背負ったような雰囲気を醸し出しているのは、許しがたい傲慢さであり、許しがたい自由さであると言っていいだろう。ならばそんなもの、罪償ってる感を体験しているだけじゃないか。

もしも罰を受けるつもりなら。

あんな父や、こんな兄を持ったことを恥じる気持ちがあるのなら、彼女がするべきことは、氷上刑務所にこもることではない……、それは彼女がしたいことだからだ。公式な記事にはなっていない、怪盗フラヌール出頭という口火の切りかたからして、今回の事件は完全に間違っていた。ボタンの掛け違いはそこから始まっていた。

こうも言える。

罪を償いたいと考えているのなら、罪を償わせてはならなかった。

怪傑レディ・フラヌールにも、怪人デスマーチにも、そして怪盗フラヌールにも……、初代怪盗フラヌールにも二代目怪盗フラヌールにも、罪償ってる感など味わわせてはならなかったのだ。

強制されてこそ償い……、そう言ったのは名探偵《ウルトラ》だったか。

「…………………………………………………………………………………………」

「どうしました？　お兄さん。黙りこくって。黙秘権を行使しているみたいですよ。毒は含まれていませんが」

「いやいや、負うた子に教えられとはこのことだと痛感していたのさ」

「負われていませんけど。お兄さんの負担になった覚えはこれっぽっちもありません。お兄さんを見ていると、ひとりっこでよかったとつくづく思いますよ。毒は含まれていませんが」

「刑務所に入ることをなんとも思っていない人間を刑務所に入れても無意味だし、死にたい人間を死刑にしても救済にこそなれ罰にはならないってことだよね」

「え？　僕《やつがれ》が言わんとしたこととは、ちょっと違いますが……」

「きみがどういうつもりかなんて、この世でもっともどうでもいいことのひとつなのさ。そういうことだろう？」

「そういうことのわけないでしょ」

「となったら、もうのんびりとはしていられない。オホーツク海に季節外れの暖流が来ないとも限らないんだから。財布をまるごと置いていくよ」

「やめてください。それで僕《やつがれ》が財布を盗んだことなんかにされたら、冗談抜きでムショ送りなんですから」

それよりも注文した以上は全部食べきってください、と、金箔料理の完食を要求された……、昭和の給食の時間でもあるまいに。

食べきれない量を無理矢理食べさせるというのも虐待なのだが……、ふむ。

食べきれない、か。

ぼくがこのときまず思い出したのは、ぼくの新妻が無限に食べていた、しかし現在は制限中のマシュマロのことだったが……、ほぼ同時に思い出した食事が、もうひとつあった。怪盗フラヌールとして、全国を行脚してきたけれど、勇気が出なくて食べていない珍味がこの地にあった……、景気づけにひとつ、あれをいただいて、結末を迎えるとしようか。

「なんですか？　また黙りこくって。今度は食い逃げの計画ですか？　食い逃げと言いますか、食わず逃げと言いますか」

「いいや……、どちらかと言うと、逃げるのをやめることを、決意したのさ」

ぼくは言って、席を立つ。

「慌ただしくて済まなかったね。この恩は必ず返すよ、壁璧ちゃん」

「いいから完食してください。毒は含まれていませんが」

「どうか幸せになってくれ。きみがそう願い続けていない限り、取り返しがつかないくらい不幸になっても、ざまあみろ感が出ないからね」

「なんちゅうことを言うんですか」

第十章

怪傑レディ・フラヌール

1

　壁璧ちゃんとの対話によってぼくが閃いた名案を、もったいぶることなく即座にここに公開しよう。正直、こうなってみれば、どうして最初に閃かなかったのかと不思議になってしまうくらいシンプルな、しかし途轍《とてつ》もなく画期的な案だ。

　ぼくもまだまだ若いつもりだけれど、なんだかんだで頭が固くなっているのだろう。十代の若者との対話以上に大切なものなどないということかもしれない。

　ともあれ、執行猶予こそが苦痛だからこそ、善良なる市民からは情状酌量ゆえにしか見えないであろう執行猶予が己にとって一番の罰になる、今の自分はまるで見えない檻に囲まれて生活しているようだという壁璧ちゃんの言葉が、どれほど実感がこもっていたものか、またどれほど広く適用できる理論なのかは確かではないけれど、しかし真実の一端を鋭く突いていたことは間違いない。

　受刑者にとって、苦痛や苦難、少なくとも困難が伴わなければ、確かに罰とは言えないだろう……、人権のある人間に苦痛や苦難を与えるという行為自体についての是非は、この議論ではいったん置く。あとでちゃんと思い出す。

　つまり、個別の議論ではなくあくまで一般論だが、雨露を凌げる屋根と三食のごはんをもらえるからという理由で、犯罪に手を染めて、逮捕され、刑務所に入ろうという人間が世の中には確かにいる……、その人間にとって、懲役なんて、長ければ長いほど、ありがたく、また救いになるだろう。

虎春花とはもっと極端な話をしたけれど、死にたいけれど自殺することには抵抗があるからと、大犯罪をなして、望んで死刑台送りにしてもらおうという人間もいる……、そんな犯罪者は、死刑判決を嬉々《きき》としたガッツポーズで受け入れるんじゃないだろうか？　そんな単純なものではないことは承知の上で、しかし少なくとも、目的が達成されたことには違いがない。

逆に言うと、逮捕されても不起訴になり、門前払いを食らうことは、食事や宿に困って罪を犯した者にとっては一縷《いちる》の望みを絶たれた気分になるだろうし、情状酌量の余地ありと終身刑にでもされたなら、死にたかったはずの大犯罪者は、厳重な監視下に置かれ、死にたいという夢を泣く泣く諦めることになるだろう。

そちらのほうが。

彼ら彼女らにとっては罰だ。厳罰だ。

そういうことである。

選択権を奪われることとや、もっと言えば決定権を奪われることこそが罰として機能するという価値観……、ふらのは今、父殺しの罪を思い出し、あれこれそれっぽい天才の理屈を、あーだこーだと述べながら、結局のところ、さっさと死にたいと望んでいる……、怪盗フラヌールの名も、返却怪盗フラヌールの名もしっかと抱きかかえたまま、海の藻屑と消えようと思っている。

いわば。

自らが自らに、恣意的に死刑判決を下したようなものだ……、ぼくから見ればそれは遠回りな自殺なのだが、ふらのにとっては、きっとぜんぜん違うものなのだ。

ランダムウォーク刑務所に収監され、そして春を待ってその崩壊を……、言うなら天才をもってしても現代の科学では完全な予想が不可能な気象条件の達成を、今日か明日かと待ち続けることが、彼女の望みなのだ。

死にたいのではなく。

死刑になりたい。

ぼくにとっての罪滅ぼしは……、犯罪資産で育てられた罪悪感に対する贖罪は、返却怪盗になることだった。父親と真逆の行動を取ることで、つまり自分は父親とは違うんだ、まったく違う人間なんだと証明することで、罪業妄想から逃れようとした。

軍靴は、そんな父を妄信的に肯定する道を選んだ。きっと父にも事情があったんだと理解することで、帳尻《ちょうじり》を合わせた。まあまるっきり的外れな責任逃れというわけでもあるまい……、誰にだって事情はある。誰にだって感情があるように。

しかし、ふたりの兄と違って、ふらのには、『そうとは知らなかった』という言い訳ができないのだ……、彼女は父の生前に、父の正体に気付いてしまった。そして己の独断で、そんな父を裁いてしまった。裁いたと言えば聞こえはいいが、衝動にかられて、ぶっ殺してしまった。

皮肉にもふらの本人と話した通りに、これは罪状だけで見れば、父の怪盗活動すべてをひっくるめた総量よりも罪は重いのだ。暴力を用いない、美学とやらを己に課していた父の行為は、どう裁いても、強盗にすらならないのである……、余罪を考慮しなければ、窃盗行為はたとえ一億件繰り返しても、それだけで死刑までである、一件の殺人事件を越えられないのだ。

ゆえにそんな罪悪感から逃れようと、精神的に退行してしまったのだとしてもまったく不思議ではない……、裁きを逃れるために心神喪失を装ったのだという見方もできるが、自分の妹がそこまで悪質ではないと信じたい。少なくともふたりの兄よりは悪質ではないと。

けれど、その退行という檻から、どういうわけか何の脈絡もなく解放され、再びふらのは罪の意識と向きあわねばならなかった……、どころか、退行している間に、ふたりの兄のわけのわからん犯罪行為の共犯にもされてしまっていた。

知らない間に罪状が増えていた。

しかし、だからと言って自殺はできなかった。

独断で父を殺したことが事態を悪化させたという『前科』がある以上、独断で、己を殺すことは許されなかった……、必要なのは正当な裁きだった。

デュープロセスに則る死刑判決こそが、彼女の望むところだったのだ……、刑務所に収監され、死刑の日におびえ続ける日々を、過酷な毎日を、言うならば父の代わりにまっとうすることが、ふらのの悲願であり、償いなのだった。

だからこそ。

刑務所の返却というぼくの最後の仕事を奪った……、意趣返しのような気持ちは間違いなくあっただろうけれど、その心がけは、正直、立派だとさえ思う。我が妹ながら誇らしい。返却怪盗とか嘯《うそぶ》いているぼくや、怪人なんて自ら名乗っているアホと比べれば、あまりにもできた妹過ぎる……、が。

それじゃあ裁きにならないのだ。

結局、罰になっていない。

一周して、否、何周回っても、それは罰じゃない。

望むところが望み通りに叶うことなど、何の罰にもならないのだ……、償いたいと望んでいるのなら、償わせてはならないのである。そんなのは自己満足でしかない。そう言えば、名探偵の謝罪なんてシークエンスもあったけれど、被害者に謝罪したいという加害者の気持ちだってそうだろう。謝罪されることや、償われることが、二次被害になりうることもある。改心され、更生されることが、我慢ならないこともある……。たとえばぼくなら、父に、悪人でなくなってほしいわけじゃない。『怪盗フラヌールは、実はいい人でした』みたいな、弟が導き出した結論には、嫌悪すら覚える。

ゆえに、死刑にはならない。死刑になりたいと思う者を。

死刑にしてはならない。

ぼくは悪ぶっていても、結局普通に甘い兄だから、妹が偶発的な死刑を望んでいると言うのであれば、無理矢理刑務所から引っ張り出すのは違うし、そんなことをしても長期的に見れば無駄なんじゃないのかという気持ちが強かった……、自殺願望があるのなら、そのまま死なせてやるのが優しさってものなんじゃないのかという思いを抱えていた。

恐ろしい勘違いだった。

結局、ぼくは許そうとしてしまっている。

父を殺した妹を……、しかし本当に妹のことを思うのならば、許してはならないし、思ってもならないのだ。なんなら愛することとすら許されない。

ふらのが死にたいと望むのならば。

ふらのを死なせてはならないのだ。

……そしてそのための手段を、ぼくは知っていた。つまり、『死にたいと望んでいる人間を、どう頑張っても助けることなんてできない』という言い訳は通用しない。一度自殺を止めたところで、自殺志願者は目を盗んで自殺行為を繰り返すのだから……、なんて、弟がほざいていたようなこまっしゃくれた理論を、ぼくはひょいっと越えられる。

白状すれば、そのアイディアもまた、石川県への旅が教えてくれたものだった……、正確に言うと、石川県への旅が、思い出させてくれたものだった。と言っても、壁璧ちゃんとの対話の中で思い出したわけではない。ぼくはそこまで十代の少女に依存してはいない。弟とは違う。

ふらのが記憶を取り戻したように、ぼくの記憶の蓋を開いてくれたのは、その夜、景気づけのために別の店で食した、石川県特有の珍味だった……、ここまで言えば誰もが察しただろうけれど、ご名答、フグの卵巣である。

日本広しと言えど、石川県でしか生産の許されていない、猛毒の食品化……、なぜこれを食べようと思った、しかもここまでしてまでなぜ食べようと思ったと、日本人でも問い詰めたくなる驚異の加工食品である。

フグの刺身や白子が、法を変えてまで食べたくなる美味だったのはまあわかるが、これはほぼ漬物の味やんけと言いたくなる。まあそれを言い出したら、刺身自体、ほぼ醤油《しょうゆ》の味やんけという話になるのだろうけれど……、ともあれ、その癖になるしょっぱさに思い出した。

そうだ。

死にたい人間を無理矢理にでも生きながらえさせる方法を、ぼくは知っているじゃないか……、しかも、身近な例として知っているじゃないか。

闇閥艶子。

お艶。

人魚の肉を食したという触れ込みの彼女は、いつまでも若やぎ、ぼくが子供の頃から、見た目の変わらぬ乳母である……、つまりは不老不死である。人魚の肉を食べれば永遠の命が手に入るなんて、ＳＦともファンタジーとも言えない馬鹿馬鹿しい伝承だが、実例を前にすれば、そんな反論はものの見事に封殺される。

つまり、人魚の肉を食べさせれば。

ふらのは死ねなくなる。

凍《こご》え死《し》ぬことも溺れ死ぬことも、餓死することさえもできない……、処刑のために建てられたランダムウォーク刑務所を完全に無力化できるのである。単なる己に対する処罰感情ではなく、自罰傾向でもなく、死んで楽になりたいという気持ちがあの妹にあったのだとしても、それすら許されない……、生きて苦しみ続けなければならない。

望みは叶わない。

一生叶わない。

この『一生』という言葉は、不老不死の人間に……、人魚にとっては、あまりにも重い……、なにせパートナーであるお艶をその苦しみから解放するために、怪盗フラヌールは、瀬戸内海の研究所で開発されていた『人魚をも殺す毒薬』を、盗み出したくらいなのだから。

……もっとも、お艶の食した人魚の肉をデンマークから盗んできたのも怪盗フラヌールなので、いつも通りのマッチポンプではあるのだ。美しい相棒に、永遠に理想の姿でいてほしいと願う俗な欲望と、自分亡きあと、理想の姿のまま死ねるようにと願う、やはり俗な欲望を両立させる父は、やはり俗で、卑小な男だったのだと思う。

ぼくは父とは違う。

父と違うことを、もう証明しようとは思わない。わざわざ証明するまでもなく、その行動は違ってくるからだ……、ぼくは二種の『毒』を用意するような手間はかけない。まあ『人魚を殺す毒』のほうは、今は軍靴の手元にあって、手に入れようがないというのも事実なのだが……、もうひとつの『人魚を生かす毒』のほうには、有力な入手経路がある。

つまり、前の被害者であり、また怪盗フラヌールのパートナーだったお艶である……、彼女の手元にあるという意味ではない。食べきったからこそ、お艶は不老長寿を得たのだから……、行儀作法に厳しい彼女は食べ残しをするタイプではない。

だからこそ、『人魚の肉』は、二代目怪盗フラヌールの返却活動の例外だったのだ。できる限りすべての盗難品を返してきたぼくだけれど、消耗品や消費物は不可能だ。仮に冷凍庫に残っていたとしても、食べられたものではないだろうし……、いや、その性質的に考えて、人魚の肉は腐敗もしないのだろうか？

それとも熟《な》れ鮨《ずし》のように発酵を？

それはさておき、当時の怪盗フラヌールのパートナーであり食した張本人であるお艶ならば、第三者からすれば所詮伝説でしかない『人魚の肉』のありかを、把握している可能性は高い。『人魚の肉』のありかと言うか、『人魚』の棲息地になるだろうか。もちろん、当時と同じ場所とは限らないし、返却を専門としてきたぼくに、それを『盗み出す』ことができるのかどうかは著しく怪しいが、細かい課題はあとでクリアする。

どうにでもする。

合法的な入手を最優先するのも当然だ。もしかするとオークションとかで、お金で買えるかもしれないじゃないか……、そういうルートがあってもおかしくない。自分に都合良く考え過ぎていると思うかもしれないが、実際、十年前では手に入らなかったようなものが、ネットでは簡単に購入できたりもするのだ。

極論、デンマークのある地方では、切り身のパックで人魚の肉が売っている可能性はある……、いや、静岡県ではイルカの肉がそうやって売ってたりするらしいしね。

2

こうなって来たらというわけでもないが、ぼくは石川県金沢市から、日本のどこかにある盗品博物館へと再び凱旋することになった……、次にここに帰るときは、ここを解体するときだと誓っていたのだが、まあ、館長に聞かなければならないことがあるのだから仕方がない。大人にはいろいろある。

「お帰りなさいませ、ぼっちゃま。北海道は如何でございましたか？」

「寒かったよ」

「飛行機が墜落なさったとのことで、このお艶、とても心配しておりました」

まったく心配していなかったような顔で、お艶は笑う……、その信頼はとても嬉しいし、ありがたくもあるけれど、実際、あのとき死んでいてもまったくおかしくなかった。

もういっそのこと、あそこで死ねていたらという気持ちもある。強くある。その後の経験をせずに済んだ……、ぼくは収監されている妹と面会せずに済んだし、名探偵《ウルトラ》と結婚せずに済んだし、弟と激論を交《か》わさずにも済んだのだ。

ふらのがもしも、同じ気持ちなのだとしたら……、いっそ死ねたらと思っているのだと、最低でもぼくと同じ程度に抱いているのだとしたら、やはり、その望みを叶えてやるわけにはいかない。

絶対に食べさせる。

人魚の肉を。

死にたいと思いながら永遠に生き続けることが、彼女が受けるべき罰なのだ。そしてそんな風に妹を裁くことが、ぼくが受けるべき罰である。自我の入り込む余地はない。

「そうそう。そう言えばぼっちゃま。ご結婚なさったそうで。おめでとうございます」

そちらのほうが、飛行機墜落よりもびっくりなブレイキングニュースだったかのように、お艶は言ってきた……、まあ、ぼくもまったく同じ意見である。

やはり実の息子のように可愛いぼくの書いた記事は、あまさず読んでくれているようで、正直なところその事実をどう報告したものか非常に迷っていたので（と言うより、できればせずに、用件だけ済ませてさっさと帰るのがベストだったが、まあ、いつまでも先延ばしにしても仕方がない）、記事を通して間接的に伝わっていたというのは、目論見通りという気持ちが強い。

「いやいや、結婚したといっても、偽装結婚みたいなものでね。細かい理由はあとで話すけれど、お馬鹿な妹を救うための緊急避難って奴さ」

「あらあら。ふらのさまを」

「まあ最悪の避難先を選んでしまった感は否めないけれど、そこは例によって複雑な事情って奴で。ことが片付いたら、すぐに離婚手続きに入るつもりだから心配しないでくれ」

「ぼっちゃまったら、照れ隠しにもそんなことを言うものではありませんよ。奥さまがお聞きになったら、さぞかしお傷つきになられることでしょう」

「はっはっは、もちろん本人にそんなことを言うつもりはないさ。ぼくは紳士だからね。穏便に別れを切り出すつもりだし、慰謝料もたんまり弾むつもりだよ。父の遺産の、まともな分を全額お支払いして、忌憚《きたん》のない友人同士に戻らせてもらう」

「そう聞いてお艶は安心しました」

「？」

なんだろう、もっと窘《たしな》めの言葉をいただけるかと期待していたのに、意外とあっさり退くじゃないか……、虎春花が『傷つく』なんてタマじゃないのをご存知だからか？

「では、ここから先は、もう少し声をお落としになってくださいませ。ふらのさまのことも含めて、聞こえてしまうとまずい話もあるでしょうから」

「…………」

館長命令とは言え、なぜぼくが、ぼくが父から受け継いだ財産の中で、声を落とさねばならないのだろう？　いくら名探偵が地獄耳だとしても、ここでの話が外に漏れることなんてありえない。そう、この空っぽの博物館のありえない入館者として、中にでもいない限りは……。

「あら、道足。奇遇《ウルトラ》ね」

3

近々解体予定である、ぼくの博物館のぼくの応接室で、ぼくの新妻が、ぼくの前では断っているはずのマシュマロの詰まった紙袋を片手に、イングリッシュブレックファーストを飲んでいた。

「探偵仕事が早めに終わったから、ついでにご挨拶に伺おうと思ったのよ。私の夫を事実上の母親として育て上げてくれた乳母とやらに」

とやらにって。

事実上の母親と、嫁姑《よめしゅうとめ》争いをするつもりが満々じゃないか……、しかも、夫の留守中にだ。

これが結婚か。

これが結婚なのか。

ヒーローさながらの、妹を救うためだったはずの思い切った行動だったのに、早速、副産物的なややこしい問題が起きている……、いや、待て待て。

そういう問題じゃなくて。

そういう問題のほうも大事だが、大問題として、どうして虎春花が、ぼくの実家でもぼくの現住所でもない、言うならば怪盗フラヌールの代表的な隠れアジトであるところの、盗品博物館の場所を知っている？

ああそうか、ぼくと結婚したことで、身内として、どころか夫婦として、ぼくの個人情報を非常に入手しやすい立場に、彼女はなったわけだ……、たとえばぼくの所有する不動産の登記を把握できるくらいに。

お艶を振り返る。

なにゆえぼくの留守中に、こんな不審人物を入館させたのかと、このときばかりは二代目の息子としてではなく、雇用主として館長にその責任を問うたつもりだったが、

「奥さまがいらっしゃったのに、追い返すなどできませんわ」

と、すげなく返答された。

むう。

やはり知らないうちに結婚したことに、乳母として、内心、思うところはあるようだ……、そうだよな、普通、結婚する前に、一席設けて、この人と生涯を共にするつもりですと、恭しく紹介するもんだよな。

けれど、どう紹介するんだよ。

世話になっている乳母をアポなしで訪ね、初対面でマシュマロをほおばっているようなトーテムポールを。

アンコントローラブルなのは一目でわかるだろう？　どころか、アンタッチャブルなのだ、この名探偵は。

「ええと……、虎春花。いつからここに？」

「ついさっきよ。まだあなたの子供の頃のアルバムは見せてもらっていないわ」

「あっそう……」

「緑茶を出されそうになったから紅茶に変えてもらっただけよ」

そんな嫁がどこにいるんだ。

が、そのマナーのお陰で、間に合ったとも言えるのか……、幸いにも、この博物館はぼくのたゆまぬ努力の甲斐あって、空っぽなのである。

正確にはほとんど空っぽだ。

地下の最下層にはあろうことかランダムウォーク刑務所があるけれど……、さっき着いたばかりだと言うなら、あれは見られていないはずだし、仮に見られていたとしても、モックだからなんとか誤魔化しがきく。

あくまで空っぽの博物館……、否、博物館だったかどうかさえ、たとえ名探偵でもわかるまい。

ならば亡くなった父から受け継いだ使い道のない不良債権という、その言い訳がぎりぎり通用する範囲内である。数々の現場に潜入してきたルポライターなら、わけのわからん遺産のひとつやふたつ、持っていてもおかしくないだろう……、ただ、それはこの名探偵が、本当に偽りなく、お艶への挨拶のためにこの博物館を訪れた場合のケースである。

つまり。

怪盗フラヌールのアジトだと知ってここに来たのならもうお手上げだ。

知床の役所に婚姻届を提出したあと、仕事があると言って先に本州へと戻ったのは、別の仕事があるからじゃなくって、あるき野散歩の義理の娘という立場を利用して、最初からこのアジトを突き止めるためだったと仮定するなら……。

彼女はこう言っていた。

真犯人と真相が待ちわびている、と……。

そもそも、ぼくがふらのと面会している間からして、虎春花は別に遊んでいたわけじゃない。と言うより、名探偵から目を離すというのは、犯罪者サイドからすれば、あってはならない失態である。ミスディレクションに、ここまで見事に引っかかろうとは。

あの間に氷上刑務所を検分していた虎春花は、もしかして、なんらかのヒントを発見したんじゃないのか？　ぼくがモックの刑務所内の独房の中で瞑想《めいそう》することで、本物の氷上刑務所を突きとめたように、本物の内部を見物することで、偽物のヒントを突きとめた……？　だって、先述の通り、その建物とまったく同じモックが、この博物館の底の底にはあるのだから。

ミッシング・リンクをつなぐのは、名探偵のお家芸である。

しかし殺人事件を専門とする虎春花は、偽ヌールが逮捕されたことにより、本来は畑違いだった怪盗フラヌールへの興味をすっかり失っているはず……、ぼくと結婚したことで、偽ヌールことふらのを死刑にするつもりもなくなってくれたはずなのだし、今更アジトを突き止めたりすることは、彼女にとって意味が……。

「………」

「何？　座ったら？　道足。あなたが座らない限り、乳母もいつまでも立ってなきゃいけないじゃないの」

わからん。

なんだかんだと結構長い付き合いで、挙げ句に結婚までしたというのに、このトーテムポールの思考も思想も、まったくわからん。わかるのは、ことここに至れば、ぼくは虎春花の隣に座るしかないということだけである。

「お艶。ぼくにも飲み物をちょうだい。アルコールでなければなんでもいいから」

「かしこまりました、ぼっちゃま」

にこやかに、恭しく頭を下げて、お艶は応接室から下がった……、少しだけ時間を稼がせてはくれるわけだ。

「ふふ。メイドやお手伝いさん、はたまたベビーシッターならともかく、私、乳母って初めて見たのだけれど、ああいう感じなのね。まさしくお母さんって感じだわ」

「……まあ、もう死語みたいなものだからね。乳母車ってのも、もう言わないんじゃなかったっけ？」

「あなたはあの女に乳母日傘《おんばひがさ》で育てられたのね。素敵《ウルトラ》だわ」

乳母日傘も、もう絶対に言わない言葉だけれど……、結婚してしまうと、『あなた』って言葉も、別の意味を帯びてきているが、それももう、旧時代的な発想でしかないだろう。『あなた』『お前』という呼び合いかたには夫婦間の不均衡を感じさせる……、となるとぼくも、虎春花を『お前』呼ばわりするのを、今後は考えなくてはなるまい。

ただし。

「あの女って言うなよ、ぼくの事実上の母親を」

本当にこいつは、初対面の人間に対する礼儀がなっていない……、ぼくの事実上の父親と言ってもいい東尋坊おじさんのことも、『ジジイ』呼ばわりだし。

「何よ。ババア呼ばわりしないだけいいでしょう」

「お艶のことをそんな風に呼んだらマジでただじゃおかないぞ」

「ふん。ならば婆《ばあ》やとも呼べないわね。おばあとも」

沖縄県では親しみと愛情を込めてそう呼ぶという、ぼくが言った理屈を持ち出してくる気か？　婆やっていうのはまあ……、本人はそう呼ばれたがってもいたような。

「しかし自分と同い年と言っても通りそうな人のことを、どの地域のどんな肩書きであっても、そうは呼ばないだろう」

「それはルッキズムね。私は見た目によって呼称を変えたりはしないわ」

中世フランス貴族のコスプレで名探偵をやっている貴婦人が、ルッキズムという概念をお知りだったとは驚きである。

「呼称ねえ……、まあ、安直なニックネームはいじめに繋がるっていうのも極端な気もするけれど」

「あなたこそ私のことをトーテムポールとか言っているでしょう」

「口に出したことあったっけ？」

しかし、口に出さなければいいというものではないかもしれない。内心の自由はあるにしても、それでも胸中で絶え間なく罵詈雑言を浴びせていれば、それは態度に出てしまうだろう。法で自由が保障されているからこそ、己の心は己で律するしかないのだ。……だがそれは、自罰は罰にならないという理論と真っ向から対立する話でもある。

取扱い注意のロジックだ。

「さりとて、中身と言うか、立場ややったことで評価して、呼称を決めるのも、今時どうかってことだよな」

違う。こういう取り繕《つくろ》ったような、行儀のいい話をしたいわけじゃない。

ぼくが聞きたいのは、お前がここにいる真意である……、本当にお艶に挨拶がしたかったのだとすれば、ぼくを通せばよかったじゃないか。

ついでだったから、連絡する機会がなかったから、ということで説明がつかなくはない……、ぼくはぼくでこそこそと、石川県で執行猶予中の壁璧ちゃんと秘密裏に会っていたりしたのだから、それに文句を言える筋合いはないのも確かだ。

「ふむ。私達のような探偵は容疑者という呼称をよく使うけれど、これは法的には正式な用語ではないのよね。造語に近いと言うか……、マスコミ関係のあなたのほうが、これに関しては詳しいかしら」

「ああ……、推定無罪の原則で、有罪が確定するまでは犯人であるとは報道できないから、容疑者って言葉が生まれたんだっけ?」

まあ、それを言ったら、推定無罪の原則があるのに実名で報道するのは、たとえ自白があったとしても、問題があるということになりかねない。自白が証拠の王様と呼ばれたのは昔の話だ。そんなルールがあるから、怪盗フラヌール逮捕の報道も現代的に、なんだかどこかふわっとしていたというのもあるのだろうが……。

「犯人として報道されると、たとえ無実でも、犯人として映っちゃうってラベリング効果があるからね。配慮は必要になる」

「そうね。怪盗フラヌールが逮捕され、収監されたと言っても、それが誤報である可能性もあるわ」

「………」

「怪盗って表現も同じなのかしら。用語と言うより擁護的で、窃盗犯と怪盗では印象が違うもの」

それはぼくが常々抱いていた葛藤である……、葛藤と言うか、憤懣《ふんまん》と言うか。いっそのこと父が、凶悪犯として指名手配されていたのなら、もっとすっきりした気持ちで、憎むことも恨むことも、切り離すこともできたかもしれない。

あの男がヴィランのように、世間的にはもてはやされていたことが、ぼくを……、あるいは軍靴を、ふらのを、苦しめた。ケースは全然違うんだろうが、ドメスティック・バイオレンスの父親が、社会的には高い評価を得ているような環境だろうか？　まあ実際、ぼくら兄妹が、そんな父親の下で、いい思いをしていたことも間違いない事実なのである。

犯罪者と呼ぶか、父と呼ぶかでも変わってくる……、ぼく達も、加害者家族と呼ばれるのか、それとも個々の犯罪者として独立しているのか。

悩み始めるときりがない。

「まあともかく、ぼくの乳母に無礼な口を利いたら、いくら名探偵でも許さないぞってことだよ。それだけわかってくれたらいい」

「それだけでいいのならわかったわ」

「いや、必ずしもそれだけけってわけじゃ……」

「乳母をそれだけ敬愛するのも、マザコンっていうのかしらね。いやだいやだ、結婚したところで、結局男は母親の味方をするものなのね」

「おいおい、名探偵にしてはえらく類型的なことを言うじゃないか。もっとずばっと真理をつくものだろうに、常軌を逸して平凡なことを」

「あら。では嫁姑問題において、道足は嫁の味方をするのだと？」

「当たり前だろう。愛ある家庭で育ててもらった恩は、愛ある家庭を築くことでしか返せないのさ」

ぼくのほうこそ聞いた風なことを言ってしまっているけれど、これに関しては他に言いようもあるまい……、ぼくが愛ある家庭で育ったかどうかはともかく。

「それを聞いて安心《ウルトラ》したわ。さすがに私もこういう状況は初めてなものだから、不安で胸が一杯だったのよ」

おや、今度は随分しおらしいことを言う。

案外本気でそう言っているのかもしれないけれど、だとしたら、心配する必要はないと断言しよう。なぜならお艶と虎春花が嫁姑問題を引きずることなどないからだ。今日が最初で最後である。ことが片付いたら秒で離婚するのだから……、と、ぼくが決意を新たにしたところで、お艶が応接室に戻ってきた。

「お待たせしました、ぼっちゃま。それに奥さま」

トレイの上には、ティーセットである。虎春花とお揃《そろ》いの……、ティーカップの場合は夫婦《めおと》茶碗とは言うまいが、どうだ嫁よ、気遣いのできる乳母だろう。

ぼくは誇らしい気持ちになる。

とは言え、場がこう整ってしまうとぼくの用件は脇において、しばし白々しく歓談をするしかなさそうだ。『人魚の肉』のありかは、虎春花を追い払ってから聞くとしよう……、ふらのの現状をどう話したものかは本当に難しいけれど、まあ、末の妹がかつてのあるじの偉業を継いだと聞けば、お艶は喜ぶのかもしれない。

それもそれで複雑だが。

「ご苦労。では本題に入って、話の続きをさせてもらおうかしら」

お艶がぼくらの正面に座ったのを受けて、虎春花がそう切り出した……、ぼくのお艶にご苦労とか言うんじゃないよ。

まあしかし、口にしただけで舌が腐りそうな変な呼びかたをしないだけでもまだマシか……、と思いきや。

虎春花は予想だにしない呼びかたをした。

ぼくの乳母、闇閥艶子を。

「闇閥艶子。あなたが犯人《ウルトラ》ね」

脈絡も流れもなく。

タブーもなく、ずばっとそう呼び捨てた。

4

「え……、おい、名探偵。今なんて言った?」

「私の夫の乳母であり母親同然の女を証拠もなく犯罪者呼ばわりしたのよ。キャリアのある私でも初めてのことだったから、できるかどうか、さすがにどきどきしたけれど、やってみれば意外と大したことはないわね」

ウルトラじゃないわ、と、虎春花はマシュマロを口に放り込んだ……、そうは言っても、なんらかの口直しのように。

汚れた口を洗うかのように。

ぼくの前でのマシュマロ断ちは、もうする必要がないということでもあるのだろう。

「あなたの父親である怪盗フラヌールを、秘書面でコントロールして犯罪行為を続けさせ、その雇い主が不慮の事故で亡くなったら、今度はその息子をいいように操って、あろうことかあるまいことか返却怪盗なんてヘンテコな犯罪者に仕立て上げたのみならず、結果としてはその弟や妹まで犯罪者にした黒幕、それがあなたなのでしょう、闇闕？　その衣装は喪に服しているのではなく、黒幕という意味でしょう？」

「おい、虎春花。言っていいことと悪いことが……」

ないのだった。

この名探偵《ウルトラ》には。

タブーなき名探偵……、飛行中の旅客機を、唯一操縦できる人物すら犯人として指摘できるような奴に、言っていいことと悪いことなんて、あるわけがない。

やっていいことと悪いことの区別なんて、犯罪者以上についていない。

夫の乳母であろうと、遠慮する理由など見当たらない……、それこそ、義母となるような実の母であろうと、平気の平左で、呼ぶだろう。

容疑者とも、被疑者とも、犯罪者とも。

被告人とも犯人とも真犯人とも。

「…………っ」

いや、しかし……、だったらなぜ、ぼく自身をそう指摘しなかった？　ぼくの正体が返却怪盗だと、とっくに看破していたというのであれば……、違う。

その理由は既に語られている。

虎春花からすれば、ぼくは怪盗フラヌールではないからだ……、偽ヌールことふらのはもちろんのこと、ぼくどころか、初代のあるき野散歩ですら、虎春花からすれば、犯罪者ではなく、被害者に過ぎない。

操られた被害者に。

闇閥艶子という加害者から。


「お……、お艶」

こんなにうまくモブを演じられたのは初めてだが、まあおそらく、世界で今、こんな白々しい、凡庸なリアクションを取っているのはぼくだけなんだろうと、第三者の視点で静かに思う。全世界が『そりゃそうだろうね』と言っている。強いて言えば、軍靴は付き合ってくれるかもしれない……、草葉の陰で、父も同意してくれる可能性はある。けれど、ふらのあたりからはもう怪しかろう。

だって。

誰がどう見ても、これはわかりきった真相なのだから……、しつこいようだが、密室のコクピットにふたりきりで、ひとりが殺されたらもうひとりが犯人に決まっているのと同じくらいに、決まっている。

ぼくら親子がお艶に完全にコントロールされていたことくらい……、操り殺人ならぬ操り怪盗。

一目瞭然《いちもくりょうぜん》だ。

意外な真相じゃないことが意外なのだ。

盲点を突いてさえいない。むしろ焦点を突いている。

ぼくの唯一の取り柄と言っていい『目を盗む』が、父ではなくお艶に仕込まれた礼儀作法であったこととか、嘆き悲しむお艶の存在がなければ、ぼくはおそらく普通に、この盗品博物館のことを、東尋坊おじさんに相談していただろうこととか、いちいちその伏線をピックアップしてもいいけれど、そんなことをしなくても、ぼくの行動の一挙一動が、すべてがお艶のためだったことなど、説明するまでもないのだから。

常に前提だった。大前提だった。

だからお艶は『意外な犯人』じゃない。

長々とした解決編など必要ない、ワンワードで解決する……、しかし、ワンワードでそうと指摘すれば、すべてが瓦解してしまうような、絶対不可侵の犯人だ……、正直なところ、これが一番タチが悪い。自分の父親が、あるいは母親が、もしかすると兄弟姉妹が、犯罪者だとわかったときに、告発できるか？

みたいな話だ。

『こいつやってんなー』って思ったときに、発揮されるのには推理力ではなくスルー力だ……、その力を発揮して、暢気《のんき》に返却活動にいそしんできたぼくは、この期に及んで、今の今まで気付いていなかった愚かな一同のリアクションを取るしかない。

冗談で童話シリーズなんて言って。

浦島太郎とか幸福の王子とか人魚姫とか言ってきたけれど、要するにこれは……、裸の王様である。

「お、お艶。嘘だと言ってくれ。そんなことはないんだろう？　ぼくやあの男を、お前が操っていただなんて……」

「ところで、ぼっちゃま。此度《こたび》はどういったご用件で来館なさったのです？」

おっと。おっとっと。

こっちはこっちで、貫禄《かんろく》があると言うか……、ただならぬ年季が入っていると言うか……、並々ならぬリアクションだった。名探偵からお前が犯人であると名指しされた際のリアクションが、あろうことか無視とは。

嫁姑問題で言うなら、あるいは自然なのかもしれない……、新妻を無視する姑というのは。

どういったご用件と聞かれると。

「えっと……、その……」

ちらりと虎春花を見る。

しかしままよ、このシチュエーションになってしまうと、隠す意味はほとんどない。と言うより、隠せば隠すほど露見する……、どういうわけか、ぼくが来るまでにお艶とどういう会話をしていたのか、まだ存在すら語っていないふらののことを、この虎は把握していたのだから。

「勝手に退院したらしい妹が、ちょっと、死にたがってて……、このまま放っておいたら間違いなくいつか自殺しちゃうし、止めてもこっそり死んじゃうかもしれないんで、もしもお前が昔食べたっていう『人魚の肉』のありかを知っていたら、教えてもらおうかなって」

「そりゃ知ってるでしょ。この女が盗ませたんだから」

マシュマロ探偵が口を挟む。

挟むのはマシュマロだけにしてほしい。

「あいにく、人魚はもう絶滅危惧種ですので、デンマークでも乱獲が禁じられて久しいですわ、ぼっちゃま」

と、お艶は何食わぬ顔で言った……、何食わぬ顔も何も、人魚の肉を食べているのだけれど。

「と言うより、わたくしが旦那さまにおねだりして盗んでいただいた頃から、既に人魚は絶滅危惧種でございましたが」

「……お艶」

それは自白にならないか？　ぎりぎりセーフの範囲内か？　絶滅危惧種だったから盗んでもらったということなんだろうが……、それとも、ぼくの隣にいる名探偵を、あくまで無視し続けているのだろうか……、だとすれば大したハートの強さだが。

「ただし方法はあります。ぼっちゃまがどうしてもふらのさまをお救いして差し上げたいというのであれば、ですが」

「どうしてもと言われると、正直、そこまでって気持ちはないんだけれど……、一種、気乗りしないくらいでもあるんだけれど、しかし気乗りしないからこそ、救わねばならないと思っているよ」

つい正直に答えてしまったが、いや、そこまでという気持ちではある……、人格を疑われても仕方がないが、少なくとも、見過ごすわけにはいかない。

「救うねえ。人魚と言うよりまるで金魚ね。そのまま望み通りに死なせてあげればいいのに。不死身にして生かすだなんて、ギロチンよりも残酷なんじゃなくて？」

返事に窮していると、横合いから名探偵の茶々が入った……、むう、芯を食ったことを言ってくるじゃないか。

死にたいという人間を生かすこと、それこそが罰になるというのがぼくの（壁璧ちゃんから学んだ）考えかたで、残酷であるというのならそれに越したことはないのだけれど、ギロチンよりも残酷と言われると、決意にブレーキがかかってしまう。

しかし、可哀想とか言い出したら、可哀想じゃない犯罪者なんていないんじゃないのか？

好きで犯罪者になる人間なんていない……、というのは言い過ぎだが、しかし、倫理観や社会性を所持することができなかったゆえと解釈するなら、当たり前の感情を教育されなかったゆえと言い換えるなら、同情の余地がまったくない『真犯人』なんていない。

ふらのの例で言えば、ぼく同様に父親があだったからというのは否めない……、父を道路に突き飛ばして殺したとき、確実に殺意はあっただろうけれど、その際、まともな精神状態だったとは、とても言えまい。

退行以前の衝動だ。

その上、その退行状態にあるときには、ふたりの兄に、ほぼ強制的に言いくるめられ、犯罪行為に協力させられた……、こちらに関しては、本当に責任を問うのは酷である。本来、その罪はぼくや軍靴が負うべきなのに、あの妹は、駄目な兄達の分まで罪を背負って、海に沈もうとしている。

兄達の分まで楽になろうとしている。

それじゃあ罰にならないというのがぼくの結論だったが、しかし名探偵という第三者から指摘されてしまうと、ぼくにあの子を裁く資格なんてあるのかという根源的な問題が生じてくる。こんなにしっくりくる慣用句もないけれど、盗人猛々しいとはこのことじゃないのか？　正気に戻ったとき、駄目な父同様の駄目な兄達が揃っている世界だったなら、大抵の妹は死にたくなるんじゃないか？

「処罰感情が強過ぎるのは、妹じゃなくてあなたなんじゃないのかしら、道足。許しの心を持たなければいけないわ」

「お前に言われちゃおしまいだよ」

本当におしまいだ。

だがまあ、自分自身の代わりに妹を罰しようとしている側面が、ぼくにないとは言えない……、壁壁ちゃんの言葉は今もなお、ぼくの胸に突き刺さって抜けてはいないけれど、しかし一方で、妹を罰することがぼくに対する罰というのは、あまりに勝手な言い分じゃないだろうか。

「……方法というのを聞かせてよ、お艶。どうあれ、選択肢を確認したい。もしもそんなものがあるのならば、たとえ選んではならない選択肢であろうと」

「わたくしの肉を食べさせればよいのです。ふらのさまに」

お艶はさらりと言った。

やはり何食わぬ顔をして……、いやむしろ、一杯食わせるような、それは、含みのある顔だった。

「それはわたくしに対する罰にもなるでしょう。ぼっちゃまや軍靴さま、はたまた旦那さまを操ったことに対する」

5

人魚の肉を食べて不老長寿になる。

と言うのは、取りも直さず、人魚の肉を食べれば人魚と化すというのと同じことである……、そんな論調はいささか牽強付会《けんきょうふかい》にも感じるけれど、しかし、それを言うなら肉を食べて不老長寿になるというところから、既に牽強の付会は生じている。

わざわざデンマークまで出向かなくとも、絶滅危惧種である人魚の肉そのものは、今、ぼくの目の前にあるのだった……、目の前にいるのだった。

「返却怪盗フラヌールと言えど、ぼっちゃま、返せないものはありましたでしょう。保存の利かない、使ってしまったものは、返しようがありません……、しかしどうでしょう。『人魚の肉』に関して言うならば、このお艶の肉をもって、返却することは可能なのではありませんか？」

そう。

海に還《かえ》すことは。

「わたくしこそが怪盗フラヌールのお宝、真の最後の一品。そうではありませんか、ぼっちゃま？」

お艶は言った……、まるで、そう認定されることを望んでいるかのように。

いやいや、確かにそれは悩みどころであり、返却怪盗が最初から抱えている矛盾でもあった……、たとえ『最後の一品』であるランダムウォーク刑務所を返却したところで、実際には全盗品を返せてはいないじゃないかという目を逸らしたい事実を、わずかながら解消できる。

つまりお艶の肉を。

ふらのに食べさせて。

そのふらのが海に還れば……。

「なるほど。盗んだお金は身を切ってでも返すべきというわけね。なかなか見所のあることを言うじゃない、閨閥」

虎春花が、お艶の苗字である『閨閥』を、さながら『刑罰』のような発音で呼んだ。

そもそも、身を切ってという暗喩《あんゆ》を、直喩《ちょくゆ》で用いる奴がいるか……、そんなことを言ったら、父の犯罪資金で育てられたぼくだって、内臓を売ってその養育費を返還せねばならないだろう。

そうすべきなのか？

賠償金とは、本来、そこまでしてでも払うべきものなのか？　どんな刑法も、あるいは民法も、持っていない財産を徴収することはできない仕組みに、少なくともこの日本ではなっているけれど……、それは開き直りだとでも？

「馬鹿なことを言うもんじゃないよ、お艶。ぼくにそんなことができないのはわかっているだろう。そんな長男に育てられた覚えはない」

「ええ。わたくしとしたことが育てかたを間違えました……、旦那さまの育てかたからして」

「…………」

「それゆえに、心苦しくはありますが、ぼっちゃまには厳しい決断を促さねばなりません。その一助となればということでお話しさせていただきますと、そもそもふらのさまを五歳児にまで退行させたのは、このお艶でございます」

今度こそ確実に自白だった。

疑問の余地を差し挟むまでもない自白だ。

「そうしなければ、旦那さまを殺害なさったふらのさまの心がとても持たないという当時の苦渋の判断ではございましたが、今となっては正しいことをしたとは言えません。いえ、旦那さまを殺されてしまったというわたくしの私怨《しえん》が入ってしまったと言わないわけにはいかないでしょう」

「私怨なんて……」

あるき野家にこうも尽くしてきてくれたお前にそんなものがあるわけがないと言いかけたけれど、しかしそれは、お前には人権がないと言っているのと同義だった……、当然ながら、お艶だって完璧な人間じゃない。

失敗もするし、人を嫌ったり、人を恨んだりもする……、衝動的に動くこともあるだろう。

しかし退行させたとは？

意図的にそんなことができるのか？

「いわゆる退行催眠みたいなものでしょう。乳母ならば、寝かしつけは得意技よね」

虎春花が知ったようなことを言った……、探偵には民事不介入の原則はないのか？　タブーもないのに、あるわけがないか……、しかし、言うに事欠いて退行催眠とは。

寝かしつけとは。

ぼくも散々、お艶にはそうしてもらってきただけに、反論の難しい、その上で知ったようなことを言ってくれるじゃないか……。

「じゃあ、お艶。ふらのがあんな天才児になったのも、お前の計画通りだったと言うのかい？　ぼくに、父の跡を継がせるために、あいつの脳を利用したのかい？」

「その通りですよくぞお見抜きになりました、と言いたいところですが、それはあまりにも買いかぶりというものです、ぼっちゃま。計画通りだったことなど、ほとんどありませんわ。ふらのさまにあのような才能が眠って……、眠っていることなど、完全に想像の外でございました」

眠っている才能を退行催眠で起こしたというのは皮肉な話にも聞こえるけれど……、今風に言うならリスキリングってことか。

永遠に。

「ふふん。私にも眠っている才能があるのかしら」

できれば眠っていてくれませんか、虎春花さん。

「そもそもぼっちゃまが返却怪盗になるということからして、このお艶にとってみれば、まるっきり想像だにしないことでございました。わたくしといたしましては、愛《いと》しい旦那さまのバックアップであったぼっちゃまには、素直に旦那さまの跡を継いでいただきたかったのですが……、うまくいかないことばかりです」

それは『驚きの真相』ってほどじゃない。お艶がぼくに、父の怪盗活動を後継してほしいと願っていたこと自体は、自明でしかないのだった。この人はずっとそう言っていた。しかし、返却という真逆の行為は、お艶からみれば、未熟な子供の反抗期でしかなかったのかもしれない……、そのうち態度を改め、家業を継ぐと思っていたのかもしれない。

「ところが実際には私の夫は、返却をほぼやり終えたということね。だから慌てて、妹の催眠を解いたのかしら？　言うなら返却活動を阻害するために、魔法のマスターキーを取り上げたの？」

私の夫とか言うなよと思ったが、まあ、私の夫ではある……、そして確かに、ふらのを奪われたことで、ぼくの返却活動は大いに支障を来したことは確かだった。

あいつを正気に戻したのはてっきり軍靴だと思っていたし、本人が否定しても、正直あれは愚弟らしい嘘をついているんじゃないかとさえ思っていたけれど、元々がお艶の退行催眠だったと言うのなら、それを解いたのもまたお艶と考えるほうが自然なのは間違いがなかった……、ぬう、冤罪はこうして生まれるのか。

「だとすると、そんなふらのが怪盗フラヌールの最後の返却を代行してしまうというのも、お前にとっては計算外だったのかい？」

「そうでございますね」

「あいつが自ら収監されることも？」

「そうでございますね」

「死にたがることも」

「そうでございますね」

「ぜんぜん操れてないじゃないか。何もコントロールできていない。誰も。ぼくも、ふらのも。そして軍靴も」

「それを言ったら旦那さまに関してもそうですわ。わたくしは旦那さまに世紀の大怪盗などになってほしかったわけではございません……、若気の至りで、そもそもの始まりは、若かった頃のわたくしが思慮も分別もなく、ただ宝石をひとつ、ほしがっただけですもの」

「…………」

それが下手にうまくいってしまい、増長した結果が、怪盗フラヌールか……、欲望をコントロールするのは難しい。

いわんや人間をや。

操りをテーマにしたミステリーの真犯人と言えば、非常に黒幕感に溢《あふ》れ、全能の支配者のようなイメージがあるけれど、現実的には気苦労とトライアンドエラー、もしくはスクラップ・アンド・ビルドの繰り返しか。

問われるのはむしろアドリブ感。

その意味では確かに、お艶はまだうまくやったほうなのだろう……、そうでもないのか？　そもそもの大目標である、ぼくを父の跡継ぎにするという目的は、まったく達成できないまま、今に至っているのだから。

ぼくが引退する前にふらのの記憶を戻すというのは時間稼ぎのための苦肉の策だったし、むしろその行為によって、ぼくの目論んだ返却は、形はどうあれ達成されてしまったのだから。

「だから、自分の肉をふらのに食べさせればなんて言うのかい？　それはふらのを助けるためというより……、目的を達成できないことがはっきりしたから、自暴自棄になってるようなものじゃないか」

「自暴自棄だなんて。あまり懐《なつ》いてはもらえませんでしたけれど、ふらのさまを大切に思う気持ちはわたくしにだってありますわ。なんならぼっちゃまよりも深く。あの子が旦那さまの娘であることには違いありませんもの……、こうしてみると、もっとも色濃く旦那さまの気質を受け継いでいたとも言えますし」

そう言われると一生懸命頑張った長男はショックだが、まあ、実際、ランダムウォーク刑務所を、あらゆる意味で返却してみせたのはあの末っ子である……、命を賭《と》して。

ぼくなんて、むしろその邪魔をしようとしているくらいだ。

「ふん。つまりは謎解きのシーンで自殺する真犯人ムーブでしょう。凡庸だわ。高貴《ウルトラ》じゃないわ」

辛辣に言う虎春花。

オホーツク海への道すがら、散々話したテーマでもある……、そして他ならぬふらのが今、実践している犯罪芸術の題材でもあるのだった。

死にたがりが多過ぎる。

瀬戸内海の海底大学で開発されていた、『人魚をも殺す毒』……、ぼくが初めて、予告状を出して返却したあのお宝は父が、お艶がいつか死にたくなったときのためにと盗んだものだった……、お艶はぼくが活動を本格化させるときに、最初に返却するお宝として、それを勧めた。

言うならば操った。

今ならわかるが、あれは父が死んだことによる、後追い自殺を思いとどまった瞬間でもあったのだろう……、そうだよな。

操っているからと言って、操る人間に対して愛情や親しみがないわけではない。むしろそれがなければ、操りなんてできたものじゃない。思い通りにならない、如何ともしがたいぼくを楽しんでくれていたならそれに越したことはないけれど、そんな時期ももう終わる……、ぼくの返却活動の終わりは。

お艶の操縦活動の終わりでもあるのだった。

代わりとなるパイロットはいない。

時間稼ぎと言うと悪かったが、カラオケの予約時間を延長するように、少しでも長引かせようと、言うならば延命しようと取ったふらのへのアプローチが、決定的に返却活動を完結させてしまった。案外、放っておいたら、ぼくはランダムウォーク刑務所の返却の方法が思いつかず、永久に怪盗ごっこをして遊んでいられたかもしれないのに……、どこまでもどこまでも、うまくいかないものだ。

犯罪行為は割に合わない。

毒を返却してしまった以上……、厳密に言うと、ぼくが返却したのちに、怪人デスマーチが盗んだのだが……、怪盗フラヌールを支え続けるという、己に課した使命をまっとうしたお艶が生涯もまっとうするには、伝説にのっとり、次なる誰かに不老長寿の命を譲り渡す形で死ぬしかない。

つまり食べられるしかない。

「……そう考えると、まるで誂《あつら》えたようだけれどね。ふらのを救うためには、そして罰を与えるためには、あいつを生きながらえさせるしかないっていうのは」

結局、本当はすべて計画通りなんじゃないのか？　堂々巡りのように、そう疑いたくもなる。ぼくが軍靴と兄弟会議をし、壁璧ちゃんへの面会を思いつき、執行猶予中の彼女から着想を得ることなど、予想できるはずもないけれど、それをやってしまうのが操り系の犯人である。

ラプラスの悪魔。

真犯人。

ふらのの記憶を退行させたところから計画は既に組み立てられていて……、いや、もしかすると、ふらのが父を突き飛ばしたところから？　あるいは父に仕えたその日から？　ぼくの返却活動さえ……、いわばぼくの一連の犯罪は、闔閲艶子にとっての終活だったとでも言うのか？

人魚の終活。

だとすれば……、ぼくは泡を食う。

「なるほど。つまり客観的な立場から私が公平《ウルトラ》に状況を整理させてもらうとこういうことね。私の夫、道足のたくましい双肩に今委ねられているのは、妹を見殺しにするのか、乳母を殺してその妹を救うのかという二択というわけだわ」

砂かぶり席で虎春花が言う。

本当、映画館でポップコーンを食べるノリで、マシュマロをぱくぱく食べやがって……、コーラみたいな感じでがぶがぶ紅茶を飲むな。

「……お艶を殺したら、お前にギロチン送りにされるんだろ」

「私が断頭台に送るのは殺人犯よ。人魚殺しは罪に問わないわ」

そりゃ寛大なことである。

しかし埋めておくべき穴はもうひとつ。

「いくらふらのがお艶に懐いてなかったとは言っても、さすがにその肉を食べるほど割り下では、いや割り切ってはいないだろう。人肉じゃなくて人魚肉であろうとも……」

「石川県にまた行ったんでしょ？　だったらノドグロだとでも言えばいいじゃない」

そうか、石川県の魚介はフグだけではなかったな……、穴を埋めると言うより、逃げ道を塞がれた気分である。

いや、塞がれていない逃げ道もあった。

「ええ。この女を殺した上で妹も救わないという道を歩むことがあなたには許されているわ」

「邪悪過ぎるだろう」

「そう？」

ぼくが言おうとしたのは、何も選択しないという道のつもりだったけれど、しかしそんな風に素朴に首を傾げられると、案外ありな選択肢にも思えてくる……、なぜならそれは、ふたりを、ふたりとも救済する道でもあるからだ。

お艶は望み通りの終活を終えて、永劫《えいごう》の人生を、ぼくという……、言うならば父の模造品に殺されることで閉じることができるのだし、ふらのは、やはり望み通りに、父と兄と、それから乳母にいいようにされまくった、何ひとつ自分の意思では決められなかったやってられない人生を、最後の最後だけは、自分で決めたように終えられるのだから。

もしもぼくが愛情深い、他人の気持ちを慮《おもんぱか》ることのできるひとかどの人間だったなら、自分の辛さには蓋をして、その道を選ぶべきなんじゃないのか？

処罰感情が強いというなら。

ふらのやお艶を罰することではなく、まず己自身を罰するべきではないのか……、もっとも愛する人間を殺し、身内を見殺しにするという罰を、己に下す。

他人を裁くように己を裁く。

それが自罰ではない罰である。

「そうすることであなたは初めて、怪盗をやめられるのかもしれないわ。人を殺さないという怪盗の美学を破るっていうのは、そういうことでしょう？」

そこだけは、虎春花は、マシュマロを食べる手を止めて言った……、数々の罪人を死刑台に送ってきた彼女らしい意見である。

「ではぼっちゃま。決めてくださいまし。もちろん、東尋坊さまにすべてを告白するという道もございますわ」

「好ましくないね」

お艶は、それにだけは言及しなかったけれど、すべてが嫌になったぼくが、謎解きシーンが終わった犯人のように自ら命を絶つという道も、馬鹿馬鹿しいことにあるにはある……、究極のちゃぶ台返しだ。要するにこれは、誰が最初に人生を投げ捨てるかのチキンゲームみたいなものだ。通常のチキンゲームとの違いは、最後に残った者が負けという点のみである。

ある意味、軍靴は一抜けしている。

ぼくから見ればもっとも卑怯《ひきょう》で卑劣で、弱くすらある選択肢だったけれど……、父を肯定した弟の姿勢は、こういう風にも言い換えることができるのだ。


あのアホは父を許したのだと。


そして自身をも許した。

それができないばかりに、ふらのも、ぼくも、お艶も、こんな八方塞《はっぽうふさ》がりみたいな苦境に追い詰められている。

そこに立ち会うのは、許しからはもっともほど遠い存在である名探偵だ……、ぼくが結論を出さないことを決して許すまい。まるで旧態依然とした時代物の女房のように、ぼくがどんな道を選んだとしてもそれを肯定してくれるかもしれないが、しかし、逃げ道だけは許すまい。

「……わかった」

元々は、お艶の喪服を脱がせるためだけに始めたことだった。お艶のほうに、どんな意図があったかなんて関係なかった……、善か悪かも関係なかったし、罪と罰も関係なかった。父がどういう人間かさえ、正直なところ、言い訳でしかなかった。

死に装束を着させることも。

喪服を脱がせたことには変わりない。

お艶にいいように操られていることに、ぼくが心底、気付いていなかったとでも？　そうじゃない、そんな風に誰かのせいにして生きることが、とても楽だっただけだ。

父のせいにして生きることが。

乳母のせいにして生きることが。

だからこそぼくは、初めて……、生まれて初めて、自分の意思で決断を下す。陪審員でも裁判官でも、ましてや神でもないいち犯罪者なのに、自分のことは棚にあげて、そんな権利もないのに、図々しくも判決を下す。

「お艶。今まで苦労をかけた、ありがとう。その献身を生涯忘れることはない。ぼくはお前を、断頭台に送る」

最終章　涙沢道足

そして十年後。

とでもいう風に一言で時間をスキップさせることができれば非常に楽なのだけれど、現実において時間は嫌になるほど、列車のように連続している。面倒な積み重ねや地道な作業をコンスタントにすっ飛ばせるのであればどれほど人生は素晴らしいのかと思わずにはいられないが、まあ逆に言えば、人生には本当の意味での停滞などないということでもある……、悩もうと落ち込もうと、不死身だろうと人魚だろうと、明日はやってくる。

死なない限りは。

そんなわけで、ぼくにしてみれば、生まれたときから母親よりも世話になっていたお艶を、それこそ身を切るような決断ではあったけれど、乳母及び盗品博物館の館長をクビにしてから一年が経過するまでには、当然ながら、一年かかった。

この一年間で自覚したことと言えば、ぼくがいったい、どれくらい、ひとりでは何もできない大人だったかということだ。家事のみならず、生活全般においてそうなのだけれど、特に、盗品博物館の後始末に関しては、もうてんやわんやと言うか、すっかりわやと言うか……、ああいう不動産を法的に矛盾が生じないよう処分するのがどれほど大変なのか、その煩雑な手続きに、初日から自分の決断を後悔したくらいである。

後悔は無限にするべきだが。

ある意味でぼくは、怪盗フラヌールの黒幕を世に放ったのだから……、どう言いつくろったところで、客観的には何の罰を与えることもなく。

その代償は負うべきだ。

職を奪っておいて、許したと言えるのかどうかもまた、はなはだ謎めいているけれど、しかしどう振り返ろうと、それから日数が経とうと、どれほど後悔しようとも、結局、ぼくにはお艶を許すことしかできなかった。

弱さではあるのだろう。

少なくとも強さではない。

そして正しさなんかではありえない。

むろん、ぼくが放逐したことで、お艶の終活が失敗したことも間違いないのだから、まるっきり罰じゃないというわけじゃない……、こうなると、人魚を殺す毒を怪人デスマーチが持っているというのはいかにも味わい深い。

ぼくの件に関して逆に言えば、あそこまで甲斐甲斐《かいがい》しく世話を焼いて骨抜きにしなければ、人間をひとり完全に操ることなんてできないということだったわけだが、そういう呪いから、軍靴は解き放たれている……、厳密には弟は、お艶ではなく付き従うポワレちゃんに骨抜きにされているということなので、ぼくが味わい深いと思うのは、そのポワレちゃんのジャッジである。

娘を支配した父親を、かの天才少女は許さなかった……、ならば、息子を支配した乳母を、天才少女は許すのか？

不明だ。

天才ならぬぼくには、かつ少女ならぬぼくには、ポワレちゃんの動向は読めない……、お艶のその後同様、ぼくの手からは離れている。

ぼくの足からも離れている。

それでいいのだと思う。

すべてをコントロールしようとしてはならない。心も、命もだ。

ぼくはどこか現実的な解決ばかり思い描いていて、ゆえに現実的な着地点を求めていたけれど、一方で、怪人のような不気味で得体の知れない存在が、完全に消えてしまうのも、あまりに夢がない。理不尽に人魚を殺す怪人がいるというメルヘンが、現実には必要なんだろう……、でないと、解き放たれた『真犯人』があまりに多過ぎる。

……そうそう、少女と言えば、お艶を救ったからと言って、ぼくは別に、ふらのを見捨てたわけじゃない。

あいつが自身の望み通りに死刑になることをよしとしたつもりはない……、曲解した言いかたをするなら、ふたりの怪傑レディ・フラヌール、どちらの望みも叶えなかった。

お艶は生かしたし。

ふらのも生かした。

ぼく以外の視点に立てば、『どうして』というよりも『どのように』という点こそが重要だろうからお答えすると、なあんだと言われてしまうような、とてもシンプルな解決方法を取った。風刺を利かせた言いかたをするなら、非常に日本的な手法を取った……、つまり、決定的な判決を決定的に先延ばしにしたのだ。

裁判の長期化を目論んだ。

それをしていいのであれば、正直、いくらでも方法はあったのだ、最初から。決着をすぐにつけようとする悪癖がぼくにはあったけれど、タイムリミットやゴールラインを遠くへ追いやる方法なら……、しかしぼくは中でも、自分に厳しい方法を取ることにした。

つまり、非常に癪《しゃく》ではあったけれど、軍靴に頭を下げることにしたのだった……、ぼくが実行したのは、奴の持っている気球の力を借りなければ不可能な先延ばしだったからだ。なんらかの航空機を盗むという超法規的手段は、怪盗を降りたぼくには取りえなかったのである……、仮にそうしようとしても、お艶の助けがなければそれはできなかっただろう。

珍しく軍靴はその頼みに素直に応じてくれた。協力するという言質《げんち》は富良野で取ってあったものの、どれくらい珍しかったかと言えば、ぼくが奴に頭を下げるのと同じくらいに珍しかったが、まあ、この似ても似つかないふたりの兄は、末の妹に償い切れない大きな借りがあるという共通点があった。

気球を使って何をしたか？

国引きとまではいかないが、刑務所引きである……、引き回しの刑というわけではなく、ランダムウォーク刑務所を形成する流氷を、更に奥へと牽引《けんいん》したのだ。

つまり……、春の来ない地域へと。

具体的に言うとオホーツク海から北極海まで、島流しならぬ島ごと流しをした……、あいつと面会をしてから、日本では真冬になり、春になり、長い長い夏を迎え、そしてまた冬になろうとしているけれど、かの氷上刑務所は、雫《しずく》一滴溶けることなく、極寒の海に存在し続けていることだろう。

唯一の収監者は当然（どんなに鈍くとも、そろそろ）、そのことに気付いているだろうけれど、牢の内側からではいくら天才でもどうしようもあるまい……、極寒の海での釣りに飽きたら……、自分を罰するのに飽きてくれたら、諦めて脱獄でもするかもしれない。あれは冗談のつもりだったが、さながら人魚のように、泳いで帰ってくるのもいいだろう……、アスリートに戻って。

こう言うこともできる……、遥か北から流れてきた流氷を、ぼくは沖へ返却したのだと。流氷刑務所が思ったより沖合にあったことで、砕氷船を盗んだり、余計な罪状を重ねてしまったが、つまるところそれがヒントで、解決とは言わないまでも、ふらのの死刑を先延ばしに……、言うなら執行を猶予できたのだから、何が幸いするかわからない。

めでたしめでたし。

と、言えないのはご存知の通り……、なにげに伏線を張ったが、日本の夏は長くなった。そして世界の平均気温も上昇している。どんな懐疑派でも、地球が温暖化していること自体は否定できなくなってきている……、北極海の刑務所だからと言って、永遠に安穏としていられるわけじゃない。

だからというわけじゃないが、ダブルワークをふたつ同時に失ったぼくは、最近は、環境保護活動の記事ばかりを書いている。我ながら、変われば変わるものだとしか言いようがない……、妹のことを含め、地球規模での罪滅ぼしと見て見られなくはないか。

記事を書くだけではなんなので、退職した東尋坊警部……、東尋坊元警部と共に、ボランティア活動に参加したりもしている。ライバルを失い、また抜け殻のようになってしまうんじゃないかと心配していたけれど、存外東尋坊おじさんは、現役時代よりも今のほうが生き生きしているほどだ。

それもふらのの言う通りか。

怪盗フラヌールなんかとかかわっていなければ、もっと世の中に貢献できていた人なのだ……、まあ、窓際ならぬ窓のない階層で干されていたときとは状況が違うし、だとすると、ぼくが返却活動をすることで恩人に張り合いを与えていたなんて、とんだ思い上がりだった……、今はもう、かつて鬼刑事だったと言っても誰も信じないほど、穏やかに日々を暮らしている。

怪盗フラヌールにまつわる登場人物の中で、唯一、ハッピーエンドを迎えたと言っていいだろう……、むろん、そうあるべき人物である。『ジジイは大丈夫《ウルトラ》』だと言っていた者もいたが、まさしく、肩書きの取れた東尋坊おじさんは、ウルトラだった。

もっとも、堅実な老後の蓄《たくわ》えがあるおじさんと違い、ぼくはボランティア活動ばかりにあくせく精を出すわけにはいかない。なぜなら……。

「おはよう、道足。今日もいい天気《ウルトラ》ね」

現在探偵活動を産休中の虎春花が、こうしてダイニングに姿を現すからである……、寝起きなので髪をトーテムポールみたいにしてはいないし、膨らんだドレスも着ていない。つまり古き良き時代の肌着姿なのだが、そんな彼女も、さすがに妊娠中にコルセットは装着していないのだった。

ついでに言うとダイニングというのは、かつての盗品博物館の応接室を改築した間取りである……、話が前後したけれど、結局、お艶の手腕なしではこのハコを処分することはできず、そのまま我が家とするより他になかった。

涙沢夫妻の新居である。

否……、もうすぐ、涙沢親子の、ということになる。

「おはよう、虎春花……、調子はどうだい？」

「いいわよ。こういう日なら、二、三人はギロチン送りにできそう。産休を取るのは早かったかも」

そんなことを言いながらテーブルにつく虎春花……、妊娠して穏やかになるとか、命を育む母親としての自覚が芽生《めば》えるとか、そういうことは特にないらしい。

「でも産後はさすがにそうはいかないでしょうね。道足、あの女に連絡を取りなさいよ。ベビーシッターとして雇いましょう」

「どの面下げて？」

「待葉椎に声をかけてもいいわね。そうそう。昨夜思いついたから、この子の名前を決めておいたわ」

「勝手に？」

思いつきで？

まあ、お艶をクビにしたあとゴタゴタしていたら、離婚するのを忘れていたぼくである。妹の死刑まで先延ばしにしたぼく任せにしていたら、我が子の名前なんていつまで経っても決まるまい。それを言うなら虎春花とて、お艶を真犯人として指摘するためにぼくのプロポーズを受けたところがあったはずなのに、今もなおこうしているのだから、お互い様で、似た者夫婦と言えるのだ。

「でも、まだ男の子か女の子かもわかってないのに、決めちゃっていいのか？」

「名前を男女で区別する時代でもないわよ」

「確かに、見識だ」

「ほら、あなたの尊敬するルポライターであるお父様の名前、確か散歩だったでしょう？」

「うん。そう言えばそうだったかな。父親の名前なんてわざわざ記憶してないけど、言われてみれば」

「なのでそこから一文字いただいて、涙沢涙歩《うるふ》としましょう」

ほぼお前の要素じゃねえかと思ったが、しかし存外、しっくりくるのも確かだった。と言うか、名前なんてどうでもよかった。

名前なんてどうでもいいし、常識がなくてもいいし、倫理観が欠如していてもいいし、愛を知らなくても、罪悪感が理解できなくても、六法全書を暗記できなくても、友達がいなくても、欲しいものが見当たらなくても、大切な人が不在でも、仲良くできなくても、社会に馴染《なじ》めなくても、不健康でも、わんぱくでもたくましくなくっても、組織と同化できなくてもいい。人のものを盗むような人間じゃなければ、どんな風に育ってくれてもいい。どんな風に育ってくれても好ましい。

なんてね。
そんなわけで、ぼくは父親になった。
この罪を一生かけて償うつもりだ。

あとがき

選択肢は最後まで複数残しておきたい派とひとつを選んでしまえばもう他の選択肢を残す必要はない派の二派がありまして、前者はよく言えば臨機応変で悪く言えば優柔不断、後者はよく言えば全力投球であり悪く言えば思考停止です。前者から見れば後者は、状況が進んでいく中での変更が難しく、最適解でないと判明してからも選んだ案と心中するような背水の陣であり、後者から見れば前者の、あれこれと最後の最後まで考え続けるその姿勢は、最終局面に至るまで逃げ道を残しているようにしか見えなかったりもするのでしょう。まあこれはどっちがいいというわけでもなく、状況や性格によって一長一短あったりするわけですが……、というのは前者の考えかたであって、後者からすると、一長一短があるという時点で思考力のロスが生じているので、だったらたとえ短かろうと最初からその一点に己をそそげば、短い中の最長は得られるかもしれません。長いとか短いとか、あるいは良案であるとか悪手であるとかは、比べる他の策があるから出てくる評価であり、オンリーワンであるなら、常に最良の案であると言えます。常に最悪の案とも言えるじゃないかと前者は言うでしょうし、比較検討をすることで、更なる選択肢が生まれる可能性だってあるし、両者のいいとこ取りをすることだってあり得る、なんならこの二派のいいとこ取りをできたらそれこそが最良であるはずとさえ思うかもしれません。しかし世の中には『選択肢』よりも『選択できない肢』のほうが多かったりもするので、そこは注意が必要でしょう。

というわけで返却怪盗シリーズ第三弾です。小説を書いているとまれに『キャラクターが勝手に動き出す』現象が起こり、ストーリーを自由闊達《じゆうかったつ》に進行してくれて、それ自体は予想外の展開とは言え、ある意味では作者を楽しませてくれますが、この返却怪盗シリーズでは『キャラクターが頑《がん》として動かない』シーンが多々ありました。作者が用意するストーリーになかなか沿ってくれないという、振り返って見れば珍しいケースでした。キャラクターに自我を見出せるという解釈ではこれもどちらがどうというわけではなく、両者ともに性格が出ていると言えますし、キャラクターである以上、様々な性格があって当然なのもまた真実であります。ともあれ三兄妹を全員、書き切ることができてよかったです。そんな感じで『怪傑レディ・フラヌール』でした。

あるき野ふらのが飾るカバーイラストがとにかく格好いいですが、裏表紙の璧璧ちゃんも彼女に匹敵するほど素敵ですね。TAKOLEGSさん、ありがとうございました。それにしても、一巻の表紙を怪盗フラヌールことあるき野道足、二巻の表紙を怪人デスマーチことあるき野軍靴、そして三巻の表紙を怪傑レディ・フラヌールことあるき野ふらのが飾ったわけで、これにはお艶さん（と、東尋坊警部）も感無量でしょう。シリーズは本作で完結ですが、虎春花主役の探偵小説を書くという選択肢は、果たして残したものかどうか。

西尾維新

西尾維新（にしお・いしん）
1981年生まれ。『クビキリサイクル　青色サヴァンと戯言遣い』で第23回メフィスト賞を受賞し、デビュー。戯言シリーズ、〈物語〉シリーズ、忘却探偵シリーズ、美少年シリーズなど著書多数。漫画原作者としても活躍し、代表作に『めだかボックス』『症年症女』『暗号学園のいろは』がある。

本書は書き下ろしです。

怪傑《かいけつ》レディ・フラヌール

2024年10月15日　第1刷発行

著　者　西尾維新《にしおいしん》

発行者　篠木 和久

発行所　株式会社　講談社
〒112-8001
東京都文京区音羽2-12-21
電話
［出版］03-5395-3506
［販売］03-5395-5817
［業務］03-5395-3615

KODANSHA

印刷所　TOPPAN株式会社

製本所　株式会社国宝社

N.D.C.913 303p 19cm
ISBN 978-4-06-534637-2